©손홍주

KB022407

김탁환 | 1968년 진해에서 태어나 서울대학교 국어국문학과와 동 대학원을 졸업했다. 대하소설 『불멸의 이순신』, 『압록강』을 비롯해 장편소설 『혜초』, 『리심, 파리의 조선 궁녀』, 『방각본 살인 사건』, 『열녀문의 비밀』, 『열하광인』, 『허균, 최후의 19일』, 『나, 황진이』, 『서러워라, 잊혀진다는 것은』, 『목격자들』, 『조선 마술사』, 『거짓말이다』, 『대장 김창수』 등을 발표했다. 소설집 『진해 벚꽃』, 『아름다운 그이는 사람이어라』, 산문집 『엄마의 골목』, 『그래서 그는 바다로 갔다』 등이 있다.

파리의 조선 궁녀

리심 3

3부 돌아올 회回

소설 조선왕조실록 15

파리의 조선 궁녀

리심

3

김탁환

민음사

돌아오지만 않는다면 여행은 멋진 것이다.

—괴테

차례

3부
돌아올 회
回

그곳	11
입국 인사	19
돌멩이를 던지다	27
세 친구	33
또 다른 증언	40
도쿄에서 보낸 편지	49
백두산 호랑이	53
경쟁만이 살 길이다	61
재회 하나	64
재회 둘	71
초청장	79
왕의 칙사는 지금도	85
초대받지 않은 손님	93
우리 둘만의 왈츠	100
파티의 기억: 지월	104
마른 나무 유감: 홍종우의 일기	109
「직지(直指)」를 사다	114

공화국의 길 제국의 길　　　121

맑은 피　　　128

객관에서 아버지를 추측하다　　　139

독대　　　148

서재필과 홍종우　　　153

다시 모인 세 친구　　　166

약속을 깨다　　　173

어떤 황홀경　　　180

선물을 되찾아 오라!　　　186

내 영혼의 도시들　　　193

납치　　　199

실종　　　204

다시, 사막에 누워　　　209

빛과 어둠　　　211

뼈에 새긴 약조　　　214

왕과 나　　　220

새로운 국면　　　227

연목 고(考) 234

흥정 238

제국의 꿈 244

춤을 위한 변명: 리심이 불태운 상소 249

외나무 다리 253

마지막 요구 262

뼈아픈 확인 268

추문들 273

중용 280

청천벽력 284

편지는 나의 힘! 289

황제 즉위 292

좌절 294

호출 297

짧은 축사 305

마지막 공연을 기다리며 309

망각의 춤 315

개정판 작가의 말   321

초판 작가의 말   323

해설 │ 리심, 역사적 가능성과 운명의 모습   329

정지용 │ 성균관대 프랑스어문학과 교수

그곳

멈추면 검은 비수가 등을 찌를까 두려워 앞으로만 나아가고 나아가고 또 나아갔던 세월이었다.

리심은 어디서부터 이 마음을 품었는지 곰곰 따질 때마다 망연히 서서 지난 5년을 봄나물 씹듯 오물거렸다. 도쿄나 파리, 탕헤르에서도 가끔 눈을 감고 경복궁의 전각과 크고 작은 문과 궁녀들의 바삐 오가는 발걸음과 한들거리는 나뭇가지와 바람에 따라 쓸려 가는 구름을 떠올리곤 했다. 때론 눈물 글썽일 때도 있었지만, 이렇게 시간이란 괴물이 되감기는 착각은 일어나지 않았다. 리심은 자신이 조선을 떠나 있는 동안, 1년 전 중전이 걸어 다녔던 길, 2년 전 햇빛을 피하기 위해 멈춰 섰던 나무 그늘, 3년 전 흥얼거린 노랫가락, 4년 전 쏟아지는 비를 맞으며 깊이 한숨짓던 벽을 짚어 냈다. 슬픔이 찰랑찰랑 올라왔다.

왜 왔느냐?

불호령이 떨어졌다. 돌아보았다. 단발머리가 흔들렸다. 흙바람 한 줄기 마당을 훑고 지나갔다. 리심은 도성을 떠날 때 입었던 것과 비슷한, 파리지엔에게 어울리는 상아색 모슬린 드레스를 입었다. 그때 들었던 노란 양산은 손에 없었고, 레이스 달린 라일락색 작은 밀짚모자 대신 돛배 모양 푸른 모자를 썼다.

하지만 결정적으로 바뀐 점은 따로 있었다. 리심은 이제 양이복을 부끄러워하지도 않았으며 오히려 화장과 액세서리 그리고 향수까지 맞출 만큼 여유로웠다. 단순히 유럽 복색을 흉내 내는 것이 아니라 파리지엔을 이루는 아기자기한 구성 요소들과 완벽하게 하나가 된 것이다. 발걸음 하나 뗄 때나 손목 한 번 돌릴 때도 이국 생활의 흔적이 묻어났다. 이제 몸매를 가리는 펑퍼짐한 치마 저고리는 입을 마음이 없었다. 바람 숭숭 통하는 속곳들은 보기도 싫었다.

향원정, 집경당, 아미산, 교태전, 강녕전, 사정전, 근정전, 근정문, 홍례문, 광화문, 그리고 궁궐 밖까지, 제물포까지,

일본까지, 법국까지, 그리고 마락가의 탕헤르까지 나아갔사옵니다.

거기가 끝이더냐? 그 항구 너머에는 무엇이 있더냐?

탕헤르에서 남쪽으로 내려가니 뒤에도 모래 앞에도 모래였사옵니다. 사하라라고 불리는 사막에는 사람과 낙타의 뼈가 널려 있었나이다. 그리고 흉노처럼 어디에도 정착하는 것을 싫어하는 베두인들이 사막을 신기루처럼 떠돌고 있었사옵니다.

그 사막 너머에는 무엇이 있더냐?

마을이 있고 산이 있고 강이 있고 사람이 있고 짐승이 있을 것이옵니다. 흥겨운 춤과 색색의 탈과 고저장단이 끊어질 듯 반복되는 노래가 있을 것이옵니다. 하나 거기까진 가지 않았사옵니다.

더 알고 싶지 않았느냐? 더 이상 배울 것이 없다 여겼더냐?

아니옵니다. 배우면 배울수록 부족함을 느낀 나날이었사옵니다. 법국 말을 익히니 법국 역사가 궁금했고 법국 역사를 익히니 법국 철학과 법국 그림이 눈에 들어오더이다. 그마저 익히고 나니 이번엔 법국이 아닌 다른 구라파 국가들이 성큼 다가서더이다. 구라파를 다 익힌다 한들 어찌 저 아비리가(阿非利加, 아프리카)를 알 수 있겠사옵니까? 모두 배우고 익혔다는 자만 때문에 멈춘 것이 아니옵니다.

하면…… 지쳤더냐? 겨우 5년 만에 첫 마음이 바뀐 것이더냐?

리심은 고개를 들고 하늘을 쳐다보았다. 눈망울에 맺혀 글썽이던 눈물이 기어이 뺨을 타고 흘러내렸다.

바뀌지 않았사옵니다.

나 때문이냐? 내가 죽었다는 소식을 듣고 서둘러 짐을 싸고 발걸음을 돌렸어? 이런 불행이 오리라 일러두지 않았느냐? 그곳 소식을 상세히 적어 알려 달라고 했지 돌아오라고는 하지 않았느니라.

이제 밤을 새워 서찰을 적어도 보낼 곳이 없지 않사옵니까? 제 부족한 견문이나마 함께 나눌 마마께서 아니 계시지 않사옵니까?

괜한 엄살 부리는구나. 서찰을 적어 보내라 한 것은 또한 너를 위한 일이었다. 마음을 정리하고 생각을 또렷하게 만드는 데는 글보다 더 좋은 방편이 없지. 거위 깃털 펜으로 한 자 한 자 적어 가다 보면 설움도 기쁨도 한숨도 고통도 문장 속에 녹아들지 않더냐. 내가 있든 없든 넌 그곳에서 계속 법국 말이 아니라 언문으로 문장을 지으면 된다. 그 속에 네 혼이 깃들 테니까. 한데 내가 죽었다고 귀중한 일을 접어 버렸구나. 핑계로구나. 어리석음이로구나.

　아무리 노력해도 소녀 결코 법국 사람이 될 수 없었사옵니다. 이방 여인으로 머무르느니 차라리 돌아와서……

　돌아오면 할 일이 있으리라 믿느냐? 멀리 아주 멀리 나아간 견문이 있으니, 그래 조선 여인 중에서 가장 먼 곳까지 둘러보고 왔으니, 주상께서 무엇인가 네게 일을 맡길 수도 있다 여길 만도 하겠지. 하나 넌 이미 잊힌 존재임을 알아야 한다. 조선에서 네가 할 일은 없느니라. 당장 거리로 나가 둘러보아라. 세상에는 두 종류의 인간이 있다. 하나는 네가 누군지 벌써 까맣게 잊고 제 앞가림을 하느라 바쁜 이들, 하나는 법국인을 따라 떠난 몹쓸 호색녀로 널 기억하는 이들! 왜? 놀랐느냐? 억울하냐? 그렇게 먼 곳까지 나아가려면 그 정도 비난은 각오했어야지. 네가 없는 동안, 얼마나 많은 추문이 퍼졌는지 모른다. 내가 엄포를 놓았지만, 그 일렁이는 낯 뜨거운 이야기를 막을 순 없었느니라. 재미 삼아 하는 이야기가 아니라 질투가 섞여 있었던 탓이니라. 말이야 잘라 낼 수 있어도 부러운 눈길을 어찌 지울 수 있겠느냐. 호열자 취급당하는 게 싫다면 돌아오지 않았어야지. 네가 변한 만큼 세상도 바뀌었음을 받아들여야 하느니라. 자, 이제 묻고 싶구나. 법국에서 이방 여인으로 살아가는 게 두려웠다면 한양에서 다시 조선 여인으로 살아갈 자신은 있느냐?

마, 마마!

리심은 두 주먹을 꼭 쥐었다. 몸이 부들부들 떨렸다.

제물포에 내리는 순간부터 깨닫지 않았느냐? 조선에서 너와 같은 복색을 하고 너와 같은 걸음을 걷는, 너처럼 법국 말과 문화에 능통한 여인은 너 하나뿐이니라. 법국에 있든 조선에 있든 너는 혼자란 걸 명심해야 한다. 외로우냐? 설마 사랑을 믿었던 건 아니겠지? 사랑 안에서 널 속이며 여인의 행복 따윌 빌었던 건 아니겠지? 외로움은 너처럼 특별한 여인에게 내린 하늘의 축복이니라. 나 역시 축복 속에서 살다가 축복 속에서 죽었느니라. 내내 많은 이들을 만나고 이야기 나누고 또 어떤 이에게는 깊은 속내까지 드러내 보였지만, 나는 철저하게 혼자였느니라! 누구도 믿지 말고 누구에게도 네 고독을 보이지 마라. 빅토르 콜랭. 그와 있을 때도, 그의 체온을 온몸으로 느낄 때도, 너는 계속 혼자임을 되새기도록 하여라.

리심은 무릎을 털썩 꿇었다.

소녀…… 어디서부터 시작할까 두렵사옵니다. 앞이 보이지 않사옵니다.

마르세유를 떠날 때는 할 일이 많았다. 중전을 시해한 이들이 감옥에 갇혀 있다면 그들부터 만나 따져 보리라 다짐했다. 그러나 감옥에는 아무도 없었다. 일본의 떠돌이 낭인들이 저지른 우발적인 사건이라는 소식을 전해 들었을 때부터 예감이 좋지 않았다. 어찌 떠돌이 따위가 구중궁궐에 '우발적으로' 진입할 수 있단 말인가.

국모가 죽었지만 진범은 잡히지 않았다. 범인을 잡아야 할 국왕은 러시아 공사관으로 숨어 버렸다. 아내를 죽인 살인범들을 쫓는 대신, 자신의 목숨을 지키는 일이 더 급했던 것이다. 왜인들의 기세가 그만큼 하늘을 찔렀다.

네가 돌아온 바로 그곳, 네가 떠나갔던 바로 그곳에서, 너는 벌써 시작하고 있는 것이니라. 지금은 사라지고 없는 나를 향해 말을 걸고 있는 여인이 누구냐? 바로 너다. 지금은 사라지고 없는 5년 전의 너를 바라보며 그리워하는 여인이 누구냐? 바로 너다. 마락가 모래바람을 맞으며 밤을 보낸 후 돌아서서 회회회회(回回回回) 귀국을 결정한 여인이 누구냐? 바로 너다. 왜인의 잔당이 숨어 있을지도 모른다고 걱정하는 빅토르 콜랭을 설득하여 홀로 이곳까지 더 들어 온 이가 누구냐? 바로 너다. 리심, 너는 벌써 새로 나아감[進]을 시작하였다. 마락가까지 가는 길도 너 혼자였듯이 그곳에서부터 돌아오는 걸음걸음도 네가 최초인 것이다. 솔직하게 네 자신에게 물어보아라. 너도 이걸 기대하지 않았느냐? 이것만이 리심의 삶이라고 여기지 않았더냐? 법국에 첫발을 딛던 순간을 떠올려 보아라. 네 그 '처음'들을 한 순간도 잊지 마라.

입국 인사

"잠시만 기다리십시오."

시종원 시종(侍從) 김홍륙이 중국어로 말했다. 빅토르 콜 랭이 중국어에 능통함을 아는 것이다. 벽에 걸린 눈 덮인 시베리아 평원 사진을 쳐다보는 빅토르 콜랭의 얼굴은 딱 딱하고 어두웠다. 러시아 공사관에서 조선 국왕에게 입국 인사를 하리라곤 상상한 적이 없었다. 고종이 러시아 공사 관으로 피했다는 풍문을 접했을 때도, 잠시 머물다가 돌아 가리라 여겼다. 한 나라 국왕이 외국 공사관에 숙식을 의탁 한다는 것은 수치스러운 일이다.

고종은 환궁하지 않았다. 전국에서 국모를 살해한 왜인 들에 대한 분노가 들끓고 의병이 일어났지만, 왕이 궁궐을 떠나 다른 곳에 머무는 것은 크나큰 비례(非禮)임을 아뢰는 상소가 연이어 올라왔지만, 다시는 낭인들이 궁궐을 침탈하는 일은 없을 것이라는 일본 공사의 장담도 은밀히 전해졌지만, 고종은 뜻을 바꾸지 않았다.

빅토르 콜랭은 볼에 바람을 한껏 불어넣었다가 뺐다. 딱딱하게 굳은 얼굴로 조선 국왕을 만날 수는 없었다. 왼쪽 손목이 허전했다. 외출할 때마다 리심의 작은 손이 가볍게 얹히던 자리였다. 함께 탑전에 나아가 국왕을 알현하자고 했지만, 리심은 입 초리로만 웃으며 고개를 저었다. 다시 권하자 따지듯 물었다.

"사사로운 인산가요, 아니면 공무(公務)의 일부인가요?"

공사로 부임하는 외교관과 그 나라 국왕이 만나는 자리가 어찌 사사로울 수 있겠는가. 화기애애한 분위기에서 덕담을 주고받을 수는 있지만 분명 공무였다. 빅토르 콜랭이 머뭇거리자 리심이 손가방을 챙겨 먼저 나섰다.

"공무라면 혼자 가세요. 저는 따로 들를 데가 있습니다."

이틀 전 조선 교구장 뮈텔 주교가 마련한 환영 만찬에도 몸이 아프다며 불참한 그녀였다. 제물포에 내리는 순간부터 온화한 웃음이 사라지고 표정이 차가워졌다. 5년 만에 조국으로 돌아온 감격은 찾기 어려웠다. 조금 더 거슬러 올라가 보자면, 리심은 사하라 사막에서 극적으로 생환했을 때부터 조금씩 변하기 시작했다. 더 이상 파리의 풍광이나 문물을 호기심 어린 눈으로 살피며 감탄사를 연발하던 영혼이 아니었던 것이다. 사막에서 어떤 일을 겪었는지 자세히 들려주진 않았지만, 그날 이후 파리지엔의 삶보다 귀국 후 조선에서 할 일을 챙기는 시간이 점점 늘었다. 파리 외방 선교회에 들러 아동 교육에 관한 서책들을 탐독한 것도 조선에 가서 아이들을 위한 학교를 운영하려는 바람 때문이었다.

'지금쯤 어디 있을까? 옛 친구라도 만나러 갔을까? 아니면 학교를 세울 자리를 알아보기 위해 도성 곳곳을 돌아다니고 있을까? 아직 여독이 풀리지도 않았을 텐데, 병이라도 앓을까 걱정이구나.'

"전하께서 나오십니다."

김홍륙을 따라서 고종이 조금 바쁜 걸음으로 등장했다. 겨우 5년이 지났을 뿐인데, 10년은 더 늙어 보였다. 눈가에 주름이 자글자글하고 두 뺨은 창백했으며 수염은 제멋대로 뻗어 나와 소란스러웠다. 고종은 양팔을 과장스럽게 벌려 흔들며 빅토르 콜랭을 반겼다.

"공사가 다시 온다는 소식을 듣고 얼마나 기뻤는지 모르오. 먼 길 와서 피곤할 터인데 한걸음에 과인부터 만나러 와 주니 고맙소. 서책이나 도자기 사 모으는 취미는 여전하오?"

김홍륙은 불어를 담당하는 역관 탐언이 자리를 잠시 비웠다고 양해를 구했다. 빅토르 콜랭의 눈가에 아쉬운 빛이 맺혔다 지나갔다. 임시 방편으로 중국어를 사용하기로 했다. 김홍륙은 러시아어 통역이 맡은 업무였지만 중국어도 곧잘 했다.

"예, 전하! 본국에서도 또 마락가에서도 흥미로운 서책을 더러 사긴 했습니다. 하나 조선에서 가져간 서책이나 도자기에는 훨씬 미치지 못하옵니다. 파리의 여러 문인과 학자들 역시 조선 서책이 품격 있고 아름답다는 칭찬을 많이 했습니다. 기메 박물관이라고 동양 문물만 전시하는 곳이 있는데, 거기 3층에 조선의 여러 물품들이 따로 진열되어 있사옵니다."

"호오, 그랬소? 하여튼 조선 사정에 밝은 공사가 다시 왔으니 과인에겐 든든한 버팀목이 하나 생긴 것이나 다름없다오."

"중전 마마의 비보를 접하고……."

"그 얘긴 맙시다."

고종이 말머리를 잘랐다. 김홍륙을 돌아보며 명했다.

"가비(加比, 커피)를 내오도록 하라."

"예, 전하."

김홍륙이 공손히 머리를 숙인 후 부엌으로 향했다. 빅토르 콜랭이 김홍륙의 뒷모습을 슬쩍 살핀 후 더듬더듬 조선 말로 물었다. 두 번 반복했다.

"여전히…… 가비를…… 즐기십니까? 여전히…… 가비를…… 즐기십니까?"

고종의 눈가에 쓸쓸함이 깃들다가 사라졌다.

"그렇다오."

모닝 커피를 마실 때면 언제나 고종 곁에 중전이 있었다. 사랑하는 이는 떠나도 함께 나누던 것들은 여전히 머무르는 법이다.

김홍륙을 따라서 외국 여인이 커피를 내왔다.

"손탁 양입니다. 덕국(德國, 독일) 여인인데, 알자스 출신이라서 법국 말도 잘하지요……. 의술도 뛰어나고 세상 물정에도 밝아 곁에 두고 도움을 받고 있다오……. 흐음…… 노서아 가비는 텁텁하고 쓸쓸한 맛이 강해. 그래도 과인은 블랙으로 마신다오."

빅토르 콜랭은 설탕을 두 스푼 넣었다. 블랙 커피를 즐기는 그였지만 러시아 커피는 깔끔하지 못하고 군데군데 잡스러운 냄새들이 섞였다.

"과인을 많이 도와주오. 바쁘겠지만 자주 놀러 와서 이런저런 세상 이야기 해 주면 더욱 좋겠고……."

빅토르 콜랭이 감사 인사를 하려는데 김홍륙이 한발 늦

게 고종의 물음을 통역했다.

"한데 왜 혼자 왔소? 리심과 함께 귀국하였다 들었소만……."

답변하려다 말고 빅토르 콜랭은 김홍륙을 노려보았다. 리심의 안부까지 묻기에는 고종이 방금 뱉은 말의 길이가 너무 짧았던 것이다.

'혹시, 이자가 통역을 제멋대로 하는 건 아닌가?'

역관이 통역에서 실수를 하면 중벌을 면치 못한다. 특히 나라와 나라 사이에 손익을 따지거나 격식을 갖춰 인사를 나누는 자리에선 더욱 그 책임이 막중했다.

'기우일까……. 이자가 리심을 어떻게 알지?'

빅토르 콜랭은 김홍륙의 찢어진 눈을 노려보았다. 그러나 김홍륙은 전혀 동요하지 않고 오히려 눈웃음까지 지어 보였다. 지금으로선 답을 할 수밖에 없었다.

"긴 여행 탓에 조금 아픕니다. 걱정할 정도는 아니고 한 이틀 쉬면 곧 나을 겁니다. 그때 함께 오겠습니다."

김홍륙이 조선말로 옮기자 고종이 고개를 끄덕였다. 그리고 또 무엇인가를 묻자 김홍륙이 가늘고 가벼운 목청으로 옮겼다.

"춤 솜씨는 여전한지…… 하문하십니다."

그때 한 사내가 급히 들어왔다. 고종과 김홍륙 그리고 빅토르 콜랭의 시선이 동시에 그에게 향했다. 불어 담당 역관 탐언이었다. 고종이 소리 높여 꾸짖었다.

"법국 공사의 방문을 준비하라는 하명을 어찌하여 어긴 것이더냐?"

탐언이 머리를 조아린 채 답했다.

"공사께서 소광통교 서사(書肆, 서점)를 둘러보고 계시다고, 역관 도움이 필요하니 속히 와 달라는 연통을 받았사옵니다."

"허어, 대체 누가 그런 거짓 연통을 전했느냐?"

"어떤 소년이…… 이 서찰을 전하고 갔사온데……."

고종이 서찰을 펼쳐 눈으로 훑은 후 빅토르 콜랭에게 내밀었다. 불어 서찰이었다. 필체를 유심히 살피던 빅토르 콜랭이 탐언을 노려보다가 고종 쪽으로 시선을 돌렸다.

"길이 엇갈렸나 봅니다. 전하를 뵙기 전에 잠시 소광통교를 들렀습니다. 새로운 서책을 보고 싶었기 때문입니다. 몇몇 서책을 택하였는데 제대로 흥정이 되지 않아서 탐언에게 도움을 청했습니다. 어차피 탑전에서 통역을 할 예정이니 서책을 산 다음 함께 전하를 뵈면 된다 여겼지요. 그런데 아무리 기다려도 오지 않기에 저 혼자 왔던 겁니다. 사람을 불러 놓고 기다리지 않은 제 잘못이 큽니다. 용서해 주십시오."

고종의 노여움이 수그러들었다.

"허어, 그랬군. 알겠소. 하나 그런 일이 있으면 공사관을 나갈 때 미리 여기 홍륙에게 알렸어야지. 또 이런 실수를 범하면 중벌을 내릴 것이야."

빅토르 콜랭이 탐언을 향해 눈을 끔벅해 보였다.

"성은이 망극하옵니다."

돌멩이를 던지다

궁을 나온 리심은 정처 없이 걸었다. 갈 곳이 없었다.

그녀의 보금자리는 프랑스 공사관이었지만, 빅토르 콜랭과 행복하게 지내기 위해 사하라 사막에서 파리 개선문에서 귀국을 서둘렀던 것은 아니다. 그녀는 오직 중전이 피흘린 곳으로 가고 싶었다. 두 발로 그곳을 딛고 서서 주위를 차근차근 살펴보고 싶었다. 햇살과 바람, 새 울음과 나뭇가지들의 흔들림까지! 그다음은? 놀랍게도, 어쩌면 당연하게도 리심에겐 그다음이 없었다. 하여튼 그 끔찍한 곳까지 가리라. 그다음은, 그다음에 생각하리라. 마르세유에서 귀국선을 탈 때도 제물포에 내릴 때도 '그다음'은 너무 멀리 있었다.

그런데 바로 지금 '그다음'이 성큼 다가왔다. 이제 나는 어디로 가야 하나. 누굴 만나서 무슨 이야기를 나누어야 하나. 중전께서 돌아가신 슬픔을 토로한다면 손가락질하며 비웃겠지. 그때가 언제 적 이야긴데 아직도 눈물을 뚝뚝 흘린단 말이오! 꾸지람이 귓속을 파고든다. 시간이 지나도 잊혀지지 않는, 되새길수록 더욱 뚜렷해지는 일도 있음을 저들은 모른다. 하나 저들 말에도 일리는 있다. 치욕과 고통의 나날이 더욱 뚜렷해져서 이 가슴을 찔러 댄들 무엇이 달라질까. 그날 그곳에서 쓰러진 자는 영원히 죽었다.

5년 전 센강에 닿은 후부터 버릇이 하나 생겼다.

앞뒤가 꽉 막혀 조여 올 때, 어제도 캄캄이고 내일도 캄캄일 때, 사방 어디에도 길이 보이지 않을 때, 길이 있더라도 가고 싶은 곳이 없을 때, 리심은 강을 들여다보곤 했다. 다리 난간에 올라서서 강을 뚫어져라 쳐다보노라면 수면에 무엇인가가 일렁거렸다. 그 일렁거림을 향해 작은 돌멩이를 던졌다. 퐁 소리와 함께 돌을 삼킨 강은 변함없이 흘렀다. 돌멩이를 던지고 또 던졌다. 열 개쯤 던지다 보면 일렁거림이 엷어지다가 끝내 사라지고 시원한 바람이 수면을 쓸어내렸다. 상쾌함이 옆구리에서부터 차오르기도 하고 등에서 앞가슴으로 즐거움의 굴이 뚫리기도 했다.

발걸음을 멈추고 주변을 둘러보니 대광통교였다. 예전처럼 잔방들이 개천을 따라 늘어섰다.

"지월아! 영은아!"

두 친구 이름을 불렀다. 셋이서 장탕반을 먹을 때가 엊그제 같았다.

조선을 그릴 때 떠오르던 얼굴. 장악원이나 약방을 찾아가 볼까. 하나 오늘은 누군가를 만나러 가고 싶지 않았다. 반가운 표정으로 무엇인가를 더듬고 싶지도 않았다. 묵묵히 혼자 지내면서 5년 동안 무엇을 얻었고 무엇을 잃었는지 곰곰이 따져 볼 작정이었다. 지월과 영은은 내일 찾아가도 늦지 않았다. 그녀들이 변함없이 의술을 익히며 가무에 힘을 쏟고 있다면 언제 간들 반갑게 만날 터였고, 다른 일을 시작했다면 오늘 간들 해후하기 어려웠다.

암사슴 가죽으로 만든 독수리 날개 문양 손가방에서 돌멩이 둘을 꺼냈다. 아침에 공사관을 나오다가 대문 앞에 잠시 서서 주워 담은 것이다. 돌멩이를 쥐고 크기를 가늠해 보며 실없이 웃었다.

점쟁이가 따로 없군.

파리에서도 이럴 때가 있었다. 센 강변으로 가야만 할 것 같을 때, 꼭 흐르는 강의 빠르기를 가늠해 봐야 할 것 같을 때, 그런 느낌이 들면 날렵한 돌멩이부터 챙겼다. 강에 이르렀을 때 손에 맞는 돌멩이가 없으면 낭패였다.

리심은 주위를 살폈다. 단발머리에 파리지엔 복식을 한

탓에 많은 눈들이 몰렸다. 다리 아래로 돌멩이를 던지다가 봉변을 당할 수도 있었다. 자고로 강변엔 먹잇감을 노리는 늑대처럼 건달들이 어슬렁거리는 법이니까.

포옹.

경쾌한 소리와 함께 돌멩이가 개천으로 떨어진다.

얕고 빠르다. 센강처럼 넓고 정돈되지는 않았지만 개천은 통통 튀며 살아 있다. 다리 위에서 보기엔 느리게 흐르는 것 같지만 굽이굽이 몰아치는 흐름이 녹록치 않다. 10만 명을 헤아리는 도성 안 백성들의 애환이 녹아 흐르는 개천이다. 막힐 듯 좁은 곳도 있고 넘칠 듯 부푼 곳도 있지만, 막히지도 넘치지도 않은 채 사시사철 맑은 소리를 뿜낸다.

리심은 왼손에 쥐었던 돌멩이도 마저 던진다.

퐁.

이번엔 더 빨리 소리가 끊긴다. 나라 안팎 사정이 어려워도 냇물만은 여전하다. 기분이 한결 나아진다.

"저기!"

굵은 사내의 음성이 뒤통수를 쳤다. 조심한다고 했건만 누군가에게 답답한 마음을 들킨 듯했다. 돌아보니 중늙은이 가마꾼이었다.

"저기…… 마님께서 뵙기를 청하십니다. 정중히!"

'정중히'라는 단어가 적당한 자리를 찾지 못해 흔들렸다.

리심은 고개 들어 사내의 등 뒤를 살폈다. 크고 화려한 가마 하나가 놓여 있었다.

"뉘신데 날 만나겠다는 것이냐?"

리심은 낯선 만남을 원하지 않았다.

"그게…… 시종원 시종 김홍륙 어른의……."

'시종원 시종이라고?'

울긋불긋한 가마는 억지로 멋을 부린 기색이 역력하다.

'시종원 시종의 계집과 내가 무슨 상관이란 말인가.'

한복을 곱게 차려입은 여인이 발을 걷고 머리를 숙인 채 가마에서 나왔다. 이마는 넓고 눈썹은 짙으며 눈초리는 매우 높이 치켜 올라갔다. 입술은 얇고 볼은 발그레했다. 양손바닥을 들어 관자놀이에 대고 머리를 정돈하는 흉내를 낸 후 리심을 향해 시선을 돌렸다. 여인을 바라보는 리심의 두 눈이 점점 커졌다.

"너, 너는……."

"리심아!"

여인이 먼저 이름을 불렀다.

"여, 영은이! 정말 너야?"

리심은 종종걸음으로 나아갔다. 둘은 양손을 맞잡고 껑충거리며 뛰었다.

"너구나. 정말!"

"그래, 나야. 네가 온다는 소식을 듣긴 했지. 한데 여기서 만날 줄이야."

리심은 영은의 뺨을 양손으로 어루만졌다. 조금 살이 오르긴 해도 틀림없는 영은이었다.

"난 네가 약방에 아직 있을 거라 여겼어. 악착같이 공부하던 너니까, 훌륭한 의술을 익혔으리라 믿었지. 한데 약방을 그만두었나 보구나. 지월이는?"

영은이 리심의 손을 맞잡으며 답했다.

"서서 이야기하기엔 할 말이 너무 많아. 우리 집으로 가자! 어서 가마에 오르렴!"

리심이 잠시 생각하다가 웃으며 답했다.

"그래, 그러자."

가마가 워낙 크고 넓어서 두 사람이 앉아도 자리가 남을 정도였다. 두 친구를 실은 가마는 광통교 거리를 곧게 내달렸다. 파리로 입성하던 한 마리 검은 철마처럼.

세 친구

"무얼 해? 어서 따르지 않고."

대문을 들어서던 영은이 고개를 돌리며 재촉했다. 으리
으리한 기와집에 놀란 리심은 오른손으로 가슴에 달린 복
숭아 모양 브로치를 쓸었다.

'어떻게 이런 부잣집 안주인이 된 걸까.'

약방 기생은 젊어서는 약재를 재배하거나 침술을 익히
면서 춤과 노래를 하고 늙어서는 중인 재취 자리도 감지덕
지였다. 영은은 나긋나긋한 걸음으로 협문 셋을 지나고 큰
마당과 연못을 통과한 후에야 겨우 멈췄다.

"방은 답답하니 요 마루에서 얘기 나누는 게 좋겠어. 따
로 과자를 내오라 시킬게. 법국에서 맛난 양과자를 실컷 먹
었겠지만 한양에서 먹는 맛은 또 특별할 테니까."

리심은 마주 보고 앉아서 다시 영은을 찬찬히 살폈다. 여전히 고운 얼굴이었다. 맺고 끊음이 분명했던 아이. 약방에서 시험이라도 치는 날이면 한 문제를 틀렸다고 밥도 먹지 않던 아이. 무엇이든 으뜸이 되어야만 직성이 풀리던 아이였다. 뺨과 귀를 살피던 시선이 목덜미에 닿았다.

"다, 다쳤니? 그 흉터."

영은이 손으로 목을 가리며 웃어 보였다.

"그냥…… 좀!"

"상처가 깊어. 칼에 베인 자국인데……."

"눈썰미는 여전하네. 맞아. 하마터면 네 얼굴도 못 보고 황천 갈 뻔했지."

리심이 프랑스를 거쳐 모로코에 다녀오는 동안 영은은 죽음의 문턱을 넘나들었던 것이다. 어색한 분위기를 바꾸려는 듯 영은이 말머리를 돌렸다.

"귀국하니 어때? 많이 변했지?"

5년이 흘렀다. 길다면 길고 짧다면 짧은 세월이었다. 리심에게는 예전에 알던 도성 풍광조차 새로워 보였다.

"거기 갔다 왔어. 향원정 뒤뜰!"

영은이 이미 알고 있었다는 듯 고개를 끄덕였다.

"당연히 거기부터 가리라 짐작했어. 중전 마마의 은덕이 없었다면 어찌 리심 네가 그 먼 나라까지 갈 수 있었겠니?

많이 울었겠구나."

생각보다는 눈물이 흐르지 않았다. 감정이 북받쳐 오르긴 해도 엉엉 통곡할 정도는 아니었다.

"거기 내 피는 없디?"

영은이 농담처럼 물었다. 리심은 다시 영은의 흉터를 더듬었다.

"그래, 나도 그날 그곳에 있었어. 왜인들이 궁을 침탈했을 때, 마침 중전 마마께선 급체(急滯)로 몹시 편찮으셨거든. 약방 기생들이 마마를 뵙게 된 거야. 다행히 탕약을 드시고 병은 곧 나았지만 밤새 잠을 이루지 못한 탓에 피곤한 기색이 역력하셨지. 낮잠이라도 주무시라 아뢰고 물러나려는데 천지가 무너지는 소리와 함께 사방에서 비명이 터졌어. 중궁전 상궁이 급히 마마께 아뢰더군. 변고가 분명하니어서 변복을 하시라고. 그리고 중궁전 나인들과 약방 기생인 우리들까지 머물러 있게 했어. 궁을 지키는 장졸들이 소동을 무사히 가라앉히기를 바랐지만 비명이 점점 더 가까워지더군. 아, 정말 무서웠어. 궁궐을 침탈할 무리라면 궁인한둘 베는 거야 일도 아닐 테니까. 그때 마마께서 내 곁으로 다가와 앉으셨어. 놀란 눈으로 비켜서려고 하자 내 팔목을 잡아끄셨지. 눈 맞추며 고개 끄덕이셨어. 나는 마른침을 삼킨 후 마마의 섬섬옥수를 쥐었단다."

영은은 말을 멈추고 숨을 골랐다. 리심도 가슴이 뛰고 어깨가 떨렸다.

귀국길 내내 왕비의 최후를 상상했다. 마지막 모습에 대한 숱한 억측이 떠돌았던 것이다. 온몸을 난도질 당했다는 풍문도 있고 발가벗은 채로 목숨을 잃었다는 소문도 나왔다. 최후를 목격한 증인을 찾아서 자초지종을 꼼꼼히 들어 보리라 마음먹었는데 그이가 영은일 줄이야!

"중궁전 상궁 마마님이 앞을 막자 단칼에 베어 버리더군. 피가 튀었고 궁인들은 두려워 비명을 질렀지. 나도 비명을 지르다가 고개를 돌렸어. 마마께서는, 아, 입 한 번 뻥긋 않으시고 저들을 노려보고 계셨어. 두려움보다는 분노가 입가에 서렸지. 왜인이 갑자기 내 목에 칼을 들이대며 더듬더듬 조선말로 묻더군. 누……가 중……전이냐고. 나는 마마의 손을 쥔 채 떨었어. 당장이라도 그 칼이 내 목을 깊게 벨 기세였거든. 장검이 점점 내 머리 위로 올라갔어. 그게 내려오면 내 목이 떨어질 것이고 그럼 내 삶도 그걸로 끝인 게야. 그런데 갑자기 마마께서 내 몸을 등 뒤로 감싸시더니 획 쓰러지듯 나아가셨어. 그 바람에 균형을 잃은 왜인의 장검이 내 목을 살짝 스치고 지나갔지. 아니, 솔직히 말하자면 스친 것보다는 좀 더 깊게 베었어. 피가 튀긴 했지만 목숨이 달아날 정도는 아니었어. 왜인은 엉덩방아를 찧었고 내 목에서 흐르는 피를 보자 궁인들은 또 비명을 질렀지. 나는 쓰러져 정신을 잃고 말았어. 그 순간 정말 나는 죽었다고 생각했거든. 부끄러운 고백이지만 오줌까지 찔끔 지렸다니까. 누군가의 손이 내 이마에 닿았어. 그건 마마의 손이었어. 급한 상황에서도 내 상처를 걱정하셨던 거야. 마마. 마마. 부르고 싶은데 입술이 열리지 않았어. 다시 왜인 몇 명이 뛰어 들어오더군. 일본인 사진사 얼굴을 흐릿하게 보았던 것도 같아. 궁중 사진사 진식도 있었어. 진식은 일본인 사진사를 스승으로 삼아 사진술을 익혔지. 하여튼 정신을 차려 보니 난장판이었어. 이미 목숨이 끊어진 궁인 둘이 내 옆에 쓰러져 있었고 다친 궁인도 하나 보였어. 마마는, 아니 계셨어. 아무리 주변을 살펴도, 향원전 뜰을 샅샅이 뒤져도 마마는 아니 계셨어. 아, 고요만이 지독했지. 바람 소리, 나뭇가지 흔들리는 소리, 새소리까지 들렸지만 내 귀에 그건 소리도 아니었어. 내 목을 겨누고 던진 왜인의 물음. 누……가 중……전이냐? 어색한 조선말만 반복되다가 딱 사라지자 엄청난 고요가 찾아든 거야. 나는 살았을까? 내 목은 제대로 붙어 있나? 그제야 목덜미가 아파 오더군. 옷을 살피니 온통 피범벅이었어."

리심의 미간이 좁아졌다. 피범벅이 된 영은을 상상하니 속이 메슥거렸다. 그래도 끝까지 궁금한 부분을 물고 늘어졌다.

"중전 마마의 최후는 보지 못한 거니?"

"응, 기절했으니까."

영은이 천천히 고개를 끄덕였다. 리심의 얼굴에 실망하는 빛이 역력했다.

"하지만 마지막까지 본 애가 있으니 걱정 마."

"그래? 누군데 그이가?"

영은이 대답 대신 고개를 돌렸다. 부엌으로 통하는 협문이 삐걱 소리를 내며 열렸던 것이다. 리심의 시선도 영은을 따라갔다. 왼발을 심하게 저는 여인이 차와 과자가 놓인 둥근 상을 들고 들어왔다. 한 걸음 내디딜 때마다 몸이 심하게 기울었다. 상이 엎어질 것만 같았다. 녹색 치마는 군데군데 구멍이 났고 흰 저고리 역시 색이 바래 누렇다 못해 황토 빛이었다. 비녀도 고쳐 꽂지 못한 채 일을 했던지 흘러내린 머리카락이 콧잔등 위에 걸렸다. 반쯤 고개 숙인 그녀는 오직 땅만 보며 천천히 걸음을 옮겼다. 상을 무사히 마루까지 올려놓으려고 기를 썼다.

"너, 너는!"

리심이 마당으로 내려섰다. 그리고 고개 돌려 영은을 올려다보았다. 영은도 그 자리에 서서 미소를 머금었다. 리심이 성큼 나아가서 상을 빼앗듯 받았다. 그제야 부엌에서 협문 둘을 지나 이 마당까지 고개를 숙이고만 걸었던 여인도 깜짝 놀라며 턱을 쳐들었다.

"지월아!"

지월이 뒷걸음질 치다가 균형을 잃고 기어이 쓰러졌다. 리심은 상을 내려놓고 지월을 부축하며 끌어안았다. 지월이 그 손을 휙 밀어냈다.

"나야. 리심이야. 지월아, 지월아!"

리심이 다시 무릎을 꿇고 지월의 손목을 당겼다. 지월의 어깨가 심하게 흔들렸지만 리심은 끌어안은 팔을 풀지 않았다. 약방 기생으로 뽑혀 올라와서 우정을 나눈 세 친구가 5년 만에 한자리에 모인 것이다.

또 다른 증언

　그 밤 리심은 영은의 집에서 하루를 묵었다. 함께 그동안을 곱씹지 않고는 견딜 수 없었다.

　파란만장 우여곡절을 빨리 듣고 싶었지만 지월은 말을 아꼈다. 영은이 함께 밤을 지새우자며 이불을 내오겠다고 하자 지월이 화들짝 놀라 왼발을 끌며 일어섰다. 상전에게 잡일을 맡길 수 없다는 완벽한 몸종의 자세였다.

　"마님! 제가……."

　영은이 리심의 눈치를 살피며 말을 잘랐다. 당황한 표정이 역력했다.

　"마님이 뭐니 마님이, 친구끼리! 둘이 있을 땐 그냥 영은아 하고 부르라고 했잖니? 아무리 네가 내 집에 얹혀 지내도 우린 친구야. 안 그래?"

"…… 예!"

지월은 단단히 주눅이 들었다. 영은과 한 방에 머물면 지월의 이야기를 하나도 들을 수 없을 것 같았다. 리심이 영은을 설득했다. 셋이서 함께 잘 기회는 다음에도 얼마든지 있다. 오늘은 지월이랑 자고 다음엔 꼭 너랑 자마. 지월이 방에 가서 하룻밤 묵겠으니 네가 이해해라. 영은은 못내 내키지 않는 표정이었다.

"그럴래? 그럼 내일 아침에 봐. 난 지월이 방에선 못 자겠더라. 넌 괜찮겠어, 이도 있고 벼룩도 있는데?"

영은과 헤어져 지월의 방으로 갔다. 두 사람이 누우면 어깨가 끼는 좁은 여종 방이었다.

둘만 남자 지월은 리심의 품에 안겨 참았던 울음을 터뜨렸다. 소리가 새어 나갈까 손으로 입을 틀어막고 오랫동안 울고 또 울었다. 리심은 지월의 등을 토닥이기만 했다. 먼 길 떠났다 돌아와서 지난 일을 후회하는 자식을 다독이는 어미를 닮았다. 코를 흥 풀고 지월은 놀라운 이야기를 시작했다.

"영은이 저년은 변했어. 예전 우리 친구 영은이가 아냐. 다른 사람은 속여도 난 못 속이지. 중전 마마가 누구 때문에 죽었는데…… 영은이만 아니었다면 마마는 돌아가시지 않았을 거야."

"그게 무슨 소리니? 마마께서 영은이 때문에 돌아가셨다는 거야? 알아듣게 설명해 봐."

지월의 검은 눈동자가 허공을 향했다.

"이게 다 질투 때문이지. 리심, 네가 있을 때 영은인 널 몹시 부러워했어. 네가 법국 공사관으로 들어간 후 약방과 장악원 관원들에게 네가 얼마나 어리석고 고집불통이며 한심한 아이인가를 거듭 고한 애가 바로 영은이야. 그러고도 네 앞에선 둘도 없는 친구처럼 굴더라고."

"그…… 그랬니? 영은이가 날 질투했다고?"

"네가 선모 역할을 맡고 또 법국 공사 눈에 띄어 궁을 떠났을 때도 시샘이 이만저만이 아니었지. 선모가 되기 훨씬 전부터 네가 중전 마마께 아부에 아부를 거듭했고, 또 법국 공사와 통정한 사이라는 모함까지 서슴지 않았어. 네가 큰 아줌마 때문에 얼마나 고생 고생했는지 알면서도 계속 음란한 계집으로 몰아붙였지."

"그 얘길 왜 이제야 하는 거니?"

지월이 즉답을 미루고 다시 코를 풀었다.

"나도 네가 조금 부럽긴 했거든. 영은이 때문에 너한테 큰 문제가 생기면 그때 말하려고 했지. 하나 넌 운이 좋은 아이잖아? 영은이가 뭐라 하든지 선모가 되었고 법국 공사 눈에 들었고 또 일본이랑 법국이랑 마락가까지 갔잖아?"

리심은 입맛이 썼다.

'날 가장 잘 알고 아껴 주리라 믿었던 영은이도 지월이도 딴마음을 품고 있었구나.'

"그날 중궁전 부름을 받고 마마를 뵌 약방 기생에 지월이 너도 포함되었던 거지?"

지월의 표정이 밝아졌다. 눈빛에 자랑스러움까지 서렸다.

"그럼! 중궁전엔 언제나 내가 갔으니까. 네가 법국 공사관으로 나간 후론 줄곧 내가 마마를 가까이에서 모셨어."

"그랬니? 내 기억엔 영은이가 너보다 조금 더 나았던 것 같은데……."

지월이 목청을 높였다.

"아냐. 이것저것 늘어놓고 외우는 거야 영은이가 나았지만 침술만은 내가 으뜸이었어. 마마께선 손가락과 발가락 마디마디가 자주 저리셨지. 탕재로도 소용이 없었어. 내가 정성껏 주물러 드리면 빙긋 웃으시며 이렇게 칭찬하시더라고. '지월아! 참으로 네 손이 약손이구나.' 한데 그날은 영은이가 함께 가겠다고 부득부득 우겼어. 나 혼자 가도 충분하다고 했지만 영은인 거의 울먹이다시피 내게 매달리더라고. 그게 좀 이상했지만, 그때 아예 딱 잘라 버렸어야 하는데, 그놈의 정이 뭔지, 영은이를 데리고 갔지."

지월은 그 시절이 못내 그리운지 말을 끊고 눈을 감은 채 미소를 지어 보였다. 리심은 마음이 급했다.

"마마의 발가락은 나도 알아. 엄지발가락이 안으로 많이 휘고 새끼발톱이 살을 파고들어 아파하셨지. 하나 발가락 마디마디가 아프셨다는 이야긴 처음 듣네. 하여튼 치료를 하고 있는데 왜인들이 들이닥친 거야?"

"응, 근데 분위기가 그전부터 이상했어. 막상 중궁전에 나아가니 영은인 한마디도 않고 떨기만 하더라고. 아무리 지엄하신 마마 앞이라 해도 그렇게 떨 애가 아니잖아? 자꾸 문 쪽을 살피며 무엇인가를 기다리는 눈치였어. 중궁전 상궁 마마님이 급히 들어왔을 때 영은이 표정을 잊을 수가 없어. 모두들 겁에 질렸는데 영은이만 손으로 입을 가린 채 득의에 차서 웃었어. 정말이야. 그런 상황에서 웃는 건 이해하기 힘들지만 영은인 분명히 웃었어. 왜인들이 궁궐을 급습한다는 사실을 알고 있었던 거야. 마마께서는 상황의 심각함을 금방 간파하셨어. 일단 옷을 갈아입으셨지. 임오년에도 그런 적이 있듯이, 변복하여 궁인들 틈에 숨어 있다가 탈출하기로 마음을 정하신 거야. 마마께서 궁인들 사이로 걸어 들어오시니 영은이가 쪼르르 가서 그 옆에 서더라고. 난 영은이보다 서너 걸음 앞에 서 있었지. 그리고……왜인들이, 그 흉악한 놈들이 들이닥쳤어."

"그중 왜인 하나가 이렇게 물었다며? 누……가 중……전이냐?"

지월이 두 눈을 끔벅이며 고개를 끄덕였다.

"맞아. 정말 위험한 상황이었지. 왜인은 내 목에 장검을 댄 채 거듭 물었어. 누……가 중……전이냐?"

"잠깐. 왜인이 네 목에 칼을 들이댔다고? 영은이가 아니고?"

지월이 피식 실없는 웃음을 흘렸다.

"영은이가 또 헛소리를 했구나. 혹시 목덜미를 보여 주진 않았어? 그건 칼날 때문에 생긴 상처가 아니야. 제 풀에 쓰러지다가 바닥에 떨어져 있던 가위에 찔린 게지. 영은인 마마와 함께 뒷줄에 있었어. 상궁 마마님이 돌아가시는 것도 내가 제일 앞에서 보았지. 그 피가 내 몸에 묻기까지 했다니까. 순간 나는 중대한 결심을 했어, 마마를 위해 목숨을 버리기로. 겁을 잔뜩 먹은 궁인들이 마마를 지목하기 전에 나 스스로 나설 마음을 먹은 거지. 왜인을 똑바로 노려보며 답했어. '나다!' 왜인이 내 머리채를 휘어잡더니 확 끌어당기더라고. 그리고 자기네들끼리 시끄럽게 뭔가 의논을 하더니 다시 장검을 들고 내게 묻더군. '누……가 중……전이냐?' 나는 고개를 들고 뒤를 슬쩍 보았지. 마마와 시선이 마주쳤어. 마마께선 눈으로 만류하시더군. '그러지 마라. 왜 네가 내 대신 죽으려느냐?' 나도 마음으로 답했지. '마마!
마마 대신 죽는 일은 소녀에겐 참으로 큰 광영이옵니다. 먼
저 가겠습니다. 부디 나라를 위해 큰일을 하시옵소서.' 그
리고 소리쳤지. '나다! 내가 조선의 국모다.' 그 순간 왜인
의 두 눈이 더욱 작아졌어. 살기가 뿜어 나왔지. 나는 눈을
질끈 감았어. 이렇게 되고 보니 한 순간이라도 빨리 장검이
내 목에 닿기를 빌게 되더라고. 빨리, 어서 와라! 갑자기 쿵
쓰러지는 소리가 들리더라고. 그 바람에 왜인도 놀랐던 것
같아. 장검이 내 목이 아니라 왼쪽 허벅지를 깊게 베었거
든. 피가 솟았고 나는 쓰러졌지. 그때 한 무리의 왜인들이
다시 방으로 들어왔어. 왜인 사진사와 내관 진식의 얼굴이
기억나. 진식이 나를 슬쩍 보더니 고개를 저은 후 궁인들
쪽으로 시선을 돌렸지. 가물가물 정신이 흐려졌지만 영은
이 표정을 잊을 수 없어. 영은이가 또 웃고 있었어. 그러더
니 쓰러진 마마 쪽을 보더라고. 그 손을, 마마의 손목을 잡
고는 치켜들었어. 여기 너희들이 찾는 조선의 국모가 있다
고 알리듯이. 그리고 나는 정신을 잃었어. 깨어나 보니 영
은이가 내 허벅지 상처를 지혈하고 있더군. 나는 너무너무
끔찍했어. '영은이 네가 어떻게……' 말을 맺지 못하고 또
정신을 잃고 말았지. 피를 너무 많이 흘렸던 거야. 깨어났
다가 까무러치기를 몇 번 반복하다 보니 이렇게 병신이 되

어 있더라고."

지월은 냉수 한 그릇을 소리 내며 비웠다. 리심은 지월의 증언을 차례차례 곱씹었다. 둘 다 자신이 중전을 지키기 위해 최선을 다 했고 그 바람에 부상까지 입었다는 것이다. 둘 중 하나, 어쩌면 둘 다 거짓을 말했는지도 모른다. 리심은 꼬리를 잇는 질문 중 하나를 끄집어 올렸다.

"네 말이 맞다면……. 지월이 넌 왜 이런 수모를 당하면서 영은이 곁에 있는 거니?"

"내가 영은이 곁에 있는 게 아니라 영은이가 날 강제로 이 집에 가둔 거란다. 다리를 저는 병신이 되었지만 침술만으로도 그럭저럭 먹고 살 순 있어. 한데 영은이가 한사코 붙드네."

"마마를 왜인에게 넘겨준 비밀……. 그래 그 비밀을 지월이 네가 폭로할까 두려운 건가? 하면…… 정말 지월이 네 말이 사실이라면…… 나라면, 이런 마음먹으면 안 되겠지만…… 내가 영은이라면, 지월이 네가 말한 것처럼 영은이가 그런 애라면……."

리심은 자꾸 말을 돌렸다. 내뱉고 싶은 말은 분명했지만 차마 제 입으로 그 말을 입에 올릴 자신이 없었다.

"날 죽이는 게 더 낫다는 거지? 그래 네 말이 맞아. 언젠가 영은인 날 죽일 거야. 하나 지금까지는 비참한 내 모습을 보며 즐겼던 것 같아. 리심아! 솔직히 난 네가 부러웠어. 나뿐만이 아니야. 마마께서도 널 부러워하셨지."

　"마마께서 날? ……그걸 지월이 네가 어떻게 알아?"

　"5년 전 네가 도쿄에서 보낸 첫 서찰이 오자마자 열 번이고 스무 번이고 거듭 읽으셨으니까. 파리에서 띄운 서찰은 머리맡에 두고 주무시기까지 하셨어."

도쿄에서 보낸 편지

바람 차고 눈발 잦습니다.

휘휘 눈송이 땅에서부터 하늘로 솟구쳐 오릅니다. 도성에서도 종종 눈을 보았지만 이렇듯 사납고 어지러운 풍광은 처음입니다. 사람뿐만 아니라 눈도, 나라에 따라 다른가 봅니다. 자주 고개 돌려 하늘을 봅니다. 해도 달도 별도 없는 희뿌연 하늘. 그 아래에서 우우우 나뭇가지들이 늑대 울음을 길게 퍼뜨립니다.

일본 말을 익히기 시작했습니다. 법국 말도 아직 많이 부족하지만 이곳에 오니 또 이곳 사람들이 슬그머니 궁금해집니다. 나라말을 알지 않고는 그 나라 사람도 습속도 제대로 알기 힘들 테지요. 법국 말보다 어렵지는 않습니다. 일본도 진서를 쓰기에 이미 아는 글자도 많고, 비록 다르게 읽어 조금 혼란스럽지만 어순도 비슷해서 쉽게 따라가고 있습니다.

마마를 모시던 시절이 그립다면, 믿으시겠는지요. 뒤돌아보지 마라, 기억하지 마라, 결코 돌아오지 마라 하셨지만, 또 그런 하명 내리신 이유도 알지만, 그리운 건 그리운 거더군요. 그립지 않으려고 노래도 부르고 춤도 추고 그림도 그리고 또 새로운 단어도 외워 봤습니다. 하나 종종종종 바삐 움직이는 걸음들, 볕 잘 드는 담벼락에 모여 얘기꽃을 피우는 입들, 마마의 두 발을 정성껏 씻겨 내던 손들을 어찌 피할 수 있겠습니까.

미련을 버리라 하셨지만, 또 그 많은 상처들 모두 철저하게 버렸다고 여겼지만, 버리지 않은 것이 단 하나 있었습니다. 그것은 바로 마마십니다.

한동안 저는 제 삶을 이끄는 이가 큰아줌마라고 믿었습니다. 큰아줌마가 돌아가시고 또 오랜 시간이 흐른 후에도, 저는 어떤 일에 부닥칠 때마다 큰아줌마를 떠올렸지요. 큰아줌마라면 무엇이라고 말하였을까, 큰아줌마라면 어떻게 하였을까. 아직도 제 삶에 큰아줌마가 있음을 느낍니다. 그러나 저는 비로소 깨닫습니다. 제가 큰아줌마의 것이라 믿었던 많은 부분이 사실 마마의 것이었음을.

언젠가 큰아줌마에게 감히 마마의 삶을 따져 물은 적이

있습니다. 그때 큰아줌마는 잠시 가슴을 폈다가 오므린 후 이렇게 답하였지요. "조선 사내 10만 명이 할 일을 혼자 넉넉히 맡으실 분이다."

어떤 이들은 조선의 불행을 마마 탓으로 돌리기도 합니다. 마마께서도 일찍이 헛된 풍문을 들어 알고 계셨지요. 하나 결코 그 소문의 근원을 파헤치지 않으셨습니다. 오히려 빙긋 웃으시며 아랫것들에게 묻곤 하셨지요. "내가 외국 공사들과 지나치게 자주 어울리고 또 백성들 피땀을 짜내 값비싼 주연을 베푼다고들 한다. 너는 어찌 생각하느냐?" "내가 족친들을 너무 많이 조정에 집어넣고 있다고들 한다. 너는 어찌 생각하느냐?" 어찌 생각하느냐 어찌 생각하느냐 하문하실 때마다 목구멍이 막히고 혀가 눌려 입을 뗄 수 없었습니다. 어찌 감히 저와 같은 계집이 마마에 관한 추문을 논할 수 있겠는지요. 하나 마마는 진심으로 하문을 아끼지 않으셨습니다. 세상에 대한 자신감이었을까요, 그깟 풍문 하나도 무섭지 않다는!

큰아줌마가 큰 뜻 품을 수 있었던 것도, 제가 이런 서찰을 적어 올릴 수 있는 것도 마마의 보살핌 덕분입니다. 제 잘난 탓에 더 나은 내일을 얻었다 으스대던 날들이 한없이 부끄럽습니다. 제가 어디까지 나아갈지 알 수 없지만, 그 신천지 역시 마마께서 미리 살펴 두신 곳임을 잊지 않겠습니다. 하나 그립다고 발걸음 돌릴 만큼 어리석지는 않으니 너무 걱정 마십시오. 이미 왔던 길은 눈에 덮여 사라졌으니 앞으로 나아가는 걸음걸음만이 새로운 길을 만들 뿐이니까요.

아, 벌써 눈이 그쳤네요. 또 쓰겠습니다.

백두산 호랑이

해가 뜨기 훨씬 전부터 빅토르 콜랭은 깨어 있었다. 다섯 번째 읽기 시작한 『산해경』을 덮고 눈을 비볐다. 저녁을 먹고 두어 시간 눈을 붙였다가 깬 후 계속 「남산경(南山經)」을 읽었다. 어제 러시아 공사관을 나설 때 탐언이 건넨 말이 떠올랐다.

"새벽 일을 다시 시작하실 거죠?"

빅토르 콜랭은 탐언의 눈에서 어떤 기대를 읽었다.

"이젠 공사관 소속이 아니잖아? 나랏일 보기에도 바쁠 텐데 시간이 나겠어?"

탐언이 기다렸다는 듯이 신이 나서 답했다.

"새벽엔 괜찮아요. 공사님만 일을 만들지 않으시면 법국어 통역할 일도 없고요. 내일 새벽부터 공사관으로 가겠습니다. 미리 서책을 팔 서생도 네댓 명 찾아 두지요."

빅토르 콜랭은 조선 서책을 계속 구입할 예정이었고, 이 일에 익숙한 탐언이 돕는다면 마다할 이유가 없었다.

"한데 누가 내 필체를 흉내 내서 자넬 엉뚱한 곳으로 불러낸 건가? 혹시 짚이는 사람이라도 있나?"

"…… 없습니다."

"이런 곤란을 당한 경우가 처음이고?"

"…… 네!"

탐언은 할 말이 있는 듯했지만 입을 닫았다. 빅토르 콜랭이 슬쩍 넘겨짚었다.

"김홍륙이라는 자…… 단순히 러시아 통역을 맡은 역관으로만 보이진 않더군. 전하께서 특별히 아끼시는가 보던데……."

탐언이 겨우 한마디 보탰다.

"러시아 공사와 러시아 말로 문답할 수 있는 유일한 조선인이니까요."

역시 무엇인가 구린 구석이 있다. 탐언을 두려움에 떨게 할 정도로 김홍륙의 권세가 대단한 것이다. 자고로 왕을 가까이에서 모시는 후궁이나 환관이나 역관이 힘을 얻으면 난세로 빠져들기 쉽다. 조선 왕비가 살아 있을 때는 이런 자들을 철저히 경계하여 문제가 없었다. 역시 국모의 빈자리가 큰 것이다.

　새벽같이 손님이 오셨다는 연락을 받고 빅토르 콜랭의 입가에 절로 미소가 피어올랐다. 탐언의 호기심 가득한 눈동자가 떠올랐던 것이다. 그러나 마당으로 들어선 사내는 탐언이 아니었다. 키가 족히 2미터는 넘고 눈은 부리부리하며 수염은 짙고 굵었다. 조선인들이 좋아하면서 두려워하는 백두산 호랑이가 저리 생겼으리라 여겨질 정도였다. 백두산 호랑이의 입에서 뜻밖에도 불어가 흘러나왔다.
　"약속도 하지 않고 불쑥 찾아와서 미안하외다."
　빅토르 콜랭이 놀란 표정을 감추며 마당으로 내려섰다. 이렇듯 완벽하게 불어 발음을 구사하는 조선인은 리심 외엔 없었다. 탐언의 회화 실력도 나무랄 데 없지만 발음만큼은 딱딱하고 어설펐다.
　"뉘신지……?"
　"홍종우라고 하오."
　"홍…… 종…… 우라!"
　빅토르 콜랭은 그 이름을 물론 알고 있었다. 기메 박물관, 펠릭스 레가미의 얼굴, 리심의 가늘고 긴 손가락이 머물던 서책이 차례로 머릿속에 떠올랐다.
　"「춘향전」과 「심청전」을 불어로 번역하신 분이로군요."

조선의 서정을 아름답게 옮긴 문장들과 홍종우의 우람한 체구는 전혀 어울리지 않았다. 상하이에서 조선 정객 김옥균을 무참히 죽인 자객의 풍모라면 모를까.

"제 졸저를 읽으셨소?"

"아내와 함께 보았습니다. 완벽하고 아름다운 불어를 구사하시더군요."

빅토르 콜랭은 새벽의 불청객을 방으로 안내했다.

홍종우의 시선이 빈방을 훑었다. 방금 빅토르 콜랭이 '아내'라고 했던 여인의 흔적을 찾는 것이었다. 빅토르 콜랭은 그 시선이 불편했다. 파리에서 리심은 「향기로운 봄(Printemps Parfumé)(「춘향전」의 불어판)」을 유난히 좋아했다.

"고맙소. 부족한 게 많았는데 레가미 씨께서 도와주셔서 용기를 낼 수 있었소."

"한데 어인 일로……?"

"긴히 부탁드릴 일이 있어 예의가 아닌 줄 알지만 이렇게 불쑥 찾아왔소."

홍종우라는 이 사내!

파리에서도 늘 한복을 입고 다녀 주목을 끌었다지. 불어를 채 익히지 못하였을 때도 여러 파티에서 한 번도 부끄러워한 적이 없었고, 불어에 익숙해진 후에는 조선에 대해 긴 연설도 두어 번 했다지……. 자신이 파리에 온 것은 조선을 더욱 부강하게 만들기 위함이라고, 파리에서 많은 것을 배워 가겠으나 또한 파리 시민들도 조선에 오면 배워 갈 것이 적지 않을 것이라고. 보들레르나 랭보, 베를렌의 시도 아름답지만 조선에도 김시습을 비롯한 탁월한 시인들이 적지 않으며, 프랑스와 독일과 영국이 제각각이듯 중국과 일본과 조선은 매우 다른 역사와 전통을 지녔다고. 프랑스가 택한 공화정도 훌륭하지만 동양의 여러 나라들이 택하고 있는 군주정 또한 나름대로 합리성이 있다고, 특히 조선은 국왕을 높이 받드는 것을 기본으로 하되 신하들의 곧은 의견이 여러 경로를 통해 정치에 반영되어 왔다고……. 조선에서도 혁명이 있지 않았느냐고 누군가 갑신년의 변을 언급하자 홍종우는 더욱 목소리를 높였다지……. 그건 혁명도 뭣도 아니라고……. 김옥균의 무리는 일본을 등에 업고 나라를 훔치려고 한 역도라고, 중죄를 짓고도 외국으로 달아나서 계속 조선을 욕보이는 자들은 죽어 마땅하다고, 정의의 이름으로 벌을 내려야 한다고, 김옥균이 눈앞에 있다면 맨손이든 장검이든 가리지 않고 결투를 통해 죽일 의향이 있다고……. 호언은 현실이 되었고 장담은 피비린내를 불렀지. 그런 사내가 새벽에 공사관을 찾아와서 내게 '부탁'을 하겠단다. 이 부탁은 결코 사사로운 것이 아니다. 그는 프랑스를 아는 몇 안 되는 조선인이며 나는 조선을 아는 몇

안 되는 프랑스인이다. 그와 나는 만날 수밖에 없는 운명이다. 그러나 이런 모양새는 아니다. 도성에 들어온 지 단 하루 만에, 그것도 어둑새벽이다. 적어도 한 달은 조선 사정을 살펴야 한다. 지금은 평화로운 세월이 결코 아니다. 왕비는 죽었고 왕은 러시아 공사관에 숨어 있지 않은가. 조선 전역에선 왕비를 죽인 일본인에게 복수하자며 의병들이 나서고 있다.

기다리다 지친 홍종우가 먼저 입을 열었다.

"새로운 나라를 세울 때가 왔소."

빅토르 콜랭은 눈을 감고 '새로운 나라'를 곱씹었다.

새로운 나라를 세운다는 것은 조선을 무너뜨린다는 뜻이다. 홍종우도 김옥균처럼 혁명을 하려는가. 김옥균이 일본에 기대어 궁궐을 침탈했듯 홍종우는 내게 의지하여 뜻을 펴려고 하는가. 안 될 일이다. 김옥균이 혁명의 깃발을 든 것은 조선에 일본군이 머물러 있었기에 가능했다. 지금 조선에는 프랑스군이 단 한 명도 없다. 한데 내 어찌 홍종우를 떠받칠 수 있으리.

"새로운 나라라고 했습니까? 그걸 왜 내게 말씀하시는 겁니까?"

빅토르 콜랭은 홍종우의 부릅뜬 눈을 피하지 않았다.

"귀국은 새로움을 추구하는 나라로 알고 있소. 공사께서 보시기에 조선은 새롭게 탈바꿈을 해야 하겠소, 아니면 이대로 주저앉아야 하겠소?"

"답할 위치에 있지 않습니다."

"주저앉는다는 것은 곧 나라를 잃는 것과 다르지 않소. 식민지가 되는 것이오. 나는 조선을 혁신하고 싶소이다."

빅토르 콜랭도 더 이상 말을 돌릴 수만은 없었다. 홍종우의 뜻을 정확히 파악해야 했다.

"새로운 나라…… 라는 것은 개혁을 뜻합니까? 아니면 완전히……."

"대신 몇 사람 바꾼다고 천하가 달라집디까? 완전히 뜯어고쳐야 하오. 처음부터 끝까지!"

'마흔을 훌쩍 넘긴 이 호랑이는 정말 천하를 호령하고 싶은 것일까.'

홍종우가 사족을 달았다.

"전하께서도 특별히 공사님만을 말씀하셨소."

빅토르 콜랭은 머리가 복잡해졌다.

홍종우는 혁명적으로 새로운 나라를 만들고자 한다. 그 뜻을 조선 국왕도 지지하며 또한 법국 공사라면 도움을 주리라고 했다는 것이다. 조선 왕이 그렇게 과격한 뜻을 품었다는 것도 놀랍지만 과연 조선에서 이권을 차지하려는 여러 나라들이 그 혁신을 순순히 인정할까. 일본은 당연히 반대할 것이고 러시아 역시 손아귀에 더 오랫동안 조선 왕을 틀어쥐려 들 것이다. 독일과 미국도 조선의 급격한 변화를 바라지는 않을 것이다. 프랑스는? 크게 다를 바 없겠지. 이건 나 혼자 답을 정할 일이 아니다. 본국과 오랫동안 논의에 논의를 거듭할 문제다.

빅토르 콜랭이 정중히 거절할 핑곗거리를 찾을 때 홍종우가 먼저 한 걸음 물러섰다.

"오늘은 인사도 할 겸 들른 거요. 더 자세한 이야기는 차차 하지요. 오랜만에 불어를 썼더니 혀가 다 얼얼하군. 어떻소? 새벽마다 퐁네프를 건너 시테섬을 열 번 백 번 천 번 돌면서 단어를 읽고 문장을 외운 솜씨인데 아직 쓸 만하오? 언제 시간을 내주시오. 조선의 맛난 술과 멋진 풍광을 보여 드리겠소이다."

경쟁만이 살 길이다

어떤 영혼은 혼자 평화롭게 머물기보다 여럿이 싸우며 달리기를 즐긴다.

지월을 법국 공사관으로 빼내는 일은 쉽지 않았다. 영은이 지월을 순순히 내놓지 않았던 것이다.

천적(賤籍)까지 있었다. 지월이 다친 다리를 치료하려고 빌린 돈을 갚지 못한 결과였다. 리심은 프랑스에서 가져온 아르누보풍의 드레스와 구두, 에메랄드 귀고리까지 내밀었다. 영은은 그것을 탐내면서도 지월은 못 주겠다고 버텼다.

"원하는 걸 말해 봐. 어떻게 하면 지월을 공사관으로 데려갈 수 있겠니?"

영은이 서안 위에 자개 보석함을 올려놓고 만지작거렸다. 손가락마다 가락지를 끼었고 목에도 은 목걸이를 두 개나 걸었다. 눈썹과 눈두덩 그리고 입술 윤곽을 짙게 그리는 바람에 더욱 차디찬 인상을 주었다. 법국 공사의 아내 리심으로부터 부탁을 받는 이 상황을 즐기는 눈치였다.

"천천히 천천히! 생각 좀 해 보고."

리심은 끓어오르는 분노를 참을 수 없었다.

"우린 친구 아니니? 어쩜 친구를 몸종으로 부릴 수 있어? 공사관으로 보내지 않으려면 잡일이라도 하지 않게 해 줘. 저 몸으로 부엌일은 무리야."

영은이 은 목걸이를 손바닥으로 쓸며 리심을 쳐다보았다. 뜨거운 불구덩이 앞에서도 냉정함을 잃지 않는 살모사의 눈길이었다.

"옛날엔 친구였는지 몰라도 지금 지월인 내 집 몸종이야. 그앤 리심 너나 나랑은 달라. 우린 천신만고 끝에 이 자리까지 오른 거야. 넌 법국 공사의 아내가 되었고 난 주상 전하의 총애를 받는 역관과 함께 살지. 우리가 그냥 약방 기생에 머물렀다면 지금 지월의 모습과 크게 다르지 않을 거야. 천하디천한 계집으로 평생 약이나 짓고 춤이나 추면서 살 수밖에 없다고. 너와 내가 그 비참한 자리에서 벗어났다고 해서 지월이까지 친구 따라 강남 가듯 벗어난다는 건 이상한 일이야. 너와 내가 특별한 거지 지금 지월이 처지가 이상한 건 아니라고."

리심이 자리를 박차고 일어섰다.

"그래도 너 그럼 못쓴다."

영은이 가볍게 코웃음을 지었다.

"흥, 리심, 넌 옛날부터 착한 짓 예쁜 짓은 혼자 다 하더니 여전하네. 약방 기생 지월이 절름발이가 되어 내 집에 몸종으로 들어왔다는 사실은 궁인이라면 모르는 이가 없어. 네가 갑자기 지월이를 공사관으로 데려간다고 해서 사람들이 지월이를 너와 동등하게 보아 줄 것 같아? 공사관으로 가 봤자 지월인 또 네 몸종 노릇밖에 못할 걸. 그 애를 공사관으로 데려가면 더 많은 사람들이 지월이를 손가락질하며 수군수군 놀릴 거야. 그럴 바엔 차라리 내가 데리고 있는 게 낫지. 너처럼 똑똑한 애가 이런 세상 이치를 모르지 않을 텐데……."

리심은 숨이 막혔다. 영은은 지월을 가운데 두고 자신과 또 다른 경쟁을 하려는 것이다. 다른 사람과 다투지 않고는 삶의 의미를 찾지 못하는 인간이었다. 자글자글 차돌멩이 부딪히는 소리가 귓속 가장 깊은 곳에서부터 울려 나왔다.

재회 하나

해가 지고 있었다.

리심은 공사관으로 돌아오는 내내 마음이 편치 않았다. 변한 것은 파리지엔 차림으로 황혼이 깔린 운종가를 걷는 리심 자신만이 아니었다. 지월은 절름발이 몸종으로 전락했고 영은은 착한 마음을 잃었다.

'같이 춤출 때가 좋았어. 밥을 굶으며 회초리를 맞아 가며 추전(推前, 똑바로 서서 양손을 뒤에서 앞으로 내미는 자세)과 추후(推後, 허리를 굽히고 양손을 뒤로 붙이는 자세)를 백 번 천 번 익히던 저녁들이여!'

소광통교를 지나 서문 쪽으로 돌아섰다. 도성 안을 홀로 돌아다니지 말라고 빅토르 콜랭은 신신당부를 했다. 며칠은 몸종을 데리고 나섰으나 행인의 쏟아지는 시선에 몸종까지 챙기려니 더욱 힘들었다.

리심은 걸음을 멈추었다. 센강과 시테섬 풍광이 그려진 검은 부채를 펴 들고 코와 입을 가린 채 곁눈질을 했다. 아무도 없었다.

종로에서 대광통교로 내려올 때부터 자꾸 뒤통수에 신경이 쓰였다. 파리지엔 복색을 보고 철부지들이 따라오는 것이겠거니 여겼다. 제물포에 내린 날부터 계속 당하는 일이었다.

지월과 밤을 보내고 돌아온 아침에는 몰래 옥색 치마를 입고 자주 고름을 매어 보기도 했다. 허리와 엉덩이 그리고 가슴이 드러나도록 몸을 조이는 양이복과는 달리, 한복은 넉넉한 품으로 몸 전체를 감쌌다. 빅토르 콜랭도 고국에 왔으니 조선 옷을 입고 몇 달 지내는 것도 나쁘진 않겠다고 했다. 그러나 리심은 곧 치마저고리를 벗어 몸종에게 던져줬다. 다시 궁중 무희로 돌아갈 수 없듯이 조선 여인의 복색도 영원히 버리리라. 새로운 문물을 배우고 익힌 여성답게 파리지엔 차림으로 평생을 살아가리라.

다시 걸음을 멈추었다. 이번에는 아예 뒤돌아서서 부채를 접어 왼 손바닥으로 감싸 쥐었다. 어둠이 깔린 거리를 향해 낭랑한 음성으로 말했다.

"나오세요. 쥐새끼처럼 뒤만 졸졸 따라다니지 말고 나와요."

바람 한 줄기가 리심의 등을 치고 거리를 쓸며 내려갔다. 담벼락 사이 우뚝 솟은 은행나무 쪽으로 눈이 갔다.

"나와. 나오란 말이야."

갑자기 머리 위에서 바위 하나가 흔들리는 듯했다. 리심이 고개를 들었다.

두루마기를 입은 건장한 체구의 사내가 등 뒤에 섰다. 호랑이 눈이 번뜩였다.

"다, 당신은……."

"사자 꼬리를 뽑던 기세는 여전하군. 못된 놈들이라도 만나면 어쩌려고 이렇듯 곱게 차려입고 혼자 밤길을 거니는고?"

홍종우가 큰 갓을 오른손으로 쥐며 말했다.

"놀랐잖아요? 사람 놀래는 게 버릇인가 봐요?"

그리고 두 사람은 동시에 풋 소리를 내며 웃었다. 1886년에 만났으니 꼭 10년 만이었다.

"1893년 5월 4일, 마르세유에 내린 후 혹시 프랑스에 계시지나 않을까 수소문했어요. 언제 프랑스를 떠나신 건가요?"

"1893년 7월 22일 세르방트 여관을 나섰다오. 그리고 마르세유로 가서 멜부르노호를 탔지."

"뭐라고요? 그럼 우리는 두 달 넘게 프랑스에 함께 있었네요. 만날 수도 있었는데……."

리심이 아쉬운 듯 짧은 숨을 내쉬었다. 아침에 리심이 걷던 거리를 저녁에 그가 거닐고 저녁에 리심이 찾았던 식당을 아침에 그가 들러 커피를 들이켰을지도 몰랐다. 하루나 이틀 차이로 노트르담 성당을 돌아보지는 않았을까.

"기메 박물관에도 갔어요. 8월 초였죠. 이듬해엔 레가미 씨도 만났어요."

"그랬소? 레가미 씨는 참으로 나를 배려해 준 분이오. 8월 초라면…… 나는 멜부르노호에서 석양이나 쳐다봤겠군."

"기다렸어요. 도성에 들어온 날부터."

"한 번 찾아가긴 했소. 마침 자리에 없더군. 빅토르 콜랭 공사만 만나 인사를 나누었다오."

"언제요? 언제 오셨는데요?"

리심은 두 눈을 더욱 크게 뜨고 물었다. 빅토르 콜랭으로부터 아무 이야기도 듣지 못한 것이다.

"예서 이야기하기엔 할 말이 너무 많지 않소? 뤽상부르 공원에서나 보던 멋진 파리지엔을 종로에서 발견하고 깜짝 놀라서 따라왔던 게요. 조선 여인 중에서 이런 맵시를 뽐낼 이는 단 한 사람뿐이니까."

"제 집으로 가요! 저녁도 함께 먹고 밤새 얘기도 나눠요."

"오늘은 얼굴 보았으니 되었소. 법국 공사의 조선인 아내가 양귀비보다도 미모가 출중하다는 풍문을 들었는데 과연 아름답소."

"빅토르 때문에 불편해서 그러시다면 마음 놓으셔도 되요. 당신이 파리에서 했던 놀라운 언행들을 그이 역시 잘 알고 있으니까요. 가요."

홍종우가 고개를 저었다.

"지금은 선약이 있다오. 다음에 정식으로 방문하리다."

"그게 언젠데요?"

"곧! 며칠 안에. 그럼 다시 뵙겠소이다, 마드무아젤!"

홍종우가 과장스럽게 허리를 숙이며 오른손을 가슴에 댔다.

공사관으로 돌아온 리심은 저녁을 먹지도 않고 서재로 뛰어 들어갔다. 그리고 파리에서 가져온 서책들을 모아 놓은 보자기를 찾아서 탁자 위에 놓았다. 초승달 네 개가 사방으로 그려진 보자기였다. 빅토르 콜랭은 왜 그 보자기는 풀지 않느냐고 물었더랬다. 서책을 싸 왔으면 책장에 가지런히 꽂아 통풍을 시켜야 한다고 했다. 그러나 리심은 아직은 그냥 이대로 두겠다고 했다. 반드시 읽어야 하는 순간이 오면, 그 저녁 기메 박물관을 떠올려야 하는 순간이 오면 보자기를 풀 생각이었다.

'오늘이 바로 그날이군.'

매듭 사이에 검지를 끼운 후 보자기를 풀었다. 제일 위에 놓인 서책의 제목이 드러났다.

조선 소설(ROMAN COREEN)
다시 꽃핀 마른 나무(Le bois sec refleuri)

제목을 검지로 한 글자씩 어루만졌다. 1895년에 발간된 『심청전』의 불어 번역판이었다. 다시 표지 중앙의 'HONG TJYONG OU'라는 글자를 더듬었다. 홍종우. 그가 바로 이 책의 번역자였다.

간지를 끼운 면을 폈다. 수없이 읽고 또 읽어서 책장이 너덜너덜해진 서문이었다. 눈이 가늘어지면서 도톰한 입술이 벌어졌다. 낭랑한 목소리가 그 뒤를 따랐다.

……저 위대한 풍자가인 볼테르는 뭔가 막연하고 이해하기 어려운 것을 이야기할 때 코리아(조선)라는 말을 먼저 꺼내곤 했다. 이 유명한 작가가 살던 시대에 조선은 정말로 프랑스에서 멀리 떨어진 곳에 있었기 때문이다. 프랑스 항구에서 배로 코리아까지 가려면 적어도 18개월 이상이 걸렸으리라. 오늘날에는 그때처럼 오래 걸리지는 않는다. 게

다가 두 사람 사이에, 혹은 두 나라 사이에 상호 호감이 생기게 되면 그들은 결코 서로 멀리 떨어진 것이 아니다. 이 소설처럼 파란만장한 이야기를 읽음으로써 독자들 시선이 조선에 향하리라 나는 기대한다. 이런 생각을 하다 보니 중국의 한 시인이 사랑하는 여자와 멀리 떨어져 살면서 읊었던 시구가 떠오른다.

대체 누가 황하를 넓다 하는가?
갈댓잎 하나로도 건너갈 수 있는 것을.
누가 대체 송나라 지방이 멀다 하는가?
발끝만 딛고서도 나는 볼 수 있는데.

재회 둘

"하하핫! 반갑소, 공사. 이게 얼마 만이오."

베베르가 마주 잡은 손을 크게 흔들었다. 빅토르 콜랭은 꽉 죄는 느낌이 싫었지만 내색을 않고 따라 웃었다.

"반갑습니다. 1891년 6월 제가 일본으로 떠났으니 거의 5년 만이로군요. 전출을 가셨으리라 생각했는데 다시 뵈니 정말 기쁩니다."

"1894년에 잠시 청국으로 갔다가 곧 왔다오. 공사나 나나 조선과는 각별히 인연이 있는 듯하오. 특히 공사는 아리따운 조선인 무희까지 아내로 맞지 않았소이까?"

'러시아 백곰!'

빅토르 콜랭은 아랫입술을 깨물었다.

베베르는 언제나 호탕하게 웃으며 분위기를 띄우면서도

냉정하게 상대를 파악하고 뒤통수를 치는 위인이었다. 고종이 러시아 공사관에 머무르는 것도 그가 꾸민 일이다.

"한데 어인 일로 저희 공사관까지 오셨습니까?"

베베르는 아침에 사람을 보내 방문하겠다는 뜻을 전했다. 빅토르 콜랭도 환영한다는 답서를 보냈다. 한 나라 공사가 아침부터 타국 공사관을 방문할 때는 무엇인가 의논하거나 확인할 일이 있는 것이다. 빅토르 콜랭 역시 베베르에게 얻고 싶은 정보가 있었다. 외교란 받는 것이 있으면 주는 것도 있기 마련이었다. 그러나 아직 빅토르 콜랭은 선물할 품목을 정하지 못했다.

베베르의 눈길이 빅토르 콜랭의 책상 위로 향했다. 저벅저벅 걸어가서 도수 높은 외눈 안경을 꺼내 오른쪽 눈에 끼웠다. 책상에는 한창 공사 중인 새 공사관의 설계도가 놓여 있었다. 베베르가 공사관 신축에 대해 궁금해한다는 풍문은 들어 알고 있었다.

"이것이오? 유럽에서도 알아주는 건축가 살벨이 설계한 귀국의 새 공사관이? 참으로 대단하오. 바로크 양식의 2층 건물이구려. 도머창을 가진 오목 지붕도 독특하오. 아연판으로 지붕을 덮는구려. 오호, 그리고 이 대형 시계가 있는 탑은 적어도 4층 높이는 되겠군."

"5층입니다."

"5층! 이 건물이 완공되면 정동에선 오로지 프랑스 공사관만 돋보이겠소."

"과찬이십니다. 러시아 공사관 역시 무척 웅대하고 세련미가 흘러넘치지요."

"아니오. 단연코 이 건물이 최고요. 다시 생각해 보아야 겠는걸. 우리도 새 공사관을 지을지 말지……."

짧은 침묵이 흘렀다. 베베르가 외눈 안경을 낀 채 빅토르 콜랭을 쳐다보았다. 둥근 안경 속 눈동자가 더욱 커 보였다. 이번에는 빅토르 콜랭이 먼저 침묵을 깼다.

"5월 14일 귀국과 일본 사이에 맺은 각서(경성의정서 혹은 베베르-고무라 각서) 소식을 들었습니다."

"아, 그러셨소? 고무라 주타로(小村壽太郎)와 만나긴 했소 만 뭐 크게 중요한 얘기가 오간 건 아니오. 조선 국왕을 러 시아 공사관으로 모신 지도 벌써 석 달째요. 터무니없는 헛 소문도 도는 듯하고 또 이런 일이 일어난 가장 큰 원인을 일본에서 제공하였기에 만났던 거요."

"네 가지 항목을 보니, 이 각서야말로 러시아의 외교적 승리더군요."

"외교적 승리라고 했소? 아니지, 그건 지나친 표현이오. 일본과 불필요한 마찰을 피하고 싶었을 뿐이오. 을미년 조 선 왕비 시해와 같은 사건이 다시 있어서는 아니 되겠기에……. 아, 참 공사도 돌아가신 왕비를 가까이에서 뵌 적이 있지요? 참으로 여걸이셨소. 외국 문물에 대한 애정과 관심도 각별하셨고…….”

“그녀를 잃은 것은 조선에 큰 손실입니다. 각서 첫 조항에서 조선 국왕이 궁궐로 다시 돌아가는 것은 전적으로 국왕의 뜻에 따르며, 이때 일본 공사는 일본 무사들을 엄히 단속해야 한다는 대목이 눈길을 끌더군요. ‘일본 무사’들이 조선 왕비를 무참히 살해했음을 공식적으로 확정하는 부분이니까요.”

“그렇게 해석되나요? 모르겠소. 나는 다만 조선 국왕의 안전을 책임지는 입장에서 일본 무사들이 러시아 공사관이든 궁궐이든 그 어디로도 난입해서는 아니 됨을 명확히 했을 뿐이라오.”

베베르는 또 딴전을 부렸다.

각서에는 러시아에 유리한 조목이 곳곳에 들어 있었다. 조선 국왕이 러시아 공사관으로 피신한 후 책임을 지고 친일 내각이 총사퇴하자 그 자리로 친러 대신들이 들어왔다. 각서는 대신들을 임명하고 면직하는 것이 조선 국왕의 권리임을 분명히 했다. 또한 현재 일본이 맡은 서울에서 부산까지 연결된 전선(電線)의 보호와 운용에 대해서도 러시아가 동등한 권리를 갖게 되었다. 그리고 항일 의병의 움직임이 잦아들면 일본군은 즉각 철수한다는 조항까지 들어갔다.

베베르가 외눈 안경을 벗어 안경집에 넣었다. 비로소 프랑스 공사관을 급히 찾은 까닭을 밝혔다.

"공사! 난 공사를 조선에서 마음을 주고받을 수 있는 귀중한 벗이라고 생각하오."

"저 역시……."

베베르가 말을 잘랐다.

"또한 나는 우리 두 사람의 돈독한 우정이 몇몇 오해 때문에 금이 가는 걸 원하지 않소."

"오해라면……?"

"프랑스 공사가 러시아보다 일본과 더 친하다는 풍문 말이오. 공사는 지난 1891년 조선을 떠난 후 곧바로 도쿄 주재 1등 서기관으로 2년을 근무한 적도 있지 않소?"

"프랑스 외무부 명에 따른 겁니다."

"아, 나도 아오. 그러니까 오해라고 하지 않소. 하지만 오해도 너무 널리 오래 퍼지면 사실과 분간하기 어렵소. 친일파든 반일파든 조선 대신들은 조선 국왕이 러시아 공사관에 있는 걸 탐탁지 않게 여기오. 물론 조선 국왕이 국정을 펼 곳은 궁궐이지요. 하나 아직은 안심할 상황이 아니라오. 정국이 안정되면 당연히 내가 먼저 나서서 국왕께 귀궁(歸

宮)을 말씀드릴 것이오. 공사!"

베베르가 말을 끊고 빅토르 콜랭을 쳐다보았다.

"예!"

"공사는 그 성품이 매우 신중하고 정직하지요. 그래서 믿고 하는 충고이오만 귀궁을 서두르는 어떤 세력과도 만나지 마시오."

"그들을 만날 이유도 없고 또 만나고 싶지도 않습니다."

"최근에 몇몇 불순한 무리가 왕명을 빙자하여 세력을 규합한다 들었소. 그중에는 프랑스 유학을 다녀온 홍종우란 인물도 끼어 있다 하오만……. 예전부터 친분이 있었소이까? 이른 아침 홍종우가 프랑스 공사관에서 나오는 것을 본 사람이 있기에 하는 말이오."

베베르가 드디어 비수를 뽑아 들었다.

"의례적인 인사였습니다. 파리에 머물렀던 사람이니 새로 프랑스 공사에 부임한 저를 만나고 싶었겠지요."

"그가 얼마나 위험한 인물인지는 공사도 잘 알겠지요?"

"물론입니다."

"홍종우와 밀약이라도 주고받은 것이 아닌지 걱정했소."

"처음 만난 사람과 밀약이라니요?"

빅토르 콜랭의 목소리가 높아졌다. 베베르의 입가에 미소가 맺혔다. 누런 송곳니가 얼핏 보였다.

"그렇겠지. 공사는 그럴 사람이 아니지. 미안하오. 조선 국왕을 모신 후로 요즈음 하도 일이 많아서…… 조선 속담에 '돌다리도 두드리고 건너라.'라는 말이 있지 않소? 불쾌했다면 용서하시오."

"아, 아닙니다. 오해가 풀렸다니 다행이군요."

"공사나 나나 한 나라를 대표하는 외교관 아니오? 일본과 청국의 도자기나 서책에 관한 공사의 관심은 사사로운 것이고, 중요한 것은 나라와 나라 사이의 의리와 믿음이라고 보오. 2년 전 귀국과 러시아는 '러시아-프랑스 동맹'을 결성하지 않았소이까. 독일, 오스트리아, 이탈리아의 삼국동맹은 귀국을 완전히 고립시키고자 했다오. 저 음흉한 독일의 재상 비스마르크가 만든 포위망을 끊고 귀국의 숨통을 터 준 나라가 바로 우리 러시아요."

"'프랑스-러시아 동맹'이 귀국에도 큰 도움이 되었지요. 비스마르크가 귀국의 유가 증권을 대부하지 말도록 독일 은행에 명령을 내렸기 때문에, 귀국 재정이 큰 어려움을 겪지 않았습니까? 프랑스의 원조가 귀국 경제를 부흥시키는 데 도움이 되었다고 봅니다만……."

베베르가 어색함을 감추려는 듯 호탕하게 웃었다.

"공사 말도 옳소. 바로 그렇기 때문에 우리 두 나라가 힘을 합쳐 조선에서 주도권을 쥐어야 하오. 독일은 물론 일본이 조선을 집어삼키지 못하도록 함께 노력합시다. 다행히 조선 국왕이 러시아 공사관에 머물고 있으니 이때를 이용하여 황금알을 낳는 거위들부터 먼저 챙깁시다. 귀국이 섭섭하지 않게 배려할 테니 공사도 나를 도와주오."

이미 파리를 떠나올 때 동맹국 러시아와 정책적으로 협조하라는 명을 받은 빅토르 콜랭이었다. 개인적으로 베베르란 인간의 됨됨이가 싫었지만 국익을 위해서는 그런 감정은 숨겨야 했다.

"알겠습니다. 중대한 사안이 생기면 가장 먼저 귀국과 논의토록 하겠습니다."

대화는 거기서 끝이 났다. 빅토르 콜랭은 대문까지 베베르를 배웅했다. 회색 모자를 눌러 쓴 베베르의 걸음걸이는 정말 곰을 닮았다. 빅토르 콜랭이 지나치듯 물었다.

"일본이 각서대로 행하지 않는다면 어찌 하시겠습니까?"

베베르가 걸음을 멈추었다. 하늘을 올려다보며 확신에 찬 목소리로 답했다.

"각서대로 할 수밖에 없을 게요. 저들이 만용을 부린다면…… 끔찍한 일이 벌어지겠지. 전쟁, 전쟁을 할지도 모르오. 청나라는 맥없이 무너졌지만 우리 러시아는 다르다오. 세계 최강국이다 이 말씀이오."

초청장

빅토르 콜랭은 손을 뻗어 침대 맡에 벗어 둔 안경부터 찾아 썼다.

탐언과 함께 어슴새벽 조선 서책을 사들이는 일을 다시 시작한 것이다. 아침잠을 줄여 가며 서책 보는 재미가 쏠 쏠했다. 1893년 파리로 돌아갔을 때, 그곳의 지인들도 그가 구입한 중국과 조선 그리고 일본의 서책들에 감탄했다. 내용도 내용이지만 종이의 재질과 책을 만드는 솜씨가 유럽에 뒤지지 않았던 것이다. 배를 타고 40여 일을 가야 닿을 수 있는 땅에 시와 그림을 알고 철학과 종교를 지닌 황색 인간들이 살고 있다는 사실이 비로소 서책들을 통해 그들 피부에 가 닿았다. 빅토르 콜랭이 3대 프랑스 공사로 다시 조선으로 떠나게 되었을 때 지인들은 이별의 섭섭함과 함께 위로와 격려의 말도 잊지 않았다.

"동양의 지혜가 담긴 서책을 이번에도 많이 구해 와. 힘
내고."

"조선은 유교뿐만 아니라 불교 서책도 수준이 상당히 높
다던데 이번엔 그쪽을 찾아보지 그러나. 귀한 서책을 프랑
스로 가져오기 위해 신께서 자넬 다시 동방으로 보내시는
거라네."

"미인들만 따로 모은 화첩은 없을까요? 일본 여인들 그
림은 꽤 봤는데 조선 여인은, 리심 외엔 잘 모르겠네요. 모
두 리심처럼 아름다운가요? 호호호."

이명이 사라지지 않았다. 몸을 왼쪽으로 틀며 자연스럽
게 오른팔로 리심의 상체를 감으려 했다. 그러나 그녀는 자
리에 없었다. 이리저리 더듬었지만 작은 몸은 이미 침대를
빠져나간 뒤였다.

빅토르 콜랭은 불을 켜고 화장대 위에 놓인 탁상시계를
바라보았다. 3시 30분. 한 시간은 더 단잠을 즐길 시각이다.

방을 나와서 마당을 가로질렀다. 이 시각에 리심이 갈 만
한 곳은 한 군데뿐이다.

서재 앞에 서니 역시 불빛이 새어 나왔다.

빅토르 콜랭은 문을 열고 조심조심 들어갔다. 등을 보이
고 책상 앞에 앉은 리심은 열심히 양손을 놀리는 중이었다.

자세히 보니 오른손에는 작은 솔을 들고 왼손에는 무명천 조각을 쥐었다. 빅토르 콜랭은 도둑 고양이 걸음으로 다가가 등 뒤에서 가볍게 리심을 껴안았다.

"어맛!"

리심의 어깨가 움찔 떨렸지만 고개를 돌리지는 않았다. 포옹한 사내가 빅토르 콜랭임을 알아차린 듯 다시 풀 묻은 솔로 봉투를 바르며 말했다.

"왜 벌써 일어났어요? 좀 더 자요."

"리심! 당신은 예서 뭘 하는 게요? 언제부터 초대장을 봉투에 넣고 있었소?"

오른손을 뻗어 봉투를 하나 집어 들었다.

"이런 일이야 하녀들에게 시켜도 되오. 잠을 아껴 가며 당신이 할 일이 아니오."

리심이 무명천을 놓고 왼손을 들어 수염을 쓸었다. 빅토르 콜랭이 그 손바닥에 입을 맞추었다.

"당신 부임하고 처음 여는 파틴데 소홀할 수 있나요? 초대를 할 땐 정성이 가장 중요한 법이죠. 거의 다 했어요. 먼저 가서 자요."

빅토르 콜랭이 포옹을 풀고 책장 구석에 놓인 의자를 당겨 리심 옆에 놓고 앉았다.

"그럼 함께 마무리를 하고 갑시다. 잠도 다 달아났으니 당신이랑 저 봉투에 정성이나 듬뿍 담아야겠소. 한데 무슨 초대장이 이렇게나 많소? 이 많은 사람들 음식 준비며 파티 준비 하려면 힘들 텐데. 난 당신이 고생하는 거 원하지 않소."

"힘들지 않아요. 부임 기념 파티일 뿐만 아니라 장차 프랑스 공사관이 여러 공사관 건물 중에서 가장 크고 멋지리란 사실을 널리 알리는 자리 아닌가요? 각국 외교관들은 모두 부르고 조정 대신 중에서 유학 경험이 있는 사람을 몇 명 초대했어요."

"왕비께서 살아 계셨다면 크게 기뻐하셨을 것을. 기꺼이 참석하셔서 자리를 빛내 주셨을 게요."

"그랬겠지요."

리심은 흘러 지나치듯 답했다. 그도 리심의 서글픈 마음을 헤아리고 덧붙여 말하지 않았다. 초대 인사 명단이 눈에 띄었다. 그는 말없이 이름을 훑어 내렸다. 갑자기 검은 눈동자가 멈추었다.

"홍종우? 이 사람은 왜 초대하는 게지?"

"왜 초대하냐뇨?"

"이 사람은 대신도 아니고…… 왕의 칙사라고 해도 특별히 중대한 업무를 하는 것도 아니며……."

"아주 옛날에 개천에서 제 목숨을 구해 주신 적이 있다는 말씀 드렸죠? 또 프랑스 파리에서 2년 넘게 살았고 「춘향전」과 「심청전」을 불어로 번역하신 분이에요. 조선 백성 중에서 프랑스가 어떤 나라인가를 아는 몇 안 되는 분인데 당연히 초청해야죠. 참, 당신 왜 홍 칙사가 공사관에 왔다는 말씀 안 하셨어요?"

갑작스레 질문을 받은 빅토르 콜랭의 미간이 좁아졌다.

"내, 내가 말 안 했던가? 지금 그게 중요한 문제가 아니오. 홍종우, 이자는 김옥균을 무참히 죽인 살인자요. 무섭지도 않소?"

"충심에서 우러난 행동이었어요. 온 나라가 그를 의인으로 칭송하지 않았나요? 프랑스에서도 뛰어난 장군들이 왕명을 받들어 전쟁터로 나아갔고 또 많은 이를 죽였잖아요."

"이건 전쟁이 아니지 않소? 또한 지금도……."

빅토르 콜랭이 말을 끊었다.

"지금도라뇨? 홍 칙사가 지금 무얼 하고 있는데요?"

리심이 말꼬리를 붙들고 늘어졌다. 웬만한 일에는 대꾸도 않던 그녀였다. 지금은 완전히 홍종우 편이 되어 옹호하기에 바빴다.

홍종우가 친일파를 색출하여 암살하거나 중상을 입히는 무리들을 이끈다는 풍문이 떠돌았다. 그들이 노리는 표적에는 독립 협회도 끼어 있었다. 독립 협회의 고문은 김옥균과 함께 갑신정변을 일으켰다가 미국까지 달아난 후 그곳에서 의사가 되어 입국한 서재필이고 위원장은 친러파의 핵심인 이완용이었다. 김옥균을 살해한 홍종우이니 서재필과 이완용을 죽인다고 해서 놀랄 일도 아니다. 서재필 뒤에는 미국이 있고 이완용 뒤에는 러시아가 있었다. 이런 상황에서 빅토르 콜랭은 홍종우를 프랑스 공사관으로 초청하고 싶지 않았다.

"그날은 일본 외교관들도 올 게요. 한데 일본이 보호하던 김옥균을 죽인 홍종우와 맞닥뜨리면 여러모로 불편하겠지. 조선 속담에 '긁어 부스럼'이란 말이 있다 들었소. 이번만은 내 뜻을 따르시오."

리심이 빅토르 콜랭의 손을 잡고 뺨에 입을 맞춘 후 귀에 대고 속삭였다.

"알겠어요. 당신이 원치 않으면 그리 하겠어요. 하나 전당신이 홍 칙사와 친구가 되었으면 해요. 만나서 함께 볼테르의 정신을 논해 보세요. 마음이 잘 통할 거예요. 아셨죠?"

왕의 칙사는 지금도

"이제 그만 가 보게."

고종이 서책을 덮으며 말했다. 지난 5월 비서원승으로 승차한 김홍륙이 허리를 깊이 숙이며 아뢰었다.

"편히 침수 드시옵소서. 신이 밖에서 깨어 있겠나이다."

"어허, 벌써 닷새나 공사관을 떠나지 못하고 있지 않은가? 오늘은 집에 가서 식솔을 챙기거라. 숙직을 서는 내관이 곁에 있으니 너무 걱정 말고. 이건 어명이니라."

김홍륙이 하는 수 없이 물러났다. 고종은 불을 끄고 이불 속으로 들어갔다. 베개를 베고 눕자마자 긴 한숨이 흘러나왔다.

'노서아 공사관으로 피한 지도 벌써 반년이 흘렀구나. 국왕이 제 궁궐을 버리고 다른 나라 공사관에 의탁하였다는

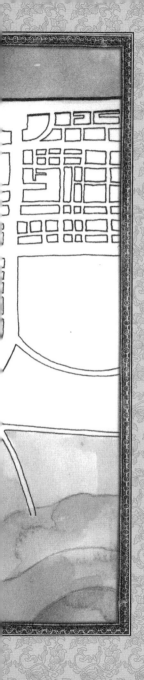

1890년경
서울 정동 지도

❶ 경운궁
❷ 프랑스 공사관
❸ 러시아 공사관
❹ 미국 공사관
❺ 영국 공사관
❻ 서소문
❼ 서대문
❽ 종로거리
❾ 배재 학당

비판이 아직까지 이어지고 있겠지. 아무리 일본이 기세등등해도 궁에서 버틸 것을 그랬는가. 중전을 비명에 보내고도 아직 일본에 따져 묻지도 못했구나. 아, 이래서야 중전이 제대로 눈이라도 감을까. 지아비를 탓하며 구천을 떠돌지는 않을까. 하나 내가 노서아 공사관으로 옮겨 온 것은 단지 목숨을 구하기 위함만은 아니다. 나는 이 나라 조선을 강국으로 만들고 싶다. 그러기 위해서는 일본의 칼날을 잠시 피하면서 나라를 일신할 여유가 필요했다. 노서아 공사관으로 와서 노서아에 몇몇 이익을 떼어 주었지만 그보다 얻는 것이 더 많았다. 우선 일본과 은밀히 내통하던 내각을 일순간에 바꿨고 일본의 만행을 전 세계에 널리 알려 동정론을 불러일으켰다. 경운궁을 중심으로 새로 방사상 도로를 내고 신문물을 받아들일 계획도 세웠다. 독립 협회를 음양으로 후원하여 독립문을 세울 것이고, 을미년 중전의 죽음으로 격양된 민심을 동도서기(東道西器)에 기반을 둔 개혁과 개방으로 이끌 것이다. 이 계획의 최종 목표는 어떤 외국도 간섭 못할 독립 국가를 우뚝 여는 것이다. 공사관에서 보내는 지금이 와신상담의 세월임을 밝힐 날이 있으리라. 그때까지 참고 견디며 준비하자. 하루하루 치욕을 곱씹으며 이겨 나가자.'

삐걱.

창문이 흔들렸다. 어린아이 머리 하나가 겨우 빠져나갈까 말까 한 작은 창이다. 베베르는 고종에게 이 방을 안내하며 만약에 대비해서 택했노라고 설명했다. 침입자를 막는 뜻도 있지만 탈출은 꿈도 꾸지 말라는 무언의 경고였다.

고종이 일어나 앉았다.

"밖에 아무도 없느냐?"

"예, 전하!"

젊은 내관이 황급히 들어왔다.

"속히 가서 김홍륙을 불러오너라. 긴히 하명할 일이 생겼느니라. 어서 가라. 잠시라도 지체하면 네놈 목부터 벨것이야."

내관이 공사관을 빠져나갔다.

"휴!"

고종이 다시 자리에 누웠다. 두 눈을 뜬 채 천장을 응시했다.

"전하! 찾았사옵니다."

작지만 분명한 음성이 창밖에서 들려왔다.

"해남 땅끝 움막에 숨어 있더이다. 지난 을미년, 왜인들이 보는 앞에서 중전 마마를 가리킨 죄가 얼마나 큰지 녀석도 알고 있었던 것이옵니다. 땅끝까지 가서 이름을 바꾸고 살아 보려 했다 하더이다. 중전 마마를 가리킨 건 맞지만 자신도 속아서 한 짓이라고, 많은 돈과 귀한 사진기를 받기로 약조했으나 돈도 사진기도 받지 못했노라고 하더이다."

고종이 천천히 창문 쪽으로 돌아누웠다.

"오늘 아침 진식을 도성까지 압송하였나이다. 명을 내려 주시옵소서. 어찌 하오리까?"

고종이 질끈 눈을 감았다. 중전의 단단하면서도 고운 미소가 떠올랐다. 두 주먹이 부들부들 떨렸다.

"팽(烹, 삶아 죽임)하라!"

창문 밖이 조용했다. 고종은 다시 몇 마디를 보탰다.

"빅토르 콜랭 공사에게 과인 뜻을 분명히 전하라. 노서아와 일본의 틈바구니에서 우릴 도와줄 이는 그 사람뿐이다. 리심은 만나 보았는가?"

"그러하옵니다."

"어떠하더냐?"

"파리에 머물며 구라파의 문물을 넓고 깊게 익힌 듯하옵니다. 돌아가신 중전 마마께서 특별히 은애하셨지 않사옵니까? 어명을 받들어 빅토르 콜랭을 확실히 우리 사람으로 묶어 두는 데 일조할 것이옵니다."

"그래……. 그래야 하겠지."

고종이 다시 천장을 보고 돌아누웠다. 그 순간 문밖에서 김홍륙이 아뢰었다.

"전하! 찾아 계시옵니까?"

고종은 이불을 걷고 일어나서 허리를 곧게 펴고 앉았다.

"들어오너라."

김홍륙이 문을 열고 허리를 반 넘게 숙인 채 들어왔다. 잠결에 연락을 받았을 텐데도 허둥대는 기색이 전혀 없었다.

"이리 가까이 앉아라."

김홍륙이 당겨 앉았다.

"잠이 오질 않는구나. 노서아 가비를 너무 많이 마셨는가 보다. 바둑이라도 한 판 두자고 불렀느니라."

"바…… 둑!"

김홍륙은 자신도 모르게 '바둑'이란 단어를 따라 했다.

을미년에 큰 화가 있은 후 고종은 잡기를 멀리하고 집옥재(集玉齋)에서 가져온 서책을 탐독하였다. 중국의 시문이나 철학은 물론이고 유럽의 과학이나 역사에 대한 식견은 유학을 다녀온 신하들까지 압도할 정도였다. 정조 대왕 이후 가장 서책을 많이 사고 많이 읽으며 또 신하들과 토론하기를 즐기는 왕이었다. 신문물에 대한 관심은 젊어서부터 이어진 것이었다. 대원군의 쇄국 정책을 깨고 외국 여러 나라와 수교를 서두른 일도 고종이 친히 조정을 주도한 후 본격화했다. 외국에서 들어온 외교관들 역시 고종의 풍부한 학식에 놀랄 때가 많았다. 특히 교육에 대한 관심이 매우 높았는데, 외교관이나 선교사들을 '선생'이라고 부르며 조선 아이들에게 신식 교육을 해 줄 것을 청했다.

"무슨 생각을 그리 하느냐?"

"아, 아니옵니다. 당장 바둑판을 가져오겠사옵니다. 잠시만, 잠시만 기다리시옵소서."

초대받지 않은 손님

때로는 불청객으로라도 꼭 참석하고 싶은 파티가 있다.

쇼팽과 슈만의 춤곡이 프랑스 공사관 담장 밖까지 흘러 나왔다. 연미복과 이브닝드레스를 입은 외국인들이 하나둘 공사관에 도착했다. 러시아, 독일, 일본, 미국의 외교관들이 었다. 그중에는 이완용을 비롯한 조정 대신도 섞여 있었다. 고종도 특별히 역관과 궁녀들을 보내 파티를 돕도록 했다.

"어머, 파티가 너무너무 근사하다. 얘!"

리심이 선물한 이브닝드레스를 입고 목에 푸른 천을 감 은 채 흰 장갑을 낀 영은이 방으로 들어서자마자 호들갑을 떨었다. 리심은 장미꽃 문양 대형 거울 앞에서 코르셋을 입 던 중이었다. 리심의 시선이 거울을 통해 영은의 주변을 살 폈다. 영은도 거울 속 리심의 시선을 따라 고개를 돌렸다가 정면을 바라보았다.

"지월인?"

영은이 고개를 약간 숙이며 말을 더듬었다.

"데, 데려오려 했는데 한사코 싫다는 거야. 와 봤자 절름
발이라서 춤도 못 출 거고 또 사람들 틈에 끼지도 못할 건
데, 뭐."

리심은 지독한 갈증을 느꼈다. 사하라 사막을 다시 걷는
기분이었다. 폭포수라도 한 줄기 들이켜야 답답함이 풀릴
듯했다. 영은이 분위기 파악을 못하고 벽에 걸린 드레스를
만지며 감탄했다.

"이야! 무슨 옷이 이래? 내 것보다 훨씬 심하다. 앞가슴
이 다 드러나겠는걸. 이걸 입을 거니, 정말?"

리심이 조금 딱딱하게 답했다.

"구라파에선 다들 이렇게 입어. 특히 파티를 주최하는
여주인은 더더욱 격조 높은 이브닝드레스를 입지."

이번엔 영은이 리심이 입은 코르셋을 손으로 만졌다.

"이 딱딱한 건 뭐야?"

"고래수염!"

"망측도 해라. 이런 걸로 몸을 꼭 조여야 해? 누구 좋으
라고?"

"예뻐 보이려고 그러지. 한데 넌 목에 천은 왜 두른 거

야?"

영은이 가슴으로 흘러내린 천 끝을 붙잡고 답했다.

"아, 이거! 목과 가슴에 맨살이 너무 많이 드러나서 가리려고 대충 둘렀어."

"당장 풀어. 드레스에 그딴 걸 감는 건 결례야. 아예 한복을 입고 오든지, 드레스를 입으려면 구라파 전통을 따라야 해."

"알았어. 풀게, 풀면 되잖아."

영은이 급히 푸른 천을 끌어 내렸다. 긴 목과 쇄골이 드러났다. 리심이 거울 옆 벽에 크기 순으로 가지런히 매단 부채들 중에서 가장 큰 것을 집어 내밀었다.

"정 부끄러우면 이걸로 더위를 쫓는 척하며 앞을 가려."

"고마워."

영은이 부채를 받아 폈다. 웅장한 건물이 부채를 가득 채우고 있었다. 영은이 고개를 갸웃거리며 물었다.

"이게 뭐니?"

"노트르담 성당! 그 성당 꼭대기에 흉측하게 생긴 꼽추가 살아. 하지만 마음은 누구보다도 곱지."

"만난 적 있어?"

리심이 영은을 똑바로 쳐다보며 답했다.

"그럼! 파리에 가면 누구나 그 꼽추를 만나게 돼. 파리가 아니더라도, 소광통교나 마포나 적성 두지 강가에도 그 꼽추는 엉거주춤 서서 우릴 향해 웃지. 벌어진 입술 사이로 누런 이가 보이고 썩은 내가 풍겨. 하지만 외모나 처지만으로 누군가를 평하는 건 참으로 어리석어. 중요한 건 재물이나 외모가 아니라 마음이거든, 마음!"

밖이 소란스러웠다. 리심과 영은의 시선이 동시에 문 쪽으로 향했다. 몸종이 문 앞에서 아뢰었다.

"홍종우란 분이 뵙기를 청합니다."

뒤이어 급한 발소리와 함께 문이 열리면서 빅토르 콜랭이 상기된 얼굴로 들어섰다. 무엇인가를 따지려다가 리심 곁에 있는 영은을 보고 입을 다무는 눈치였다. 리심이 영은의 팔목을 잡아당기며 빅토르 콜랭에게 불어로 말했다.

"영은이에요. 얘기했죠? 나랑 함께 의술도 배우고 춤도 춘 친구!"

빅토르 콜랭이 짐짓 미소를 지으며 조선어로 인사했다.

"반갑습니다. 환영합니다."

리심이 영은에게 눈짓을 보냈다. 영은이 웃어 보인 후 자리를 비켜 주었다.

"옥인! 이게 어찌 된 일이오. 홍 칙사가……."

리심이 빅토르 콜랭의 말허리를 끊었다.

"내가 초청한 게 아니에요. 난 당신 뜻대로 초청장을 홍 칙사에겐 보내지 않았어요."

"사실이오?"

"날 믿지 못하는 건가요?"

리심이 강하게 맞받아치자 그도 할 말을 잃었다.

리심이 양손을 허리에 얹고 춤을 추듯 나아와서 빅토르 콜랭의 가슴에 안겼다. 빅토르 콜랭은 리심의 작고 어여쁜 어깨를 가볍게 쓸었다. 리심이 그 가슴에 뺨을 댄 채 차분 차분 속삭였다.

"예부터 우리네 잔치에는 더러 초대받지 못한 손님들도 오는 법이에요. 초대장이 없다고 내쫓는 야박한 짓은 하지 않죠. 오지 않았다면 모를까, 문 앞까지 온 사람을 그냥 가라는 건 도리가 아닌 듯해요. 더군다나 그는 조선 국왕의 칙사이니 오늘의 결례를 당장 탑전에 아뢸지도 모르잖아요?"

"그래도 홍종우 그 사람 때문에 파티가 엉망이 될까 걱정이오. 일본 외교관들과 시비가 붙을 수도 있고 다른 나라 외교관들도 호랑이를 닮은 거한을 두려워하거나 싫어할 거요."

리심이 고개를 들었다. 빅토르 콜랭도 시선을 내려 맑고 까만 눈을 살폈다.

"내게 맡기세요. 다른 사람에겐 호랑인지 몰라도 내 앞에선 고양이처럼 얌전한걸요."

파티복을 갖춰 입은 리심은 일어와 불어 때론 영어와 러시아어로 간단하게 외국인들과 인사하며 대문까지 나갔다. 홍종우가 팔짱을 낀 채 기다리다가 리심을 보고 오른손을 들어 보였다. 리심이 눈을 흘기며 마음 상한 척했다.

"연락도 없이 이렇게 불쑥 찾아오는 법이 어디 있어요?"

홍종우가 웃음을 지우지 않고 가볍게 답했다.

"어……. 파티가 있는 줄 몰랐소. 그냥 지나는 길에 얼굴이나 볼까 하고 왔는데, 이 녀석들이 못 들어가게 막질 않소."

리심이 다시 받아쳤다.

"하면 얼굴 보셨으니 이제 가세요."

홍종우가 얼굴을 찡그리며 킁킁 냄새를 맡는 척했다.

"아직 요기를 못했다오. 근사하게 한판 차린 듯한데 적선하는 셈치고 저녁이나 먹게 해 주오."

리심은 못 이기는 척 그 청을 받아들였다.

"따르세요."

"고맙소."

홍종우가 리심을 따라서 대문으로 들어섰다.

다시 리심의 고개가 대문 밖으로 쏙 나왔다. 리심은 어두운 담벼락을 한참이나 쳐다보았다. 점점 두 눈이 커졌다. 대문을 나와서 담벼락을 따라 종종종종 잰걸음을 놀렸다. 나중에는 아예 뛰었다. 어둠을 향해 멈춰 섰다.

"지월아!"

그믐달처럼 거기 지월이 웅크리고 앉아 있었다.

"왔으면 들어오지 않고 여기서 뭐 하는 거니?"

지월을 부축해서 일으켰다. 지월이 고개를 들지 못한 채 답했다.

"오고 싶어서 오긴 왔는데…… 너무 사람도 많고 또 화려해서, 무서워서…… 그래도 네 얼굴이 꼭 보고 싶어 서…… 기다렸어!"

리심이 지월을 힘껏 끌어안았다.

두 사람 눈에서 동시에 눈물이 떨어졌다.

우리 둘만의 왈츠

마음과 마음이 통하는 데는 춤만큼 좋은 것이 없다.

리심의 초청을 받고 상해에서 건너온 현악 4중주단이 쇼팽의 왈츠 7번을 연주하기 시작했다. 남녀 네 쌍이 천천히 마당 가운데로 나아왔다. 그중에는 조선인 남녀도 끼어 있었다. 리심과 홍종우였다.

두 사람은 복색부터 서로 달랐다.

리심의 검은 드레스는 대담하면서도 세련미가 넘쳤다. 목과 가슴은 물론이고 등까지 둥글게 파인 데다 왼쪽 어깨에서 오른쪽 옆구리 쪽으로 꽃다발을 닮은 문양이 수놓아져 있었다. 빅토르 콜랭이 리심과 혼인한 후 특별히 주문한 이 세상에서 단 하나뿐인 드레스였다. 양손에 낀 회색 장갑이나 하트 두 개를 맞붙여 놓은 에메랄드 목걸이도 눈길을 끌었다.

　반대로 홍종우는 옥색 모시 홑두루마기 차림이었다. 워낙 덩치가 큰 데다 품까지 넓어 손을 한 번 휘저으면 바람 소리가 휭휭 날 정도였다. 둥근 갓은 양 어깨를 덮을 만큼 컸다. 파리 유학 시절에도 홍종우는 늘 이 차림이었다. 1891년 5월, '여행가 모임'에서 조선의 역사와 문화에 대해 연설할 때도 그는 한복을 입었다.

　강약약 강약약. 흐름을 타고 리심은 홍종우에게 이끌려 빙글빙글 맴을 돌았다.

　"용케 춤은 배우셨네요. 왈츠가 두루마기와 상극인 건 아시죠?"

　"악(樂)과 무(舞)는 조선이든 구라파든 비슷한 점이 많소……. 우리네 가야금을 멋들어지게 뜯던 담헌 홍대용 선생이 연경에서 오르간을 처음 보고서도…… 즉석에서 연주했음을 모르진 않으리라 보오. 무 또한 다르지 않아서 흐르는 음률에 맞추어 먼저 발 놀리는 법을 배우고…… 그다음에 손과 몸을 뒤따르게 하는 법을 배우면 되오. 다만 남자와 여자가 이렇듯 마주 보고 서서…… 두 손을 잡는다는 것이 공맹의 도리에 맞지 않으나, 공맹을 전혀 알지 못하는 땅에서 생겨난 무이기에…… 또한 납득하지 못할 바는 아니오……."

리심이 갑자기 팔에 힘을 주었다.

"린포르찬도(rinforzando, 갑자기 세게)!"

홍종우가 말을 끊고 겨우 몸의 균형을 잡았다.

"그래도 잊지 않으셨네요."

"머리는 잊었는데 손과 발은 아직 파리에서 익힌 것을 기억하는 모양이오."

"파티엔 왜 왔어요?"

리심의 질문이 홍종우의 이마에 꽂혔다. 음악은 포코 리타르단도(poco ritardando, 조금씩 느리게)로 넘어가고 있었다. 홍종우가 스텝을 밟으며 리심을 향해 웃어 보였다.

"프랑스 공사의 아름다운 부인을 찬미하러!"

"살인자라던데요?"

"춤추는 살인자요."

"다들 우릴 보고 있어요."

"우리 춤 솜씨가 그렇게 뛰어난가?"

"오지 않는 게 나았어요."

"오라고 뒤늦게 사람을 보낸 이가 누구였더라!"

"그래도 춤까지 청할 줄은 몰랐어요."

"주목받는 게 싫소? 어려서부터 주목받는 삶을 살았을 텐데."

"나 말고 그쪽이 곤란할 수도 있잖아요?"

"잡소리까지 신경 쓰면 갈 곳이 없겠지. 리심! 나를 좀 도와주오. 프랑스에서 배우고 익힌 것을 조선과 전하를 위해 쓸 때가 왔소."

"……"

"……"

"당신을 좋아해요."

"나도!"

"당신은 제게 특별한 분이세요."

"나 역시!"

음악이 멈추었다. 춤과 함께 대화도 끝이 났다.

브라보, 브라보!

사람들의 박수와 탄성이 터져 나왔다.

리심과 홍종우는 좌중을 향해 예를 갖추어 인사를 한 후 마당에서 물러났다. 리심은 빅토르 콜랭에게 곧장 갔고 둘은 가벼운 입맞춤을 나누었다. 홍종우는 두 사람을 향해 붉은 와인이 찰랑대는 잔을 들어 보인 후 단숨에 들이켰다.

파티의 기억: 지월

천년만년 흘러도 결코 잊지 못할 하루가 있다지만, 따지고 보면 무척 기쁜 하루도 있고 매우 슬픈 하루도 있으며 쓰라리게 아픈 하루도 있고 너무 달콤해서 녹아 버릴 듯 행복한 하루도 있지요. 사람들은 이 하루'들' 가운데서 자신들 입맛에 맞는 것을 골라, 이것이야말로 내 인생의 단 하루라고 강조하곤 합니다.

저는 리심의 춤을 여러 날 여러 곳에서 보았어요. 그러나 그녀가 조선에서 우리네 춤이 아니라 법국 춤을 춘 건 그 하루가 처음이자 마지막이었죠. 아름다웠느냐고요? 물론이에요. 목과 등을 드러낸 옷부터 눈길을 끌었죠. 그녀 앞에 선 거한(주상 전하의 칙사인 홍종우 씨라는 걸 나중에 알았어요.)도 보통 인상은 아니었답니다. 그러나 리심이 첫발을 내딛는 순간 마당엔 오직 그녀뿐이었죠. 다른 세 쌍은 하늘로 솟은 듯 땅으로 꺼진 듯 보이지 않았어요. 왈츠(발음하기가 참 어려워요.)가 어떤 춤인지는 몰라도, 리심은 완벽하게 음률을 탔어요. 멈춘 듯 나아가고 또 멈춘 듯 물러서며, 거한에게 몸을 맡겼다가도 다시 곧바로 서고 어떤 때는 자신을 향해 팔을 당겨 끌기도 했답니다. 오늘 파티를 주최한 법국 공사는 물론이고 각국 외교관들은 모두 그녀의 신들린 춤을 보고 있었죠. 술 한 모금, 고기 한 점 먹는 이가 없었답니다.

아, 그 눈부신 아름다움은……. 그러나 제겐 참으로 큰 슬픔으로 다가오더군요. 왜 그렇게 슬펐을까요. 아름다운데, 저토록 아름다운데, 왜 저는 그녀의 손짓 하나 눈짓 하나마다 눈물방울을 떨어뜨렸던 것일까요. 지난번 함께 밤을 보낼 때 제가 물었죠.

"파리에선 좋았니?"

리심은 즉답을 않고 가만히 웃었죠. 제가 다시 보채듯 물었더니 마지못해 답하더군요.

"좋았지. 신기한 것도 많고 배울 것도 많고."

말꼬리를 잡아챘죠.

"뭘 배웠는데?"

"이것저것. 말도 익히고 노래도 춤도!"

"힘들진 않았어?"

"배울 땐 하나도 힘들지 않았지…….."

"그럼 배우지 않을 땐?"

저는 더 묻지 못했답니다. 리심의 두 눈에 눈물이 어느새 그렁그렁했거든요. 혈혈단신 그 먼 나라에서 말 못할 고생도 많았을 겁니다. 저는 말머리를 바꾸려 했죠.

"가끔 네 생각을 했어. 지금쯤이면 리심 널 꼭 빼닮은 푸른 눈의 아들딸이 한둘은 있겠구나. 한데 빅토르 콜랭 씨와 단둘만 돌아왔다는 소릴 듣고 좀 놀랐단다. 애는 언제 가질 생각이야?"

"가졌었어."

제가 끝내 리심을 울리고 말았답니다.

"가졌었어, 가졌었어."

리심이 던진 말을 되새겨 보았죠. 예전엔 가졌지만 지금은 없다는 말…… 그러니까 아기를 잃었다는 말…… 서늘한 칼날이 뒤통수를 찌르는 듯했죠. 너무 곱고 아름다워서 슬픔이나 상처가 전혀 없으리라 여겼는데, 말 못할 고통과 부끄러움이 이 친구 가슴을 온통 시커멓게 태웠던 겁니다.

고개 돌려 법국 공사를 봅니다. 리심은 저 사내가 끝까지 자신을 위해 주었다고, 그가 없었다면 파리에서 목숨을 끊었을지도 모른다고 했어요. 리심을 목숨보다도 더 사랑하니까, 함께 데리고 조선을 떠났던 게지요. 그리고 또 이렇게 돌아온 게지요. 하나 그 사랑이 아무리 깊어도, 남편은 모르는, 남자는 모르는, 여자들만의 슬픔이 있는 법이에요. 리심은 파리에서, 또 사하라 사막이 펼쳐진 새로운 땅에서 내내 혼자 울었다는군요. '혼자 운다'는 말을 듣자마자 저는 완전히 알아차렸습니다. 한양에 돌아와서도, 저렇게 춤을 추면서, 리심은 계속 혼자 우는 것이지요. 웃으면서, 환하게 웃으면서.

아, 춤이 끝났습니다. 리심이 저를 보고 웃네요. 그 웃음 환할수록 제 마음 어두워집니다. 잠시 찬물로 목을 축인 후 리심이 제 곁으로 옵니다. 손에는 보자기가 하나 들렸습니다. 초승달 네 개가 사방으로 빛을 냅니다.

"부탁이 있어. 이걸 방금 나랑 왈츠를 춘 분께 갖다 드릴래? 방금 나가셨어."

"그래."

저는 냉큼 보자기를 받아 품었습니다. 자신이 직접 선물하지 않고 제게 부탁하는 건 그럴 만한 이유가 있기 때문이겠지요. 저는 기뻤답니다. 이런 일은 정말 믿고 맡길 만한 사람에게만 시키는 것이니까요. 한데 거한의 큰 걸음을 따라잡으려면 절름절름 이 걸음으론 힘들겠어요. 더 재게 더 빨리 걸어야죠. 대체 이 보자기 안엔 무엇이 들었을까요. 만져 보니 서책 비슷한 것이긴 한데, 서책이라면 또 무슨

서책일까요. 그리고 리심은 이 서책을 왜 거한에게 주려는
것일까요.

마른 나무 유감: 홍종우의 일기

京城人

HONG TJYONG OU.

3년 만에 이 낯선 문자들을 소리 내어 읽는다. 번역을 마치고 출국했으니 서책으로 나왔으리라 추측은 했지만 막상 서안에 올려놓고 보니 감회가 새롭다.

조선 소설(ROMAN COREEN)

다시 꽃핀 마른 나무(Le bois sec refleuri)

이 책을 번역하던 파리의 밤들이 떠오른다. 레가미 씨도, 파리 동양어 학교의 레옹 드 로니 씨도 「춘향전」 번역에 내가 큰 공을 세웠다며 새 작품을 골라 보라고 했다. 「흥부전」, 「별주부전」 등도 검토했으나 이왕이면 춘향과 어울리는 여성상이 담긴 작품이면 좋겠다는 로니 씨의 충고를 받아들여 「심청전」으로 정했다. 모르는 단어를 한 자 한 자 사전에서 찾으면서 프랑스인들에게 친숙한 단어를 택하려고 노력했다. 내가 볼테르의 『세계 풍속사론』을 통해 프랑스의 정신을 배웠듯 프랑스인들도 이 서책을 통해 조선이란 나라를 이해하기를 바랐다.

리심이 이 번역본 초고를 보았다니 뜻밖이다. 언젠가는 조선인도 프랑스로 유학을 오리라 생각했지만 여자가, 그것도 약방 기생이면서 궁중 무희인 리심이 내 뒤를 이어 기메 박물관을 방문할 줄이야. 리심 역시 내 악필을 발견하고 무척 놀랐던 모양이다. 책 뒤에 끼워 둔 서찰에서 그녀는 그날의 감격을 이렇게 적고 있다.

…… 타국에서 피붙이를 만난 기분이랄까요. 너무 기뻐 원고를 품에 안고 한참 울었답니다. 탕헤르에서 돌아와 귀국 준비를 서두를 때도 이 책을 챙겼습니다. 레가미 씨가 다른 경로로 당신께 이 책을 전했을 수도 있지만, 혹시 당신이 아직 책을 보지 못했다면, 내가 기메 박물관 대중 총서 8권을 전해 주리라 마음먹었던 것이죠.

귀국하니 더욱 당신이 살갑게 느껴집니다. 조선인 중에서 기메 박물관과 센강과 몽마르트 언덕과 마르세유의 그 황량한 저녁 풍광을 경험한 이는 당신과 나 둘뿐이니까요. 난 또렷이 기억해요. 당신이 프랑스에 가신 이유는 부국의 법과 강병의 칙을 배우기 위함임을. 그래서 당신이 누구를 죽이고 또 누구에게 위해를 가하더라도 나는 당신의 초발심을 믿습니다.

이 책의 원고를 처음 접했을 때 나는 무척 힘든 처지였어요. 당신께서도 익히 아시겠지만, 당신 역시 몇 차례 곤란을 겪으셨겠지만 프랑스인들은 우리 같은 황인(黃人)을 인간 이하로 간주했지요. 나 역시 그 무시무시한 편견에 찔려 몸과 마음이 상처투성이였어요. 그때 당신의 원고를 읽었죠. 그리고 용기를 얻었습니다. 저들의 잘못 때문에 내가 무너진다면 그것은 어리석은 일이다. 저들이 잘못을 범하고 있음을 일깨우기 위해 노력하자. 적어도 그 잘못들 때문에 내 삶을 포기하지는 말자. 마지막 원고 뒤에 당신이 휘갈겨 쓴 네 글자를 발견하곤 정말 울 수밖에 없었죠.

富國强兵.

당신은 한순간도 첫 마음을 놓지 않으셨던 것이에요.

이 책을 드립니다. 당신은 누가 있으나 없으나 항상 신심을 지키시겠지만, 그래도 내가 당신을 믿고 또 의지하고

있음을 말씀드리고 싶습니다. 정말 당신은 내게 오라버니
같고 아버지 같고 스승 같은 분이세요.

이 서찰엔 외로움이 가득하다. 빅토르 콜랭과 문제라도
있는가. 아니면 너무 멀리 홀로 나아갔다가 돌아온 자의 쓸
쓸함인가. 물론 나도 리심의 심정을 안다. 내가 머물던 튀
렌 거리에 도둑이 들면 경찰들은 밤낮을 가리지 않고 내 다
락방부터 두드렸다. 그들에게 나는 범죄자나 식인종이나
사람을 닮은 원숭이에 지나지 않았던 것이다. 그렇지만 모
든 프랑스인이 나를 홀대한 것은 아니었다. 레가미 씨나 로
니 씨는 내게 프랑스의 정신을 소개해 주었고 일자리도 마
련해 주었다.

지금 조선은 러시아와 일본 사이에서 표류하고 있다. 을
미년의 비극 이후 일본으로 기울었던 무게 중심이 러시아
로 이동한 것이다. 이 둘의 무한 경쟁을 내버려 두어서는
아니 된다. 그들을 견제하면서 조선이 새로운 국가로 거듭
나도록 도울 형제의 나라가 필요하다. 내가 유학을 다녀왔
다는 이유만으로 프랑스를 첫손에 꼽는 것은 아니다. 청국
과 일본 사정도 해박한 빅토르 콜랭이 나서 주기만 한다면
조선은 더 많은 떡을 손에 쥐게 된다. 그것이 파천(播遷)의
치욕을 하루라도 빨리 씻는 유일한 길이다. 나는 리심과 손

잡고 조선을 바꾸리라. 오늘 선물받은 이 책으로부터 그 길
의 첫걸음을 뗀 꼴이다.

「직지(直指)」를 사다

"아직 주무세요? 저 탐언입니다."

빅토르 콜랭과 리심은 동시에 눈을 떴다. 어제 파티에서 마신 와인 때문에 아직도 취기가 돌았다. 혹시 늦잠이라도 잤는가 싶어 서둘러 올빼미 모양 탁상시계를 살폈다. 아직 15분 정도 여유가 있었다.

"일어났네. 왜 그러나?"

탐언의 목소리가 넓은 길을 달리듯 쌩쌩 신이 났다.

"괜찮은 서책을 하나 찾았습니다. 어서 나와 보세요."

"알겠네. 곧 가지."

빅토르 콜랭이 주섬주섬 옷을 챙겨 입었다. 리심이 이불을 목까지 끌어올리며 한마디 했다.

"탐언이 저렇게 흥분한 건 처음 봐요. 뭔가 대단한 서책을 구한 게 분명해요. 서재를 정리하고 또 당신 서책 사는 것을 거들며 안목이 늘었잖아요?"

빅토르도 고개를 끄덕였다.

"조선에서 체계적으로 고서(古書)를 살필 사람은 탐언이 유일할 게요. 어떻소? 함께 가서 보겠소?"

"먼저 가세요. 전 조금만 더 잘래요. 참, 내일 두지강 가는 거 잊지 않았죠?"

"잊을 리가 있겠소? 당신 고향이 어떤 곳인지 나도 꼭 보고 싶소."

"아름다운 곳이죠. 플랑시 마을처럼!"

"하면 그 마을에도 장이 서오?"

"물론이에요. 하지만 출판사도 없고 유대인이나 러시아 죄수의 후예도 살지 않는답니다."

"빅토르란 이름의 성인도 물론 없겠군."

"물을 포도주로 만들어도 좋아하지 않을 테니까요. 텁텁한 탁주라면 또 모를까."

빅토르 콜랭은 리심의 뺨에 입을 맞춘 후 방을 나섰다.

마당에서 기다리던 탐언은 꾸벅 절을 한 다음 문간방으로 자리를 옮겼다. 매일 세 명 정도를 들이던 것과는 달리 이날은 삿갓을 탁자 위에 얹은 중늙은이 불제자뿐이었다. 탐언은 대문을 꼭꼭 걸어 잠그고 잡인들의 출입을 막았다.

빅토르 콜랭이 중늙은이 맞은편에 자리를 잡았다. 탐언은 그 가운데에 등받이가 없는 의자를 놓고 앉았다.

"자, 이분이 법국 공사십니다. 이제 서책을 보여 주시죠."

중늙은이가 아무 말 없이 삿갓을 들었다. 그 안에 서책이 있었다. 탐언이 그 서책을 들어 빅토르 콜랭에게 전달했다.

'直指'라는 두 글자가 선명하고 그 아래 '下'라고 적혀 있었다. 빅토르 콜랭이 고개를 들고 물었다.

"상(上)은 어디 있소?"

탐언의 통역을 들은 중늙은이가 걸걸한 목소리로 답했다.

"역시 양이답게 욕심이 과하군. 상권까지 갖겠다고? 상권은 없소. 하권뿐이라서 보기 싫다면 이리 내시오."

중늙은이가 엉덩이를 들고 빅토르 콜랭의 손에서 책을 빼앗으려 했다. 탐언이 팔뚝을 붙들며 사정하듯 말했다.

"어허, 왜 또 이러십니까, 대사! 우리 공사님은 다른 양이들과는 다릅니다. 중국어에도 능하시고 한문에도 밝으세요. 제발 천천히 마음 가라앉히세요."

중늙은이가 그 팔을 뿌리치고 다시 자리에 앉았다.

"치워라 이놈아! 대사는 무슨 대사. 불경 팔아먹는 대사 본 적 있느냐?"

빅토르 콜랭이 서책의 제일 마지막을 펴 간기를 읽었다.

선광 7년 정사 7월 일 청주목 외 홍덕사 주자인시

(宣光七年 丁巳七月 日 淸州牧 外 興德寺 鑄字印施)

빅토르 콜랭의 눈동자가 오랫동안 '선광'과 '주자'에 거듭 머물렀다.

'주자(鑄字)라면? 이 서책이 금속 활자로 찍어 낸 것이란 말인가!'

꼼꼼하게 글자들을 훑었다. 글자본을 따라 어미자를 정성을 다해 만들어 찍은 덕분에 그 크기와 굵기가 한결같았다. 유연먹을 사용하여 먹색이 진하지 않고 활자를 주조한 다음에 끌로 다듬어 글자 끝에 둥글둥글한 맛이 살아 있었다. 틀림없이 금속 활자로 찍은 것이다.

빅토르 콜랭이 '선광' 두 자를 따졌다.

"선광은 연호인 듯한데?"

"원나라 기황후의 아들이 황제의 자리에 오르니 곧 소종(昭宗) 황제입니다. 즉위년인 1370년부터 선광이란 연호를 사용하였지요."

탐언이 어젯밤 준비한 답을 내놓았다. 빅토르 콜랭의 목소리가 심하게 떨렸다.

"하면 이, 이, 이 서책이 1377년에 발간되었다는 말인가?"

"그렇습니다. 부처님과 고승들의 말씀을 뽑아서 서책으로 엮은 경한(景閑) 스님이 1374년 입적하자 홍덕사에서 3년 후 금속 활자로 스님의 서책을 찍은 것이지요."

1450년 독일인 구텐베르크가 사용한 금속 활자보다도 무려 73년이나 빠른 것이다. 빅토르 콜랭은 다시 찬찬히 서책을 넘겨 보았다. 탐언의 설명이 사실이라면 이건 보물 중에서도 보물이었다.

"어때요? 꽤 귀중한 서책이죠?"

빅토르 콜랭은 기쁜 표정을 감추며 조금 딱딱하게 답했다.

"그래. 구입할 가치는 있겠구나. 한데 저 불제자는 이 책을 왜 팔려고 하지?"

탐언의 통역을 들은 중늙은이가 퉁명스럽게 답했다.

"내가 입히고 먹이며 챙겨야 하는 어린 거지들이 쉰 명이 넘소. 벌써 보름째 끼니를 잇지 못해 더러는 죽고 더러는 오늘내일 하지. 부처님 말씀도 소중하지만 중생이 모두 죽으면 무슨 소용이 있겠어? 해서 아껴 두고 보던 거지만 가져오게 되었소. 법국 공사가 도성에서 서책 값을 가장 잘 쳐준다는 풍문도 들었고, 또 저 탐언이란 녀석이 하도 졸라 대는 바람에……. 500년이 넘은 서책이니 값이나 제대로 쳐주오."

빅토르 콜랭은 중늙은이 모르게 안도의 한숨을 내쉬었다. 이 불제자는 아직 금속 활자의 가치를 모르는 것이다.

"원하는 값을 말해 보오."

빅토르 콜랭이 단도직입적으로 흥정에 들어갔다. 서책을 구입하기로 마음을 정한 이상 이것저것 따지는 것은 시간 낭비였다. 조금이라도 빨리 저 귀한 서책을 손에 넣고 싶었다. 중늙은이는 잠시 답을 미루고 빅토르 콜랭을 노려보았다. 빅토르 콜랭이 빙긋 미소를 지어 주었다. 안경을 고쳐 쓰고 오른 손바닥을 하늘로 보이며 약간 내밀기까지 했다. 얼마든지 후한 값을 치르겠다는 자세였다.

"하면 쌀 열 먹서리를 주오."

빅토르 콜랭이 곧바로 덤을 올렸다.

"좋은 일에 쓰는 것이니 열다섯 먹서리를 드리리다."

탐언이 끼어들었다.

"열 먹서리도 많습니다. 아무리 500년이 넘은 고서라지만 너무……."

빅토르 콜랭이 날카롭게 탐언을 쏘아보았다. 중늙은이의 웃음이 떠들썩하게 울려 퍼졌다.

"하하하하! 과연 법국 공사는 탐서가답군요. 이만한 책이면 쌀 열다섯 먹서리가 뭐 그리 아깝겠소이까? 고맙소이다. 공사 덕분에 우리 아이들이 보름은 더 끼니를 잇게 되었소이다."

빅토르 콜랭도 따라 웃으며 한마디 덧붙였다.

"상권도 있으면 가져오세요. 하면 그땐 열다섯 먹서리가 아니라 스무 먹서리를 드리지요. 상하 완질을 갖춘 값 다섯 먹서리 더 쳐서 말입니다."

"알겠소. 내 다시 구질구질한 서재를 뒤져 보리다."

빅토르 콜랭의 눈동자가 반짝였다.

"서재가…… 따로 있습니까?"

"서재랄 것도 없고, 이미 다 처분했어야 하는데…… 스승께서 물려주신 것들이라 아직 좀 가지고 있긴 하지만……."

"그 서재도 한번 구경시켜 주세요. 꼭 「직지」가 아니더라도 충분히 값을 치르고 사겠습니다."

빅토르 콜랭은 오늘따라 더욱 집요했다. 중늙은이는 그 시선이 불편한 듯 고개를 약간 숙이며 답했다.

"오는 걸 마다하진 않겠소만 그리 집착이 많아서야……. 하나만 물어봅시다. 우리 서책을 왜 그리 많이 사들이는 게 요? 취미라거나 조선 서책이 좋아서라는 답 말고 진심을 듣고 싶소."

빅토르 콜랭은 희미한 미소를 지우지 않고 말했다.

"나중에 이것들을 넘겨 보면서 조선에서 보낸 행복한 나날을 추억하기 위함입니다."

공화국의 길 제국의 길

여름비가 추적추적 도성을 적셨다. 빗물이 흘러 없던 길도 만들고 있던 길도 둘로 나눴다. 길들은 다시 만나 더 큰 길로 뻗기도 하고 영원히 헤어져 다른 풍광을 낳기도 했다.

백탑(白塔, 원각사지 10층 석탑)을 돈 가마는 탑골에 옹기종기 모여 있는 초가와 작은 기와집 사이를 절묘하게 헤집고 들어갔다. 가끔 아낙이나 아이들을 만나도 속도를 늦추지 않았다. 막다른 골목에 다다라서야 가마가 겨우 멈췄다. 발을 걷으며 나온 여인은 리심이었다. 목이 깊게 팬 푸른 드레스 차림이었다. 팔꿈치까지 오는 검은 장갑을 낀 채 노란 양산을 펴 어깨에 걸친 리심은 가죽신에 빗물이 튀지 않도록 조심조심 걸었다. 쪽문이 열리면서 조족등을 든 소년이 공손히 머리를 조아렸다. 리심이 허리를 숙이고 쪽문으로 들어섰다.

"꼭 무슨 간자(間者, 간첩) 놀음 같아요."

리심은 홍종우가 손바닥만 한 갓을 씌워 등불을 감추는 것을 보며 피식 웃었다.

"리심, 당신을 위해서요. 미행을 조심하긴 했지만 언제 어디서 튀어나올 줄 모르기에 대비하는 게 좋소."

"누가 튀어나온다는 거죠?"

홍종우가 대답 대신 두루마기 소매를 걷어붙였다. 오른 팔뚝에 시퍼렇게 멍이 들어 있었다.

"다쳤군요. 이런! 뼈는 상하지 않았나요?"

그는 팔을 치켜들어 보였다.

"어떤 놈들이 이 멍을 선물한 줄 아시오? 독립 협회로 숨어든 서재필의 앞잡이들이라오. 이건 전쟁이오. 서재필과 러시아에 빌어먹는 대신들을 모조리 죽인 후 주상 전하를 받들어 새 나라를 세우느냐, 아니면 그놈들에게 내가 당하고 조선이란 나라가 멸망하느냐. 양자택일의 순간까지 온 거요."

리심은 혼란스러웠다. 조선을 떠나 각각 프랑스와 미국에서 신문물을 배우고 돌아온 두 사람이 서로를 죽이지 못해 안달이 난 것이다.

"사람을 죽이는 게 능사는 아니에요. 고우 선생 목숨을 거두었으니 그걸로 됐잖아요? 서재필 그분은 나라에서도 죄를 면해 주었고 독립 협회는 전하께서도 깊은 관심을 가지고 후원하고 계시다 들었습니다."

"지금은 독립 협회 세가 약하니까 어명을 받들며 아부하지만 곧 본색을 드러낼 게요. 저들은 전하의 어명을 목숨 바쳐 따를 위인들이 못 되오."

홍종우가 잠시 말을 끊고 리심과 눈을 맞추었다.

"이 전쟁에서 우위를 점하려면 정동에 있는 외교관들 도움이 절대적으로 필요하오. 빅토르 콜랭 공사가 정동 모임을 이끈다 들었소. 부디 곁에서 공사의 마음을 잡아 주오."

"빅토르가 얼마나 신중한 성품인지는 잘 아시잖아요? 죽고 죽이는 끔찍한 일이 벌어진다고 해도 빅토르는 쉽게 뜻을 밝히지 않을 거예요. 더구나 다른 나라 외교관들을 앞장서서 이끄는 일은 힘들어요."

홍종우가 알 듯 말 듯 기묘한 미소를 흘렸다.

"이번엔 다를 게요. 달라져야 미인을 잃지 않을 테니까."

"그게 무슨 소리예요?"

홍종우가 급히 말머리를 돌렸다.

"아, 아니오. 자, 이건 선물!"

소매에서 초상화 한 점을 꺼냈다. 실금이 많이 간 낡은 그림이었다. 리심이 깜짝 놀라며 물었다.

"어진(御眞, 왕의 초상화) 아니에요?"

"프랑스에서 흥선대원군의 초상화와 함께 내내 품에 지니고 다녔다오."

뒷장을 보니 초서로 날려 쓴 '富國強兵' 넉 자가 아름다웠다.

"앞으로 이 어진은 리심 그대에게 더 필요할 것 같소. 마음이 흔들릴 때면 꺼내 보며 충심을 굳건히 다지도록 하오."

리심이 어진을 접어 무릎에 올려놓은 후 홍종우를 쳐다보았다.

"물어볼 게 하나 있어요. 한양에서 다시 만났을 때부터 알고 싶었던 건데······."

"뭐든지!"

홍종우가 어깨를 으쓱 올렸다가 내렸다.

"파리에서 저보다 더 많은 걸 보셨잖아요? 노트르담 성당과 에펠탑, 몽마르트 언덕의 풍차와 센강의 흥겨움까지. 그리고 팡테옹 국립 묘지의 아름다움도 아시죠?"

"팡테옹이라!"

홍종우는 팡, 테, 옹 석 자를 입안에 넣고 오물거렸다.

'왜 하필 팡테옹을 지적하는 것일까, 혹시?'

"저도 조선이 바뀌어야 한다는 건 동감해요. 한데 왜 꼭 제국의 길만 고집하시죠? 지금 프랑스는 공화국의 길을 아주 잘 가고 있잖아요? 팡테옹에 묻힌 위인들의 고귀한 정신에 기초하여…….”

홍종우가 리심의 말을 잘랐다.

“프랑스는 프랑스고 조선은 조선이오. 전하께서는 개명 군주로서 구라파 어느 왕과 비교해도 뒤지지 않으시오. 팔도 백성의 마음을 하나로 모을 이는 전하 한 분뿐이시오. 과연 누가 조선을 뒤바꾸고 한양을 새로운 도시로 우뚝 세울 수 있겠소? 독립 협회의 저 조무래기들은 못하오. 러시아 공사의 눈치나 보는 대신들도 믿을 수 없소. 그 일을 감당하실 분은 전하뿐이시오. 우리 앞에는 제국의 길, 입헌 군주국의 길, 공화국의 길 등 여러 길이 있는 게 아니라 오직 제국의 길만 있을 뿐이외다.”

리심은 잠시 침묵한 채 홍종우의 열망을 되짚어 보았다. 제국이란 무엇인가. 황제 한 사람을 중심으로 나라를 재편하는 것이다. 시민의 합리적인 권한은 통제되며 모든 부와 명예는 황실로 귀속된다.

“저는…… 파리에 머무는 동안 공화정이야말로 인간이 만든 체제 중에서 가장 훌륭하고 아름답다고 느꼈어요. 자유, 평등, 박애의 정신은 인류가 소중히 여겨야 할 자산이지요. 조선도 프랑스 공화국처럼 바뀔 수만 있다면 그쪽 길을 도모하는 것도 반드시 나쁘진 않을 거예요."

"말조심 하시오. 혹여 그런 망언을 하고 다니다간 큰 화를 당할 수 있소. 지금 조선에선 아무도 공화정을 주장하지 않소. 그건 곧 반역을 뜻하니까."

리심도 목소리를 높였다.

"지금 절 협박하시는 건가요? 옳고 그름을 따지는 기준은 오직 합리적 이성에 있다고 파리에서 배웠어요. 고초를 겪는가 아닌가는 그다음 문제랍니다. 이성의 빛으로 암흑을 내쫓기 위해 평생을 바친 철학자들, 볼테르와 루소와 디드로의 정신이 바로 그것 아닌가요?"

리심이 볼테르를 거명하자 홍종우의 분노가 더욱 커졌다.

"프랑스라고 해서 다 옳은 건 아니오. 청국도 일본도 개혁을 서두르면서도 결코 군왕제를 폐하고 공화정을 택하진 않았다오. 동양에는 동양에 어울리는 길이 있소."

리심은 물러서지 않았다. 동양은 동양 대로 서양은 서양 대로 갈 길이 다르다면 파리로 유학을 갈 필요도 없는 것이다.

"사람 위에 사람 없고 사람 아래 사람 없는 세상은 동서를 막론하고 우리가 추구해야 할 궁극적인 목표겠지요. 제국이란 차별을 전제로 성립하는 나라입니다. 번성하면 번성할수록 차별 또한 커질 수밖에 없어요."

"너무 순진한 생각이오. 나라마다 사람마다 차등이 있는 것이 엄연한 현실이오. 힘을 가지는 게 중요하다오."

"순진하다고요? 어떤 국가 체제를 갖출 것인가를 논할 때 원칙을 정하는 일이 가장 중요하다고 봐요. 공화정 외엔 대안이 없어요. 힘의 우열로 세상을 바라보는 데는 절대로 동의할 수 없어요."

"조선을 위해 함께 큰일을 도모하리라 믿었는데 실망이 크오! 이제 보니 리심, 당신과 나는 정반대 길을 걸을지도 모르겠구려."

리심 역시 마지막까지 조금도 물러서지 않았다.

"설령 정반대 길을 걷는다 해도, 그 삶을 포용하고 인정하는 관용 또한 공화국의 자랑스러운 정신이겠죠."

맑은 피

황포 돛대를 높이 단 배가 마포 나루를 날렵하게 빠져나
갔다.

우산을 받쳐 든 리심이 이물에 선 빅토르 콜랭에게 다가
섰다. 카이저 수염이 오늘따라 더 멋져 보였다. 탐언은 공
무가 바빠 러시아 공사관으로 갔고, 따라오겠다는 공사관
직원 둘을 리심은 웃는 얼굴로 돌려보냈다. 그들에겐 고향
마을을 보이고 싶지 않았던 것이다.

강변을 따라 펼쳐진 가게들을 눈으로 훑었다. 군데군데
고(庫)들이 자리를 잡았고 사이사이에 크고 작은 가게들이
다닥다닥 붙었다. 곡식과 어물은 물론 황해 바다를 건너온
청국 비단과 서책들도 심심찮게 거래되었다. 이 물건들이
남대문이나 서대문을 지나 도성으로 들어가면 값이 적게는

두 배, 많게는 열 배까지 뛰었다.

"뱃멀미를 하진 않겠소? 바람이 꽤 심한 데다 배도 그리 크지 않으니······."

빅토르 콜랭은 차라리 서대문으로 나가 북쪽으로 길을 잡자고 했다. 프랑스 배가 아니고는 청국이든 일본이든 조선이든 타국 배는 믿을 수 없다는 것이다. 그러나 리심은 강으로 가겠다고 고집을 부렸다.

배가 김포를 지나자 인가가 줄어들더니 야트막한 산들이 좌우로 펼쳐졌다. 벌거숭이 소년들이 강가에서 멱을 감고 잎이 무성한 나무 아래 평상에 모인 노인들은 담뱃대를 입에 물고 병아리처럼 하늘을 올려다보았다. 배가 오가는 것은 지극히 흔한 일이기에 더위에 지친 삽살개만 두어 번 짖다가 그칠 뿐이었다. 삽살개를 노려보던 리심이 물었다.

"어제 새벽에 탐언이 꼭 사자고 했던 그 책, 어땠나요?"

멀찍이 선 조선인들이 리심의 입에서 흘러나온 불어를 듣고 놀란 표정을 지었다.

'양이 귀신에 씐 여자가 분명해! 그렇지 않고서야 어찌 조선인 입에서 저런 소리가 흘러나온단 말인가.'

빅토르와 함께 거리로 나설 때마다 겪는 일이지만 익숙해지지 않았다. 더군다나 지금처럼 작은 배에서는 그들을 무시하고 다른 곳으로 옮길 수도 없었다.

콜랭이 헛기침을 한 후 리심의 왼손을 살며시 쥐었다. 승객들 눈길이 조선 여인과 프랑스 남자의 맞잡은 손으로 모였다. 빅토르 콜랭이 리심만 쳐다보며 속삭였다.

"그저 그랬소. 고려 시대 서책이라고, 500년이 넘었으니 탐언이 호들갑을 떤 게요. 오래되었다고 전부 쓸 만하진 않다오. 그래도 탐언의 정성을 봐서 사 두기로 했소."

"그래요? 500년이면 꽤 오래된 서책이네요. 모리스 쿠랑에게 서찰이라도 한 장 띄워야겠어요. 이젠 제법 조선 서책 전문가로 행세하더군요. 빅토르 당신한테는 한참 미치지 못하는데도……."

"성실한 사람이라서 빛을 보는 게요. 처음에 조금 도와주긴 했지만 지금은 나보다 훨씬 낫다오. 쿠랑에겐 내가 편지를 쓰겠소. 마침 보낼 서책이 따로 몇 권 더 있고."

"알겠어요."

서쪽으로 향하던 배는 교하를 기점으로 동쪽으로 반원을 그리며 돌았다. 승객들은 기우뚱거리면서도 리심에게 다가오지 않으려고 애썼다. 리심이 쳐다보자 눈물을 훌쩍이는 계집아이까지 있었다.

'완전히 돌림병 환자 취급이군. 열꽃이라도 피고 이런 대접을 받는다면 억울하진 않지.'

파주를 지나 멀리 장단이 바라보일 때 빅토르 콜랭이 물었다.

"홍 칙사와는 또 만났소?"

"그 얘긴 마세요. 이제 나랑 상관없는 사람이에요."

빅토르 콜랭은 리심의 단호한 반응에 크게 놀랐다. 무슨 일이 있었을까. 기메 박물관에서 홍종우가 번역한 원고를 읽은 후로 피붙이처럼 친근감을 나타내지 않았던가. 생명의 은인이라고 하지 않았던가.

오늘은 따져 물을 상황이 아니었기에 빅토르 콜랭이 말머리를 돌렸다.

"고향이라고 해 봤자 가족도 없지 않소? 당신 어머니는 황새바위에서 순교했고 아버지는 모른다고 했으니까."

"꼭 만날 사람이 있어요. 적성이란 좁은 마을을 벗어나서 더 넓은 세상으로 제 등을 떠민 분이죠. 고향에서 자포자기 말고 떠나라고, 끝까지 가고 또 가라 하셨죠."

"오호, 그런 고마운 분이 계셨소? 왜 아직껏 내게 말을 안 한 게요? 그런 분이면 따로 공사관으로 청하여 극진하게 대접을 해 드립시다. 조선에선…… 도성만 벗어나면 대접다운 대접을 받기 어려우니까……. 그분을 만나는 것이 목적이라면 지금이라도 편지를 띄워 모셔 오는 것이 어떻겠소?"

리심이 짧게 답했다.

"벌써 다섯 번이나 띄웠어요. 단 한 통도 답신이 없었답니다."

"저런! 고향을 떠난 건 아니오?"

"아니에요. 그분이 없으면 적성 질청이 제대로 돌아가질 않거든요."

"한데 왜 답신을 안 한 걸까?"

"지난번 사람을 보낼 땐 그분 처지를 꼭 살피고 오라 부탁했답니다. 어젯밤 그 사람이 와서 하는 말이……."

리심이 말을 끊고 양산으로 얼굴을 잠시 가렸다. 코를 한 번 씰룩거린 후 말을 이었다.

"그분, 몹시 아프시다네요. 가슴병이 있으시대요. 약첩을 지어도 차도가 없고……. 아!"

리심의 두 눈에서 눈물방울이 떨어졌다. 허리를 잔뜩 숙인 채 강물을 바라보았다.

'여기야! 도령과 함께 강물에 빠졌던 곳. 어머니와 내가 지겹도록 노래를 불렀던 곳. 그대로구나. 말없이 흐르고 또 흐르는구나. 이방 나리! 리심이 왔어요. 조금만 참으세요.'

나루에 내리니 어둠이 강 전체를 뒤덮었다. 미리 연통을 받은 적성 현감과 아전들이 마중을 나왔다. 리심은 객관에 짐을 풀지도 않고 잰걸음을 놀렸다. 손에는 직접 지은 약재가 들렸다. 빅토르 콜랭도 그녀를 말없이 따랐다.

코밑에 솜털이 뽀송뽀송한 어린 서리(書吏)가 길 안내를 맡았다. 열두 살쯤 되었을까. 찢어진 눈과 튀어나온 광대뼈가 왠지 리심의 눈에 낯설지 않았다.

서리가 없더라도 금방 목적지를 찾을 수 있었으리라. 골목도 달라지고 새로 지은 집도 제법 많지만 기억을 뒤흔들 정도는 아니다. 열 번 아니 백 번은 더 도쿄에서 파리에서 탕헤르에서 이 길을 떠올렸으니까. 길의 폭, 벽의 색깔, 군데군데 튀어나온 돌부리들 위치까지 새기고 또 새겼으니까. 머리로나마 뛰어다녔으니까. 그러는 게 작은 기쁨이었으니까.

서리가 걸음을 멈추고 돌아섰다. 얼굴에 주저하는 빛이 역력했다.

"병이 깊으세요. 정신이 오락가락하셔서…… 제대로 말씀 나누실 수 있을지 모르겠네요. 두 분이 적성으로 절대로 오지 못하게 하라고…… 신신당부하셨는데…… 그게 두 분을 꼭 뵙고 싶다는 말씀으로 들려서……. 아버진 늘 그렇게 정반대로 말씀하시거든요. 일곱 살부터 이두와 한자를 배웠어요. 그때도 아버진 '이딴 거 몰라도 된다. 사람이 곧아야지.'라고 하셨지만, 정말 열심히 절 가르치셨어요."

리심이 물었다.

"내 얘길 하시던가요?"

"하셨어요……. 술을 많이 드신 날이면…… 어머니가 화를 내며 집을 나간 날이면…… 저를 앞에 앉혀 놓고 월선이라는 관기가 얼마나 노래를 잘했는지, 또 그녀의 딸…… 그러니까……."

"괜찮아요. 편하게 해요."

"리심이란 딸이 얼마나 총명했는지……. 조선에서 가장 솜씨 좋은 약방 기생이 될 거라고…… 조선 최고 무희가 될 거라고……. 언젠가는 잠시 한양에 다녀오신 적도 있어요. 그 후론 월선과 리심…… 두 여인에 대해 말씀이 없으셨죠. 아마 그때 법국 공사의 부인이 되신 걸 아셨나 봐요……."

초가 하나가 눈에 띄었다.

이방은 질청의 으뜸이니 마음만 먹으면 재물을 모아 기와도 올리고 하인도 서넛 둘 수 있다. 그러나 그는 돈 욕심도 재물 욕심도 없었다. 돈이 조금 생기면 술을 마셨다. 월선이 야반도주한 후로는 더더욱 술에 취해 살았다. 리심이 상경하던 날에도 빨간 코를 어루만지며 취하다가 욕하고 욕하다가 취했다.

담은 무너졌고 문은 아예 부서져 나가고 없었다. 때가 잔뜩 묻은 개 두 마리가 마당에서 서로 엉덩이 냄새를 맡으며 맴돌았다. 그는 유난히 개를 좋아했다. 취하면 걷어차고 깨면 끌어안았다. 적어도 개는 주인을 버리고 떠나지 않는다고, 정을 주면 준 만큼 되갚는다고 했다.

빅토르 콜랭은 개들을 보고 잠시 멈칫했다. 프랑스에서도 개를 기르지만 항상 끈으로 목을 묶는다. 조선에서처럼 산이고 들이고 뛰놀게 풀어 놓는 법은 없다.

"괜찮아요. 이놈들 순둥인걸요."

서리가 마당으로 가서 두 마리 개를 옆구리에 끼고 일어섰다. 개들은 서리의 목과 턱을 긴 혀로 핥았다.

덜컥.

방문이 열렸다. 피범벅이 된 여인이 피가 가득 고인 놋쟁반을 들고 마루로 나오다가 주저앉았다.

"의원을…… 빨리! 피를 한 말이나 토했어."

리심이 들고 있던 약재를 떨어뜨렸다. 평화롭던 풍광이 한순간에 이지러졌다. 서리는 의원을 구한다고 달려 나갔고 여인은 놋쟁반을 아기 보듬듯 끌어안고 울부짖었다. 피떡이 머리카락과 얼굴에 덕지덕지 들러붙었다.

리심은 급히 방으로 들어섰다.

"이, 이방 나리!"

방 안 역시 온통 피로 얼룩졌다. 이불과 요는 물론이고 책장과 옷장, 그리고 매란국죽을 두 점씩 그린 여덟 폭 병풍까지 붉은 피로 물들었다. 피를 토한 이방은 새우처럼 몸을 웅크린 채 부들부들 떨었다. 리심이 급히 뒷머리를 붙들고 끌어안았다. 빅토르 콜랭은 피비린내에 질렸는지 얼굴을 찡그리며 문턱에 섰다. 이방의 검은 눈동자가 자꾸 위로 넘어갔다.

"정신을 놓으면 아니 됩니다. 나리, 나리!"

리심이 급히 정신을 맑게 하는 혈을 짚어 나갔다. 사지를 뒤틀던 이방이 갑자기 리심의 멱살을 틀어쥐었다. 빅토르 콜랭이 급히 방으로 들어와 리심을 끌어내려 했다.

"나갑시다. 위험해!"

"놔요. 이거 놓으세요."

리심이 그 손길을 뿌리쳤다. 돌아서는 순간 이방의 입에서 붉은 피가 쏟아졌다. 리심의 얼굴과 레이스 달린 흰 블라우스가 온통 피로 얼룩졌다. 빅토르 콜랭은 엉덩방아를 찧으며 물러섰다가 지팡이를 들고 달려들었다.

"이 자식!"

빅토르 콜랭이 지팡이로 이방의 두 팔을 내리쳤다. 한 번두 번 세 번, 내리쳤지만 이방은 리심의 멱살을 쥔 손을 풀지 않았다. 힘을 실어 팔을 부러뜨릴 듯 마지막으로 내리치려는 순간 리심이 허리를 숙이며 엎드렸다. 리심의 등을 향하던 지팡이가 가까스로 멈췄다.

"리심아!"

정신을 차린 이방이 멱살을 쥔 손을 풀고 리심의 양 볼에 피 묻은 손바닥을 댔다. 리심의 두 눈에서 눈물이 뚝뚝 이방의 이마로 떨어졌다.

"나리!"

"리심아…… 왜……."

"말씀 마세요. 곧 의원이 올 거예요. 잠시만 잠시만 참으세요."

이방이 고개를 겨우 좌우로 저었다.

"얼…… 마 남지 않았어. 저, 저이냐? 네 남편이……."

이방의 시선이 리심의 머리 뒤로 향했다. 리심도 고개를 돌렸다. 빅토르 콜랭이 당황한 표정으로 서 있었다. 들고 있던 지팡이를 급히 등 뒤로 감추고 멋쩍은 웃음을 지어 보였다.

"돌아오지 말라고…… 하지 않았느냐? 넌 돌아오면 안 돼. 가거라. 가거라. 더 멀리!"

이방이 다시 고통으로 얼굴을 일그러뜨렸다. 리심 목을 뱀처럼 휘감았다.

"윽!"

목이 졸린 리심이 양손을 휘저었다. 리심과 이방의 몸이 뒤엉켜 방바닥을 떼굴떼굴 굴렀다. 숨이 막힌 리심 얼굴이 벌겋게 달아올랐다. 빅토르 콜랭이 큰 걸음으로 나아가 이방의 머리를 노리며 지팡이를 후려쳤다. 그러나 지팡이는 엉뚱하게도 리심의 어깨를 때렸고 그녀는 비명을 지르며 쓰러졌다. 빅토르 콜랭이 다시 지팡이를 들고 내리쳤다. 이마를 정통으로 맞은 이방이 축 늘어졌다.

고요가 찾아들었다.

객관에서 아버지를 추측하다

"으음!"

흰 천으로 리심의 어깨를 감던 빅토르 콜랭은 손을 멈추고 안색을 살폈다. 아랫입술을 깨문 윗니가 하얗게 빛났다. 윗니를 떼니 피가 맺힌 작은 선 두 개가 입술에 그어졌다. 고통이 그 위에 얹혀 흔들렸다.

"미, 미안! 미안해."

리심은 빅토르 콜랭과 눈을 맞추며 웃어 보였다. 피 묻은 옷은 모두 벗고 서리가 건네 준 치마저고리를 입었다. 얼굴과 손에 묻은 피도 서너 차례나 닦아 냈지만 아직도 피 냄새가 가시지 않았다. 다행히 이방은 고비를 넘겼다. 의원은 리심이 지어 온 비싼 약재를 쓰면 반년은 더 견디겠다고 밝힌 후 물러갔다.

"빅토르!"

안경을 쓰지 않은 눈은 더욱 깊고 차가웠다. 지팡이를 휘두르는 동안 안경이 벗겨졌던 것이다. 리심을 부축해서 나오느라 미처 안경을 찾을 겨를이 없었다.

"많이 아파?"

빅토르 콜랭이 다시 물었다.

이럴 땐 꼭 아이 같다. 톡 건드리면 당장 눈물을 쏟을 소년!

"하, 나, 도, 안 아파요. 조금만 천천히, 천천히 감아 줄래요."

"알았어. 처언처언히."

빅토르 콜랭이 다시 리심의 퉁퉁 부은 어깨를 천으로 감기 시작했다. 리심은 턱을 든 채 눈을 지그시 감았다. 다시 고통이 밀려온다면 신음도 내뱉지 않고 아랫입술을 더욱 힘껏 깨물 작정이었다. 빅토르 콜랭은 힐끔힐끔 리심 표정을 살피며 입을 열었다.

"옥인! 그를 아끼는 마음은 알겠소……. 하지만 피를 토한 데다가 정신마저 혼미한 병자가 아니오……. 물러나서 의원을 기다리는 것이 옳았소……. 당신 목숨이 위험했어……."

리심이 눈을 감은 채 답했다.

"그 피가 너무 맑아 보였어요."

그는 귀를 의심했다.

"뭐? 뭐라고 했소? 맑은 피라고?"

썩은 내가 진동하는 탁한 피였다. 그런 피가 맑다니?

"언젠가 내 아버지에 대해 물으셨죠? 도쿄에서였던가요, 파리에서였던가요, 탕헤르였던가요? 아님 한양을 떠나기 직전 그 밤이었던가요?"

"넷 다요."

"그때마다 전 아버지에 대한 기억이 없다 했죠. 또 어머니 역시 아버지가 누구인지 밝히지 않았다고. 차라리 없다 여기고 살라 하셨다고. 한 가지 말씀드리지 않은 게 있어요. 어머니는 내 아버지를 밝히시지 않았지만, 당신 스스로 내 아버지일지도 모른다고 말씀하신 분이 계세요. 비록 술에 취해 지나치듯 흘리셨지만…… 술잔마다 진심을 담는 이들도 있으니까요."

"그이가…… 이방이오? 아버지와 딸이 만나는 자리였단 말이오?"

리심의 입가에 옅은 미소가 맺혔다 지워졌다.

"그가 내 아버지인지 내가 그의 딸인지는 조화옹밖에 모르겠죠. 하나 가끔 생각이 나곤 했어요. 내가 더 먼 곳으로 나아가려고 할 때마다 그 목소리가 귓가에 앵앵거렸죠. '각오는 단단히 했니? 넌 지금 잘하는 거란다. 가거라. 네가 갈 수 있는 곳까지 멀리 가서 이 세상이 어떤 곳인지 똑똑히 보렴.'"

"그래서 고향으로 가자 졸랐던 게요? 그에게 당신이 어디까지 갔다 왔는지 보여 주려고?"

"그 마음이 없었던 건 아니에요. 제물포에 첫발을 디뎠을 땐 정말 당장 적성으로 가고 싶었죠. 하지만 점점 자신이 없어졌어요."

"자신이 없어지다니?"

"무엇을 보았느냐 물으시면 이것저것 답이야 하겠지요. 도쿄도 파리도 탕헤르도 신기한 것투성이였으니까. 하나 거기까지 갔다가 왜 돌아왔느냐 물으시면 어찌 답할까 생각이 많아지더라고요. 학당을 차리고 찾아뵐까 고민도 했는데 편찮으시다는 소식을 듣고 서둘렀던 거예요. 아직 뭔가 제대로 이루지도 못한 채 뵈었으니 부끄러울 뿐이죠."

"그야……."

빅토르 콜랭은 조선에서 약방 기생 또는 궁중 무희의 처지가 어떠한가를 잘 알고 있었다. 법국 공사의 아내라고 해도, 천민을 바라보는 세상 사람들 눈이 달라질 순 없었다. 천민이 공사의 아내가 되었으니 더더욱 시샘하리라. 차라리 파리에 남는 것이 낫지 않았을까. 그러나 리심은 돌아가겠다는 마음을 바꾸지 않았다.

"……그 일을 시작하려고, 결심을 마지막으로 굳히려고 고향에 갔던 게요?"

리심이 눈을 뜨고 고개를 돌렸다. 빅토르 콜랭의 얼굴에 염려하는 빛이 어렸다.

"서둘진 않을래요. 우선 공사관 주변 아이들이라도 모아서 가르치겠어요. 볼테르를 비롯한 프랑스 철학자들도 교육만이 진리의 빛을 밝힌다고 주장하지 않았나요? 이화학당을 세운 스크랜턴 부인과도 여성들을 교육하는 것이 매우 중요하다는 데 뜻을 합쳤지요. 서재와 뒷마당에서 조용히 가르칠 테니까 당신이 공무를 보는 데도 큰 문제는 없을 거예요. 괜찮죠?"

빅토르 콜랭이 고개를 끄덕였다.

"너무 많은 아이를 들일 순 없소. 또 너무 오래 가르치는 것도 반대야. 지금 그 몸으론 한 시간도 강의를 못할 게요."

"부모 없는 조선의 아이들을 교육하는 것은 제 오랜 소망이에요. 빅토르, 당신 도움으로 내가 신학문을 배웠듯이, 나를 통해 많은 아이들이 세상의 진리를 알았으면 해요. 나 정말 잘할 자신 있어요. 학교 이름도 정했어요. '조르주 상드 학당.' 줄여서 '상드 학당'이라고 할래요. 상드처럼 용감하고 여성의 사회적, 예술적 지위를 향상시키기 위해 헌신하는 이들을 많이 교육하고 싶어요. 도와주세요."

리심이 간청하자 빅토르 콜랭도 한발 물러섰다.

"우선 몸부터 추스르고 여름 열기가 꺾인 후에 가을부터 조금씩 해 보시오."

"고마워요. 당신이 허락할 줄 알았어요."

빅토르 콜랭이 웃고 있는 리심을 뚫어져라 쳐다보았다. 리심이 왼손으로 제 뺨을 짚으며 물었다.

"왜요?"

그가 답했다.

"그러고 보니 닮았소."

"이방 나리와 나 말인가요?"

"아니오. 당신과 아까 길 안내를 맡았던 청년."

리심은 뜻밖이라는 듯 어깨를 으쓱 들어 보이려다가 통증을 참아 내며 물었다.

"닮다뇨? 전혀 다르게 생기지 않았나?"

"하나하나 따져 보면 그렇지. 당신은 눈도 훨씬 크고 광대뼈도 튀어나오지 않았으니까. 하지만 아까 길거리에서 당신이랑 둘이 서서 이야기를 나눌 때 난 두 사람이 오누이 같단 생각을 했다오."

"왜 그런 생각이 들었을까요?"

빅토르 콜랭이 남은 천을 어긋나게 엮어 나비매듭을 지

으며 마무리했다.

"옥인! 당신 재미난 버릇이 하나 있소."

"버릇……?"

"이야기를 집중해서 들을 때면 자기도 모르게 윗입술을 삐쭉 내밀곤 하거든. 한데 그 서리도 마찬가지더라고. 서로 상대방 이야기를 들을 때면 윗입술이 떨리며 나왔다 들어가는 바람에 웃음을 참느라 혼났지."

리심이 왼손으로 윗입술을 만지며 말했다.

"그랬나요? 나한테 그런 버릇이 있었어요? 빅토르는 언제부터 그걸 알았나요?"

"당신이 선모(仙母)로 춤을 췄던 그 저녁부터지."

빅토르 콜랭이 무릎걸음으로 다가앉았다.

"거짓말!"

토라진 듯 시선을 돌렸다. 빅토르 콜랭의 숨결이 뺨에 닿았다.

"정말이야. 삐쭉거리는 입술…… 거기에 얼마나 입 맞추고 싶었다고……."

리심이 그의 뺨을 왼 손바닥으로 가볍게 밀어냈다.

"나랑 말 한마디 섞기 전에 입술부터 훔치고 싶었던 건가요?"

빅토르 콜랭의 얼굴이 딱딱해졌다. 리심은 가끔 뜻하지

않은 순간에 발을 빼곤 했다. 프랑스 여인이라면 당연히 입술을 열고 혀를 내밀어야 하는 상황인데도 고개를 돌리거나 물러섰던 것이다. 그때마다 더욱 마음이 급해지면서 화가 나기도 했다. 이번에는 리심도 그 마음을 읽어 냈다.

"이리 와요, 내 사랑!"

리심은 삐죽거리는 입술을 먼저 그의 코와 콧수염에 붙인 후 아래로 내려가 입을 맞추었다. 빅토르 콜랭도 그 입술을 강하게 빨았다.

"계십니까?"

리심과 빅토르 콜랭은 급히 물러나 앉았다. 길 안내를 해준 서리 목소리였다. 리심이 목소리를 가다듬고 물었다.

"무, 무슨 일인데요?"

"공사님 안경을 찾았습니다. 다행히 알이 깨지지는 않았습니다."

리심이 왼손으로 눈을 가리키자 빅토르 콜랭도 고개를 끄덕였다.

"문 앞에 두고 가세요."

"알겠습니다. 내일 아침은 관아에 와서 드십시오. 사또께서 두 분을 기다리겠다 하셨습니다."

"네, 그럴게요."

인기척이 사라졌다.

이번에는 빅토르 콜랭이 먼저 리심의 입술을 덮쳐 왔다. 리심은 입술을 내맡기면서 이방의 외아들을 떠올렸다. 작은 눈과 끝이 올라간 코 아래 자신을 닮은 입술이 있었다. 자신이 지금 집중하는 입술이 빅토르 콜랭의 것인지 청년의 것인지 그도 아니면 거울에 비친 자신의 입술인지 잠시 헷갈렸다.

독대

여름이 지나고 가을바람이 선뜻 불어왔다.

길어야 서너 달이라던 고종의 러시아 공사관 생활은 반
년을 홀쩍 넘어가고 있었다. 리심은 9월 둘째 날부터 계집
아이 넷을 공사관 서재에서 가르치기 시작했다. 뮈텔 신부
에게 추천을 부탁했더니 성당에서 보호하던 고아 계집아이
넷을 소개해 주었다.

9월 2일, 빅토르 콜랭은 러시아 공사관에서 고종과 독대
했다.

고종의 생일이었기에 각국 공사가 러시아 공사관을 찾
았다. 다른 외교관들을 접견할 때는 외무 대신 이완용과 통
역관 김홍륙이 배석했다. 빅토르 콜랭이 들어오자 고종은
통역관 탐언만 두고 두 사람은 물러가도록 했다.

이완용과 김홍륙이 자리를 비웠다고 해서 고종과 빅토르 콜랭이 밀담을 나눈 것은 아니었다. 문밖에는 내관들이 섰으며 또 얇은 벽을 사이에 두고 옆방에는 조선어에 능한 러시아 외교관들이 근무하고 있었다.

"적성에 다녀왔다 들었소. 두지강 풍광이 어떠하던가?"

빅토르 콜랭은 가슴이 뜨끔했다. 마른침을 삼킨 후 고개를 들어 용안을 살폈다. 고종은 편안한 얼굴로 답을 기다렸다.

"아름다웠습니다. 한강에서 두지강으로 가는 뱃길이 특히 좋더군요. 한여름인데도 강바람에 쌀쌀한 기운까지 감돌았습니다."

"청국과 일본 그리고 조선 도자기를 비교하는 공부는 얼마나 진척이 되었소? 세 나라에서 도자기를 굽는 방법과 평하는 용어들도 정리하고 있다 들었소만……."

"부끄럽습니다. 이제 겨우 걸음마를 시작했습니다."

"공사는 관심사가 다채로운 것 같소. 젊어서는 생물학에 특별한 관심이 있었다고 했지요? 어떤 생물들을 탐구하였소? 개구리는 들었고……."

"1877년을 전후해서 몇몇 논문을 발표한 적이 있습니다. 말씀하신 대로 개구리를 비롯하여 도마뱀과 해충들에 대한 연구가 주종을 이루었습니다."

"도자기와 도마뱀이라! 북학파라고 불렸던 정조 대왕 시절 선비들도 관심사가 매우 넓었소. 지금 공사를 보니 법국의 북학파라 부를 만하오."

"과찬이십니다. 남보다 호기심이 조금 많을 뿐이옵니다."

분위기가 부드러워졌다. 고종이 시선을 내린 채 물었다.

"리심이 계집아이 넷을 가르치기로 했다고? 귀국에서 배우고 익힌 것을 조선에 전하는 것은 좋은 일이겠지. 차라리 그녀를 위해 학교라도 하나 지어 보는 건 어떻겠소?"

빅토르 콜랭이 정중히 답했다.

"아니옵니다. 정식으로 건물을 짓고 학교를 세울 만큼 배움이 깊지는 못하옵니다. 소일 삼아 아이들을 가르치겠다고 하여 허락하였습니다. 혹시 어심에 합당치 않으시면 내일부터 못하게 막겠습니다."

"아, 아니오. 그리 마오. 귀천한 중전도 종종 그런 말을 했다오. 이젠 여자도 세상 지식을 배우고 익힐 때가 되었다고. 공맹의 도리야 남자들만 알면 되지만 야소의 도리나 또 세상 지식은 남자에게도 여자에게도 모두 중요하다고. 행여 어려운 일이 있으면 말하도록 하오. 과인이 힘써 도우리다."

"감사하옵니다."

고종이 왼편에 쌓아 둔 두루마리를 가리키며 물었다.

"이게 무엇인지 아오?"

빅토르 콜랭의 시선이 그쪽으로 향했다.

"을미년 치욕을 속히 씻고 군왕의 위엄을 회복하라는…… 백성의 마음이오. 팔도 곳곳에서 피눈물로 쓴 글들이지. 한 글자 한 글자 충심이 묻어나오."

'군왕의 위엄을 회복하라!'

"지난 8월 10일 경운궁을 수리하라고 궁내부와 탁지부에 조칙을 내렸다오. 이달 말이면 마무리 될 듯하오. 이제 그곳에서 정사를 보더라도 부족함이 없을 것이오."

고종이 말머리를 돌렸다. 빅토르 콜랭은 통역을 듣는 순간 고개를 돌려 문 쪽을 살폈다.

'경운궁 공사가 마무리 된다! 정사를 보기에 부족함이 없다!'

러시아 공사관을 떠날 때가 임박했다는 뜻이다.

"공사! 1891년 일본으로 떠나기 전, 공사가 과인과 했던 약속을 잊지는 않았으리라 믿소."

'1891년의 약속!'

리심을 데리고 출국하는 것을 허락하는 대신 고종에게 힘든 일이 있을 때 헌신적으로 돕겠다는 언약을 상기시키는 것이다.

"제가 어찌 그 약속을 잊겠습니까."

"과인은 공사만 믿겠소. 과인과 중전은 귀국을 특별히 존중했으며 또한 공사와는 벗의 의리로 사귀어 왔소. 어려울 때 서로 돕는 벗이 진정한 벗이라는 속언도 있지 않소? 올해가 가기 전에 과인에게도 또한 공사에게도 행복한 일이 많았으면 하오."

고종은 목소리를 낮추었다.

"어려운 일은 홍 칙사와 의논토록 하오."

그리고 빅토르 콜랭의 놀란 눈을 못 본 체하며 큰 소리로 명을 내렸다.

"미국 공사가 오래 기다렸겠구나. 속히 뫼시고 오너라."

서재필과 홍종우

"지구를 둘로 나눌 때 동쪽은 동반구라 하고 서쪽은 서반구라 한다고 어제 배웠지요? 동반구에는 어떤 대륙이 있고 서반구에는 어떤 대륙이 있는지 아는 사람?"

리심의 물음에 아이들이 일제히 고개를 숙였다. 뒷문으로 막 들어선 탐언과 리심의 눈이 마주쳤다. 서재를 공부방으로 바꾸는 데는 탐언의 도움이 컸다. 칠판을 들이고 그 앞에 교탁을 놓고 책상과 걸상까지 네 쌍을 갖추니 공부방이 가득 찼다. 탐언이 성큼 앞으로 나와서 교탁에 올려놓은 지구본을 들었다.

"자, 다들 이쪽으로 모이세요."

하얀 저고리에 검은 치마 차림의 네 소녀가 호기심 가득한 눈으로 자리에서 일어섰다. 감청색 치마에 흰 블라우스

차림의 리심이 지구본을 돌리며 말했다.

"동반구부터 볼까요. 여기네. 아시아주, 유럽주, 아프리카주, 오세아니아주 이렇게 4대주가 있군요. 이번에는 서반구. 그래요. 길쭉하게 생긴 대륙이 보이죠? 위쪽은 북아메리카주, 아래쪽은 남아메리카주예요. 자, 다시 한 번 동반구엔 어떤 대륙이 있죠?"

소녀들이 한 목소리로 리듬을 탔다.

"아시아, 유럽, 아프리카, 오세아니아!"

"서반구는요?"

"북아메리카, 남아메리카!"

"맞았어요. 그럼 집에 가서 이 6대주와 「프랑스 혁명 인권 선언문」을 다시 한 번 외우도록 하세요. 내일도 못 외우면 벌을 세우겠어요. 알았죠?"

"예!"

소녀들이 우르르 방을 나갔다. 리심은 소녀들 머리를 하나하나 쓰다듬은 후 이마에 흐르는 땀을 손바닥으로 훔치며 돌아섰다.

"할 만해요?"

탐언이 물었다.

"내가 처음 프랑스 공사관으로 왔을 때 기억나요? 그땐 나도 저 아이들 같았겠죠?"

"더했죠. 공부엔 아예 관심조차 없는 나쁜 학생이었어요. 툭하면 울고 쿠토(나이프)를 휘두르기나 하고."

리심과 탐언이 동시에 웃음을 터뜨렸다.

"그래도 탐언은 불어를 열심히 가르쳐 줬어요. 덕분에 아주 빨리 이방 언어를 익혔지요."

"그게 어디 제 덕분인가요? 워낙 학생이 똑똑했고 또…… 두 분 사랑의 힘도 컸지요."

탐언이 농을 하자 리심은 얼굴이 발그레해졌다. 불과 8년 전 일인데도 아득히 옛일 같았다. 그사이 리심은 도쿄와 파리 그리고 탕헤르까지 갔다 왔다. 어떤 이는 평생을 바쳐도 오갈 수 없는 거리였다. 탐언이 리심의 눈치를 살피며 또박또박 말했다.

"필립 제이슨 선생이 은밀히 뵙기를 청하십니다."

"필립 제이슨이라면……?"

"작년 연말에 합중국(合衆國, 미국)에서 귀국한 서재필 선생 말입니다. 지금은 중추원 고문 겸 독립 협회 고문으로 계십니다."

"서재필!"

갑자기 두 무릎이 휘청거리면서 속이 메스꺼웠다. 큰아줌마와 함께 통명전 근처에서 굉음을 낸 후 붙잡혀 심한 매질을 당했을 때, 문초하던 관원들이 몇몇 이름을 불러 주었다. 대역무도한 일을 벌인 인물 중에는 김옥균, 박영효, 서재필이 있었다. 김옥균은 일본에서 버티다가 홍종우에게 살해당했지만, 서재필은 암살 위협을 피해 태평양을 건너 합중국으로 갔다. 고종이 역적의 죄를 묻지 않겠다고 선언한 후 박영효의 권유에 따라 작년 겨울 입국하였으며, 여러 개혁 인사들과 뜻을 합쳐 《독립신문》을 창간하고 독립 협회를 만든 것이다.

도쿄에서 김옥균을 만났을 때, 그는 료운가쿠에서 이렇게 뇌까렸다.

"나도 재필이 따라서 합중국으로나 갈까? 하나 합중국은 너무 머니 조선 사정을 제때 알 도리가 없지. 청국이나 일본 정도가 적당해. 더 가면 영영 돌아오지 못한다고. 재필이가 고생이 심할 텐데. 끼니는 제대로 잇고 있는지……."

김옥균은 서재필이 돌아오지 못할 것을 염려했지만, 정작 자신은 이국 땅에서 죽고 서재필은 11년 만에 무사히 귀국했다.

"모시고 오세요."

뒷문으로 다시 나갔던 탐언이 서른 살을 갓 넘긴 양복 차림 신사를 안내해 왔다. 갸름한 얼굴에 굳게 다문 입술이 섬세하면서도 다부진 인상을 풍겼다.

"서재필이외다."

"리심이라고 해요."

인사가 끝난 후 두 사람은 책상을 마주하고 앉았다. 탐언이 커피라도 타 가지고 온다며 자리를 비켜 주었다. 서먹서먹한 침묵이 맴돌았다.

"파리와 또 멀리 탕헤르까지 갔다 오셨다는 이야기 들었소이다. 장하십니다."

"고우 선생께 미국으로 건너가셨단 말씀 들었습니다. 의사가 되셨군요."

서재필의 두 눈이 반짝였다.

"고우 선생을 뵈었습니까? 언젭니까?"

"1891년 일본에서요. 합중국에서 무사히 지내고 계신지 걱정을 많이 하셨습니다."

서재필이 쓸쓸한 얼굴이 되었다.

"그랬군요. 1891년! 그때라도 태평양을 건너셨으면 아직 살아 계셨을 것을."

리심은 큰아줌마 이야기까지 꺼내려다가 그만두었다. 아직 이 사내의 내심도 모르면서 지나치게 친밀감을 표시할 필요가 없었다.

"한데 어인 일로 저를……?"

그는 곧 단정하고 차가운 표정으로 되돌아왔다.

"독립 협회에서는 여러 가지 크고 작은 토론회를 개최하고 있습니다. 11월 21일 독립문의 주춧돌을 놓을 예정이지요. 그 아침에 배재학당에서 '세계와 나'라는 주제로 토론회를 열려고 합니다. 토론회에 연사로 모시고 싶어 이렇게 왔소이다."

"제가 뭐 그리 대단한 사람이라고 토론회에 연사로 참여하겠어요. 다른 좋은 분을 찾아보시죠."

"겸손의 말씀! 제가 합중국으로 건너가서 합중국 말을 배우고 또 그네들 신문물을 공부하며 합중국 여인과 혼인하는 동안, 리심 씨는 프랑스와 모로코에 가서 프랑스 말을 배우고 또 그네들 시문과 철학을 공부하지 않았나요? 아이들에게 신식 학문을 교육하려는 꿈을 지니고 있고요. 지금 조선에서 그런 경험을 지닌 이는 흔치 않습니다. 여인 중에는 더더욱 귀하지요. 같은 처지라서 부탁드리는 겁니다. 꼭 참석해 주십시오."

"공사와 의논한 후 답을 드리겠습니다."

서재필이 주위를 살핀 후 리심을 응시했다.

"프랑스에 계셨으니 더 잘 아시겠지만 이제 조선은 독립을 해야 합니다. 홀로 서야 한다 이 말씀이지요. 백성의 뜻을 가장 중요하게 여기는 나라를 만들어 가고 싶습니다. 토론회뿐만 아니라 저희 협회 일도 적극 도와주시리라 믿고 가겠습니다."

대화는 그쯤에서 마무리되었다. 리심은 서재필을 대문 앞까지 배웅했다. 탐언과 함께 멀어지는 뒷모습을 보며 혼잣말로 뇌까렸다.

"같은 처지라!"

그동안은 홍종우에게만 동병상련을 느꼈는데, 타국에 홀로 가서 신문물을 공부하고 돌아온 이가 또 있었던 것이다.

독립!

외세의 간섭으로부터 벗어나자는 말인가. 하면 러시아 공사관에 계시는 주상 전하의 망극한 일부터 해결할 일이다. 유럽 어느 나라의 왕도 공사관에 피신한 경우는 없다.

"무슨 생각을 그리 하는 게요?"

고개를 돌렸다. 놀랍게도 두루마기 차림의 홍종우가 부리부리한 눈을 번뜩이며 서 있었다. 홍종우를 만나지 말라는 빅토르 콜랭의 충고가 떠올랐다. 주위를 살폈다. 다행히 공사관 근처를 지나는 사람은 없었다. 홍종우가 리심의 표정을 살핀 후 한마디 했다.

"문전박대하진 않으리라 믿소."

리심이 미소 지으며 답했다.

"생명의 은인이니 언제든지 환영이에요."

"잠시 이야기를 나누고 싶어 왔소. 공사가 출타했단 소릴 듣고 왔으니 안심하고……."

"서재로 들어오세요. 공부방을 만들었거든요."

리심이 대문을 닫고 서재로 들어선 후, 홍종우가 은밀히 뒤따라 들어왔다. 뒷담을 넘어온 것이다. 홍종우는 방금 서재필이 앉았던 의자와 그 앞에 놓인 빈 커피 잔을 살피더니 리심을 노려보았다.

"왜 그런 눈길로 보세요?"

"방금 공사관에서 나왔던 그자…… 혹시 서재필 아니오?"

"맞아요. 한데……."

홍종우가 갑자기 리심의 팔목을 잡았다.

"그자가 여긴 왜 온 게요?"

"아, 아파! 이것부터 노, 놓으세요."

리심이 얼굴을 잔뜩 찌푸리자 그는 팔목을 놓고 사과부터 했다.

"미안하오. 너무 뜻밖이라……."

리심은 팔을 흔들며 많이 아픈 척했다. 그러다가 피식 웃으며 받아쳤다.

"호랑이가 앞발로 까닥 흔들기만 해도 심장 약한 토끼는 숨이 멎는답니다. 서재필, 그분은 그냥 인사를 나누려고 방문하셨어요. 또 제게 부탁할 말씀도 있고 해서……."

"부탁이라니?"

"독립 협회에서 여는 토론회에 연사로 참석해 달라 하던 걸요."

"이런 쳐 죽일 놈들!"

홍종우가 분을 참지 못하고 책상을 꽝 내리쳤다. 리심이 급히 서재 밖으로 나가 소리를 듣고 달려온 하녀들을 안심시키고 돌려보냈다.

"아예 홍종우가 법국 공사관 서재에 있다고 고함을 지르시지요. 대체 왜 그리 화를 내시는 거예요?"

"몰라서 묻소? 그 흉악한 칼잡이를 공사관으로 끌어들이다니 정신이 있는 게요, 없는 게요?"

"칼잡이라뇨? 그분은 의사세요."

홍종우는 기가 막힌 듯 헛웃음을 흘렸다.

"잊은 게요? 김옥균의 명에 따라 중전 마마의 척족들을 죽인 자가 바로 서재필이오. 미국에 갔다가 의사 면허증 하나 만들어 가지고 온화한 표정을 지으면서 근사한 양복을 입고 나타났지만 내 눈은 못 속여. 그놈은 칼잡이요. 틀림없이 은밀히 다시 칼을 갈고 있소. 반역의 칼 말이오."

리심의 얼굴에서도 웃음기가 사라졌다. 김옥균을 죽인 홍종우 입장에서 보자면 서재필 역시 역적인 것이다. 왕실과 조정이 무죄 방면을 하더라도 결코 서재필을 용서하지 않을 것이다.

"하지만 그분은 독립 협회를 만드셨어요. 독립문을 세우는 일에 왕세자께서도 힘을 보태셨고요."

홍종우의 날 선 비판이 쉼 없이 날아들었다.

"그걸 곧이곧대로 믿는 게요? 독립 협회의 면면을 보시오. 위원장이 누군 줄 아오. 바로 외부대신 이완용이오. 주상 전하를 러시아 공사관에 머무르시게 하고 온갖 이권을 러시아에 갖다 바치는 자가 독립 협회의 위원장이란 말이오. 한데 독립이라니, 허어! 잘 들으시오. 서재필의 비수가 노리는 건 따로 있소."

'노림수가 따로 있다?'

"그건 바로 조선을 미합중국처럼 대통령제로 바꾸는 것이오. 서재필 그자는 주상 전하마저……. 그 뒤는 차마 내 입으로 말 못하겠소……. 하여튼 조선을 대통령이 통치하는 나라로 바꾼 다음 스스로 대통령이 될 꿈을 꾸는 게요. 그런 자는 죽어 없어져야 하오. 나는 끝까지 싸울 게요. 주상 전하를 지켜 드릴 거요."

리심이 불쑥 따지고 들었다.

"전하와 백성의 뜻이 다르면요? 어명보다 백성의 뜻이 더 합당한 경우엔 어떻게 하죠?"

홍종우의 얼굴이 벌겋게 달아올랐다.

"지금…… 서재필 편을 드는 게요?"

"누구 편을 드는 게 아니에요. 프랑스 역사를 살펴봐도, 황제의 명이 옳지 못할 때가 종종 있었죠. 조선의 역사에서도 연산군과 같은……."

"지금 전하와 연산군을 비교하는 거요? 지난번에도 말했지만, 전하께서는 정조 대왕에 버금갈 만큼 총명함과 강건함을 지니셨소. 정조 대왕이 규장각을 세우셨듯이 전하께서는 청국으로부터 4만여 권의 서책을 사들여 집무실이자 서재인 집옥재에 채운 분이오. 지금까지 여러 차례 어려움이 닥쳤으나 전하께서는 최선의 명만을 내리셨소."

"중전 마마께서 비명에 가신 후 러시아 공사관으로 숨은 것도 최선의 결정인가요?"

"사사로운 체통에 집착했다면 더 큰 화를 불러들였을지도 모르오. 을미년에는 일본의 기세를 꺾을 세력이 없었소. 러시아 공사관으로 은밀히 거처를 옮기신 것은 일본의 사악함을 전 세계에 알리는 가장 좋은 방법이며 또한 후일을 도모할 수 있는 거의 유일한 방법이었소이다. 겉만 보고 전하의 명을 가볍게 취급하지 마시오. 앞으로도 많은 난관이 있겠으나 대신들이 충심으로 보필하고 전하께서 어심을 바로 하신다면 충분히 극복해 나갈 수 있소."

"그 옳은 어명이란 게 뭐죠? 결국 조선이란 나라를 황제 한 사람에게 귀속시키기 위한 노력이 아닌가요? 저는 조선이 그와 같은 제국으로 가는 것이 반드시 옳다고 보지 않아요. 나폴레옹 같은 위대한 이도 황제가 된 후 무너지지 않았나요?"

"공화제로 가잔 말이오?"

"못 갈 것도 없죠."

"리심!"

홍종우의 두 눈에서 불꽃이 번뜩였다. 당장이라도 주먹을 내질러 리심의 얼굴을 후려칠 기세였다.

"왜 우리가 또 이렇게 다퉈야 하는 건지 정말 모르겠소이다. 당신…… 프랑스에서 나쁜 것만 배워 왔구려. 지난번당신도 말했지만 법 앞에 모든 시민은 평등하다는 말 나도들었소. 하나 자세히 들여다보오. 프랑스엔 또 다른 층이지워져 있다오. 바로 가진 자와 못 가진 자의 층이지. 가진자는 큰 죄를 짓고도 벌 받지 않고 못 가진 자는 길거리에서 빵 조각 하나 훔쳤다고 감옥에 간다오. 재물의 많고 적음으로 사람의 가치를 매기는 그런 나라를 만들긴 싫소."

"저도 파리 뒷골목에 우글거리는 거지들을 봤어요. 아프리카인이나 아시아인들을 잡아들여 장사를 하는 끔찍한 이들도 봤고요. 프랑스의 공화정이 완벽하다는 건 아니에요.조선에 새로운 나라를 세운다면, 그땐 프랑스의 공화정도아니고 미국의 대통령제도 아닌 조선만의 나라를 세워야겠지요. 하나 그 기본 정신은 프랑스 공화정을 참조해도 좋다고 봐요."

"진심이오?"

홍종우가 떠나기 전 마지막으로 물었다. 리심이 그 눈빛을 피하지 않고 짧게 답했다.

"진심이에요."

다시 모인 세 친구

그 저녁 리심은 영은의 집으로 향했다.

지월이라도 만나서 속에 담은 이야기를 쏟지 않고는 이 혼란을 진정시키기 어려웠다. 묵묵히 고민을 들어줄 친구가 필요한 날이었다.

그러나 활짝 열린 대문을 보는 순간 불길한 예감이 뒤통수를 쳤다. 돈과 재물이 많은 사람, 거기다가 권력까지 쥔 사람은 이중삼중으로 스스로를 보호하기 마련이다. 유럽 귀족들이 해자를 깊이 파고 으리으리한 성 안에 머무는 것도 세력을 과시하는 것과 함께 만일의 불행에 대비하기 위함이었다.

'여기가 누구 집인가.'

전하의 어심을 유일하게 러시아어로 번역할 수 있는, 그

덕분에 조선의 모든 정책을 제멋대로 주장하고 결정하기에 이른 김홍륙의 정인(情人)이 사는 집이다. 그 집에 돈과 재물이 그득그득 쌓였을 것은 불을 보듯 뻔하고, 도성에서 내로라하는 도적들이 이 집을 노림은 따질 필요도 없다.

그런데도 대문이 활짝 열려 있다. 오고 싶은 사람은 누구나 들어와 보라는 듯이.

'무슨 일이 있어. 틀림없이 큰일이 생긴 거야.'

리심은 잰걸음으로 문을 통과하여 지월이 일하는 부엌부터 살폈다. 저녁상에 올리려던 음식들만 어지럽게 널렸고 아낙은 한 사람도 없었다. 협문을 지나서 영은이 머무르는 안방으로 향했다.

하인들이 모두 마당에 나와서 안방을 기웃거렸다. 리심이 그들을 지나쳐 섬돌로 올라섰다. 그 순간 찢어진 옷들이 대청마루로 쏟아져 나왔다. 뒤이어 서책과 패물과 서안까지 제멋대로 나뒹굴었다. 누군가 리심의 손을 잡아끌었다. 돌아보니 지월이었다. 리심이 발을 떼지 않고 물었다.

"이게 무슨 일이니? 영은인?"

지월이 손을 더 힘껏 당겼으므로 리심은 마당 구석까지 물러났다.

"아악! 사람 죽네."

비명이 터져 나왔다. 영은의 다급한 목소리였다. 리심이 다시 안방으로 가려 하자 지월이 말했다.

"가지 마. 너까지 다쳐."

"안방에서 행패를 부리는 저 치들은 누구야?"

지월의 눈매가 그믐달처럼 어두워졌다.

"시앗 잡으러 본댁 안방마님이 오셨어."

'시앗!'

두 글자가 리심의 가슴을 쳤다.

아무리 떵떵거리며 살아도 영은은 김홍륙의 첩이었다. 첩의 기세가 이 정도면 본부인의 위세는 하늘을 찌르리라.

"시앗 둔 줄 몰랐대? 왜 이제 와서 저 난리니?"

"영은이가 본댁 안방마님 자리까지 탐을 냈나 봐. 은밀히 사람을 사서 안방마님이 외간 남자와 통정한다는 소문을 냈는데, 그만 꼬리가 잡힌 거지."

욕심 많은 영은이니 그런 짓을 하고도 남았다.

"아무리 죽을 죄를 졌어도 그렇지. 왜 아무도 나서서 말리질 않는 거야?"

"본댁 안방마님이 행차하신 마당에 어느 하인이 시앗 편을 들겠니?"

영은의 비명이 다시 터져 나왔다.

"그래도 이건 아니야."

리심이 지월의 손길을 뿌리치고 마당을 가로질러 안방

으로 들어섰다.

영은은 참혹한 몰골로 쓰러져 있었다. 치마와 저고리는 발기발기 찢어졌고 양 볼은 손톱 자국이 선명했으며 코에서는 코피가 줄줄 흘렀다. 산발한 머리카락이 울음을 토할 때마다 흔들렸다. 평소에 그토록 자신만만하던 영은은 사라지고 없었다. 얻어맞았다는 억울함보다 이런 처지를 겪어야만 하는 자신을 더 받아들이기 힘든 듯했다. 영은의 검은 눈동자가 머리카락 사이로 리심을 발견하고 크게 흔들렸다. 리심은 그 마음을 읽을 수 있었다. 영은의 입장에서 이 모습을 끝까지 감추고 싶은 한 사람을 택하라면 리심일 터였다. 그러나 리심은 이미 왔고 보았고 느꼈다. 더 이상 영은을 비참하게 만들어서는 안 되었다. 막아야 했다.

리심이 황급히 나아가 본댁 마님을 밀치고는 영은을 품에 안으며 외쳤다.

"그만! 사람을 폭행하는 건 큰 죕니다."

고양이처럼 턱이 뾰족하고 눈초리가 올라간 여인이 리심에게 바짝 다가섰다.

"네년은 또 뭐야?"

이어서 본댁 하녀로 보이는 다섯 여인이 리심을 에워쌌다.

"난, 영은의 친구다!"

여인이 피식 웃음을 터뜨렸다.

"친구? 놀라운 우정이군. 시앗에게 이런 멋쟁이 친구가 있을 줄이야. 하지만 비켜! 오늘 이년을 죽여도 좋다는 허락을 받고 왔으니까."

영은이 본댁 마님의 치맛자락을 붙잡고 늘어지며 부들 부들 떨었다.

"영감을 뵙게 해 줘. 그럴 리가 없어. 영감이 그런 말씀을 하셨을 리가 없다고."

여인이 손을 들어 영은의 뺨을 때리려는 걸 리심이 몸으로 막았다.

"잘 들어 이년아! 네년이 그동안 무슨 짓을 하고 다녔는지 영감께서 다 아셨어. 그러니 이제 두 번 다시 영감 뵐 일 없을 거야. 오늘부터 넌 집도 절도 없는 거지야. 알겠어? 다시 이 집과 영감 근처를 얼쩡거렸다간 아예 숨통을 끊어 놓을 줄 알아."

"그만, 그만 해."

리심이 영은을 끌어안은 채 외쳤다.

"나는 법국 공사 빅토르 콜랭의 아내 리심이다. 지금까지 일은 눈감아 줄 테니 그만 때려! 또다시 내 친구를 폭행하면 법의 심판을 받게 하겠어."

법국 공사 빅토르 콜랭을 들먹이자 여인의 독기도 한풀

꺾였다. 김홍륙을 통해 한양 주재 외교관들의 지위를 전해 들었을 터였다. 김홍륙의 출세 또한 러시아 외교관들의 도움 없이는 불가능했다.

"지월아! 어디 있니?"

지월이 절뚝거리며 안방으로 들어섰다. 리심과 지월은 영은을 부축해서 일으켜 세웠다. 마당으로 내려서자 하인들이 좌우로 길을 내듯 벌려 섰다. 지월이 왼발을 절 때마다 세 사람의 몸이 동시에 왼쪽으로 기울었다. 협문을 지나 대문에 이를 때쯤 세 친구는 온몸이 땀으로 범벅이었다. 본부인에게 얻어맞은 것보다 리심에게 이런 몰골을 보인 것이 더 치욕스러웠다. 자존심이 산산이 무너져 내린 것이다. 리심의 도움 따윈 필요하지 않았다.

'차라리 이대로 죽어 버렸으면! 겉으론 위로의 말을 건네지만 속으론 얼마나 나를 비웃을까. 아, 견딜 수가 없구나. 모든 게 엉망이구나.'

대문을 나선 후 리심이 걸음을 멈추었다. 지월도 오른발로 버티고 서서 리심을 쳐다보았다.

"이젠 어떻게 해?"

리심은 서녘 하늘을 물들이는 붉은 노을을 바라보았다. 문득 어린 시절 홀로 집에 남아 엄마를 기다리던 때가 떠올랐다. 아무리 기다려도 엄마는 안 오고 노을이 지면 혼자

보낼 어두운 시간이 코앞으로 들이닥쳤다. 이젠 어떻게 하지? 방금 지월이 던진 물음을 되묻고 되물으며 불행을 곱씹던 밤들! 이제 곧 그 밤들이 영은과 지월에게 화살처럼 날아들 것이다. 리심은 두 친구가 언제까지나 지는 해를 아름답게 바라보도록 만들고 싶었다. 고개를 들고 다짐하듯 말했다.

"우리 집으로 가자! 이제 셋이서 함께 사는 거야."

약속을 깨다

홍종우로부터 만나자는 연락을 받기 10분 전, 빅토르 콜
랭은 면도를 하다가 턱을 베였다. 카이저 수염을 기르려면
서너 배는 더 정성을 들여야 한다. 수염의 형태를 미리 정
한 후 칼과 가위로 한 올 한 올 다듬어 나가야 하는 것이다.
하루라도 쉬면 표시가 났다. 머리는 감지 않더라도 수염은
꼭 다듬었다. 10년 전 대취하여 딱 한 번 실수로 턱을 벤 후
로는 이런 일이 없었다. 더구나 오늘은 술도 마시지 않았고
불면에 시달린 것도 아니었다. 왼발을 심하게 저는 지월의
뒷모습이 세면실 거울로 불쑥 들어온 것이 문제였다. 그녀
가 작은 대바구니를 오른쪽 옆구리에 끼고 뒷마당 쪽으로
사라지는 순간 칼날이 빗나갔다.

어릴 때부터 동고동락한 친구라지만 공사관에서 함께

지내는 것은 좋지 않다. 한 여인은 절름발이고 또 한 여인은 러시아 통역을 도맡은 김홍륙의 첩이다.

딱한 사정을 리심에게 전해 듣기는 했다. 친구를 돕는 방법도 여러 가지가 있는 법. 도와주고 싶고 가까이 두고 싶다면 공사관 근처에 방을 빌리면 되었다. 두 시간 넘게 설득했지만 리심은 한사코 두 친구를 집으로 들이겠다고 했다.

"상드 학당에서 애들 가르치는 것도 혼자 하기엔 벅차요. 그 애들 모두 의술과 가무에 밝으니 큰 도움이 될 거예요. 물론 밖에 살면서 공사관을 드나들어도 되지만……. 빅토르, 당신은 사람들에게 놀림감이 된다는 게 어떤 기분인지 몰라요. 영은이가 밖에서 방을 얻으면 오가는 사람들 모두 손가락질하며 욕할 거예요. 김홍륙에게 버림받은 시앗이 저기 간다! 이러면서 말이죠. 파리에서 제가 당한 것처럼!"

어느새 리심의 두 눈이 촉촉이 젖어 들었다.

빅토르는 턱에 묻은 피를 물로 씻어 내며 생각했다. 고종은 올해가 끝나기 전에 러시아 공사관을 떠나 경운궁으로 가기로 마음을 굳혔다. 고종의 집무실이었던 집옥재의 서가 중에서 특히 아끼는 서양 관련 서책들은 경운궁으로 이미 옮겨 두었다. 홍종우를 비롯한 신료들에게 처소를 옮길 준비를 철저히 하라는 지시까지 내렸다. 그러나 베베르는 호락호락한 인물이 아니었다. 김홍륙과 이완용, 그 외 러시아에 기대어 호의호식하던 대신들 역시 고종의 바람을 순순히 따르지 않을 터였다. 다시 피바람이 불 수도 있었다. 이 일에 프랑스가 끼어들 이유가 없었다. 이건 어디까지나 고종의 친위 세력과 러시아 추종 세력의 대결일 뿐이다.

홍종우는 약속 장소를 세 차례나 바꾸었다. 필동으로 가니 명례방으로 오라 했고 명례방으로 가니 신창동으로 오라 했다. 아침 내내 도성 안을 돈 후 겨우 신문 밖 모화관 뒤편 초가에서 홍종우와 마주 앉았다.

"공사를 뵙고 도움을 청하란 어명을 받았소이다."

일단 무엇을 원하는지 들어 볼 필요는 있었다.

"말씀하시지요."

"전하께서는 피를 흘리지 않고 조용히 경운궁으로 가고 싶어 하십니다. 베베르 공사 또한 성심껏 돕겠다 약조를 했지요. 하나 러시아 공사관에 빌붙어 영화를 누리던 자들이 언제 돌변할지 모릅니다. 내게는 그때를 대비하여 장정들을 모아 두란 밀명을 내리셨소. 또한 이 밀명을 빅토르 콜랭 공사와 함께 상의하고 도움을 받으라 하셨소이다."

"도움이라…… 하면?"

"우선 총 스무 자루만 구해 주시오. 또 만약 일이 터지면 러시아 공사 베베르를 비난하는 공문을 한양에 주재하는 여러 나라 공사들이 연명으로 발표할 수 있도록 준비해 주시오."

빅토르 콜랭이 굳은 표정으로 물었다.

"일이 터진다면, 누구누구를 죽일 겁니까?"

"전부 다요."

"전부 다라면?"

"전하를 러시아 공사관에 가두고 천하를 좌지우지한 불충한 자들! 어제 학부협판에 오른 김홍륙부터 도륙을 내고, 내부대신 박정양, 외부대신 이완용, 농상공부대신 이윤용, 군부대신 민영환 등도 내 손으로 처단할 게요."

짙은 피비린내가 훅 끼쳤다. 방해가 되는 이들을 모조리 죽인 후 궁으로 돌아가겠다! 홍종우다운 발상이었다.

"정말 어명입니까? 조선 국왕의 승인을 미리 받았습니까?"

홍종우가 두 주먹을 불끈 쥐어 보이며 답했다.

"새로운 나라를 세우려면 낡고 썩은 자들을 도려내야만 하오."

짧은 침묵이 돌았다. 이제 빅토르 콜랭이 답할 차례였다.

"나는 프랑스 정부를 대표하여 한양에 주재하고 있는 외교관입니다. 외교관이 어찌 총과 같은 무기를 스무 자루나

가지고 있을 수 있겠습니까. 이것은 내 권한 밖의 일입니다."

홍종우가 도끼눈을 떴지만 빅토르 콜랭은 눈을 피하지 않았다.

"어명을 받든다면 지금 역시 하사받았을 것이니 총포류도 홍 칙사의 힘으로 준비할 수 있지 않습니까? 그런데도 내게 총을 내놓으라는 것은 프랑스 공사관을 끌어들이려는 덫입니다. 안 그렇습니까?"

"덫이라고 말할 필요까지야 있겠소? 서로 믿고 일을 도모하려면 이 정도 도움은 주고받아야 하지 않겠소?"

"저 혼자 결정하기엔 너무 중대한 일입니다. 본국의 허락을 받아야 합니다."

홍종우가 짜증 섞인 목소리로 말했다.

"어느 세월에 본국의 허락을 받는다는 말이오. 그건 불행한 일이 닥쳤을 때 프랑스 공사는 우리를 돕지 않겠다는 말과 같소."

빅토르 콜랭은 이미 마음을 정한 듯 원칙에 근거한 발언만 했다.

"연명으로 공문을 발표하는 일 또한 공사들과 의논 후정할 일입니다. 1888년 식인종 소동이 났을 때 연명으로 포고문 초안을 만들어 조선 조정에 올린 적은 있으나 그 후론 어떤 사안에 같은 목소리를 낸 적이 없습니다. 러시아 공사의 전횡을 탐탁지 않게 여기는 공사들도 물론 있지만, 조선 국왕이 러시아 공사관으로 간 이후 여러 이권과 특혜를 러시아에 베풀었고 몇몇 나라에선 러시아와 함께 그 이권과 특혜를 누리기도 했습니다. 따라서 이것 역시 쉽게 밀어붙일 일이 아닙니다."

"프랑스가 러시아와 동맹을 맺었다는 건 나도 잘 알고 있소. 동맹국인 프랑스가 러시아 공사를 비판한다면 그 효과가 더욱 크지 않겠소? 이 일만 도와준다면 조선은 프랑스와 함께 미래를 열어 갈 것이외다."

"동맹국과 관련된 일은 본국의 검토와 승인을 받아야 합니다."

홍종우가 목청을 높였다.

"이런 일에 무슨 검토와 승인이 필요하단 말인가! 내가 지금 그런 뻔한 외교적 수사나 듣자고 이 자리에 나온 줄 아시오? 리심을 생각하시오. 아름다운 당신의 아내 리심! 전하와의 약속을 깨겠다는 것이오? 약속 이전에 의리 문제 아니오? 전하께서 도와달라 청하시는데도 이렇듯 냉정히 뿌리치면 훗날 어찌 용안을 뵐 수 있겠소이까? 다시 한 번만 숙고해 주시오. 거사는 반드시 성공할 것이고 전하께서는 귀궁할 것이며 간신배들은 모조리 척살될 것이오. 나 홍종우! 함부로 이런 장담하는 사람이 아니외다."

"신중해야 합니다. 많은 이의 목숨이 달린 일입니다."

"귀국에 유학하는 동안 배운 것이 딱 한 가지 있다오. 행동하지 않는 지식은 쓸모없는 지식이라고. 나는 이제 천하의 도리를 바로 세우려고 하오. 도와주시오."

"저는 이미 답을 드렸습니다."

빅토르 콜랭은 단답으로 홍종우의 뜨거운 호소를 막아 버렸다. 리심의 고운 얼굴이 떠올랐다. 홍종우가 먼저 자리에서 일어섰다. 그는 빅토르 콜랭을 내려다보며 낮고 단단한 목소리로 말했다.

"앞으로 벌어질 모든 불행은 공사의 책임이오."

어떤 황홀경

리심은 악몽을 꾸었다. 높은 산에서 맑은 공기를 마시며 즐거워하고 있는데 갑자기 하늘에서 돌덩이가 하나 떨어졌다. 무거운 돌덩이가 가슴에 얹혔다. 돌덩이를 밀어내려고 버둥거리다가 잠이 깼다. 이불을 걷고 일어나 앉아서 거친 숨을 몰아쉬었다. 옆에 누운 빅토르 콜랭이 부스럭거리며 그녀 쪽으로 몸을 돌렸다. 달빛이 창을 통해 그의 얼굴로 쏟아졌다. 리심은 손을 뻗어 이마로 흘러내린 머리카락을 쓸어 넘겼다. 허리를 숙여 카이저 수염에 입을 맞춘 후 속삭였다.

"미안해요!"

그의 입꼬리가 천천히 올라갔다. 행복한 꿈이라도 꾸는 모양이었다.

리심은 오늘도 빅토르 콜랭과 언쟁을 벌였다.

가을바람 불어온 후 벌써 몇 번째인가.

마음은 그렇지 않은데 자꾸 다투는 일이 많아졌다. 새로 짓는 공사관의 완공을 앞두고 크고 작은 일들이 벌어졌다. 인부들은 품삯을 더 요구했고 종탑 부근엔 벌써 실금이 발견되기도 했다. 그때마다 빅토르 콜랭은 하나하나 잘잘못을 따졌다. 근거 없는 지출은 용납되지 않았다.

저녁 식사를 마칠 때까지는 분위기가 매우 좋았다. 리심은 영은의 지도를 받은 아이들이 열흘 후면 「박접무(撲蝶舞)」의 도입부를 흉내 낼 수 있을 거라며 좋아했다. 빅토르도 꼭 그 자리에 참석하마 약속했다.

빅토르 콜랭은 모처럼 여유가 생겼다며 서재에 놓인 책상을 정리하기 시작했고, 그러다가 고종의 어진 한 장을 발견했다. 그것이 언쟁의 발단이었다.

리심은 어진을 받고 내내 마음이 불편했다.

첫 남자, 그녀를 처음으로 품은 남자의 초상화인 것이다. 얼굴을 보는 것만으로도 중일각에서의 일들이 선명하게 떠올랐다. 그 냄새, 그 숨소리, 그 손짓 그리고 그 웃음까지! 잊었다고 여겼던 순간들이 하나하나 되살아났다. 그냥 찢어 버릴까? 잠시 그런 생각도 해 보았지만 이내 고개를 저었다. 어진을 훼손하는 것은 능지처참을 당할 만큼 큰 죄다. 파리와 탕헤르에서 살다 왔지만, 아직도 궁녀로 지냈던 시절의 예절과 법도가 가슴 깊은 곳에 남아 있었다. 눈에 보이지 않는 곳에 고이 모셔 두기로 했고, 그래서 택한 곳이 서재 구석에 놓인 책상 제일 아래 서랍이었던 것이다.

빅토르 콜랭은 이 어진의 출처를 집요하게 따져 물었다. 초서로 흘려 쓴 '부국강병' 넉 자 옆에 첨언된 불어 때문에 리심은 솔직히 말할 수밖에 없었다.

"얼마 전 홍 칙사에게 선물로 받았어요."

"그자를 만나지 말라 하지 않았소? 명심하오. 다시는, 다시는 홍 칙사를 만나서는 아니 되오. 날 위해서라고 생각하오."

"당신을…… 위해서라고요? 홍 칙사가 당신을 괴롭히기라도 하나요?"

"나중에 다 말하리다. 지금은 날 믿고 따라 주오."

뒷마당으로 나왔다. 쉽게 잠이 들 것 같지가 않았다. 가을바람이 차가우면서도 시원했다.

이 바람이 얼마나 그리웠던가. 양팔을 활짝 벌리고 깊게 숨을 들이쉬었다가 내뱉었다. 갑갑한 가슴이 조금은 뚫리는 듯도 했다.

"얘들이 아직 안 자고 뭘 하나?"

별채 가까이 다가가니 영은과 지월의 방에서 불빛이 새어 나왔다. 잠들기는 틀렸으니 수다나 떨며 새벽을 맞는 것도 나쁘지 않으리라. 노래를 배우고 춤을 익히고 의술을 외울 때는 자주 셋이서 밤을 지새웠다. 외우고 익혀야 할 것들이 산더미였지만 세 사람의 수다는 그칠 줄 몰랐다. 그때 그 기분을 되살리고 싶었다.

"영은아! 지월아! 나야."

방문을 두드렸다. 갑자기 무엇인가 쓰러지는 소리와 함께 발소리가 불규칙하게 들렸다.

"뭐 하니? 나라니까."

"……으응! 리심이니? 잠시만, 잠시만 기다려."

지월의 목소리가 몹시 떨렸다. 다시 쿵 소리가 들렸다.

'요것들이 나 몰래 술이라도 마시나?'

은근히 약이 올랐다.

"열어, 빨리!"

이윽고 지월이 문을 열었다. 맞은편 창문이 활짝 열려 있었지만 매캐한 냄새를 전부 지우지는 못했다.

"너희들, 담배 피웠어?"

지월이 몸을 가누지 못하고 엉덩방아를 찧으며 나뒹굴었다. 리심이 급히 지월을 부축해서 일으켜 세우려고 했다. 지월이 갑자기 리심의 뺨을 찰싹 때렸다.

"너, 너, 너!"

지월의 두 눈에서 눈물이 줄줄 흘러내렸다.

"야호!"

앉아 있던 영은이 갑자기 손뼉을 치며 좋아했다. 그녀도 일어서려다가 무릎을 펴지 못하고 고꾸라졌다. 방바닥에 이마를 찧고서도 좋다며 계속 웃어 댔다. 지월도 그 짓이 재미있는지 자꾸 머리로 방바닥을 쿵쿵 내리쳤다.

'이, 이건 아편!'

리심은 급히 방문부터 닫았다. 영은이 리심을 끌어안고 볼에 입을 맞추었다.

"히히, 내 친구 리심이구나. 내 고마운 친구 리심이구나. 내 착한 친구 리심이구나. 내 부자 친구 리심이구나. 내 친구 리심이구나. 리심이구나."

겨우 영은을 떼어 놓으니 이번에는 지월이 흐느끼며 옆구리를 파고들었다.

"리심아! 내 다리, 멀쩡한 내 다리가 움직이질 않아. 내 다리가 왜 이래? 방금 전까진 멀쩡했는데 지금은 왼발이 너무 아파. 춤도 출 수 없어. 아, 왜 이러지 왜 이래……. 날 도와줘. 내 다릴 고쳐 줘."

리심은 영은과 지월을 양팔로 끌어안은 채 눈물을 뚝뚝 흘렸다.

"너희들이 왜 이렇게 됐어? 누가 너흴 이렇게 만들었지? 내 고운 친구들이 왜? 왜? 걱정 마. 얘들아. 내가 지켜 줄게. 내가 너희들 아픔 모두 보듬어 줄게. 너희들 몸과 마음의 병 모두 고쳐 줄게. 그러니 이제 이런 짓 하지 마. 날 믿어. 알겠지?"

그 순간 방문이 벌컥 열렸다.

세 여인을 향해 장총을 겨눈 사내는 법국 공사 빅토르 콜랭이었다.

선물을 되찾아 오라!

"요즈음 탑전 출입이 너무 잦은 듯하오이다."

학부협판 김홍륙이 뼈 있는 말을 건넸다.

"탑전 출입으로 따지자면 학부협판만 하겠습니까?"

홍종우가 가볍게 맞받아쳤다.

"그, 그야…… 오, 오늘은 또 무슨 일로 오셨는지요?"

"전하께서 찾으셨소이다. 무슨 일인지는 용안을 뵌 후에
야 알 것 같소."

상황은 점점 더 호전되고 있었다. 불과 몇 달 전만 해도
고종을 만날 때는 은밀하게 러시아 공사관 창문에 매달려
야만 했다. 정식으로 탑전에 나아간다고 해도 조심할 것이
많았다. 그러나 지금은 러시아 공사 베베르조차도 고종의
환궁을 인정하는 눈치였다. 다만 아직 취할 이권이 남았으

니 최대한 그 시기를 늦추었다가 러시아군의 보호 아래 돌아갈 것을 원했다. 겨울보다는 봄이 좋겠고, 일본군의 위협이 완전히 사라졌음을 확인한 다음이 좋겠다는 정도에서 베베르와 고종은 정담을 마쳤다. 오히려 문제는 김홍륙을 비롯한 친러파 대신들이었다. 그들은 고종이 러시아 공사관으로 옮겨 오기 직전 친일 내각을 붕괴시키고 친일 대신들을 죽이거나 귀양 보낸 일을 잊지 않았다. 언제나 역사는 잔인하게 반복되는 법이다.

고종은 서안에 깃발 하나를 펼쳐 놓고 살피던 중이었다. 홍종우가 예의를 갖춘 후 눈을 내리깐 채 하명을 기다렸다.

"홍 칙사! 곧 이 깃발을 만천하에 휘날릴 날이 올 게야."

홍종우가 고개를 들었다. 사방에 건곤감리 네 괘를 놓고 가운데 태극을 좌우로 나눈 깃발, 태극기였다. 조선을 대표하는 깃발이었다. 가슴이 벅차올랐다.

"전하! 하해와 같은 성은이 팔도를 밝게 비출 것이옵니다."

고종이 홍종우와 눈을 맞추고 하문했다.

"빅토르 콜랭 공사에게 과인의 뜻을 명확히 전했지?"

"그러하옵니다. 거듭거듭 어려움이 닥쳤을 때 비빌 언덕이 되어 달라 청하였나이다."

고종의 두 눈이 가늘고 날카로워졌다. 중전이 죽은 후로는 좀처럼 자신의 감정을 드러내지 않던 그였다.

"그런데도 싫다?"

"싫다기보다는 외교관인 자신의 직분을 새삼 강조하며
또한 노서아와의 동맹 관계를 거론하면서……."

고종이 그 말을 잘랐다.

"고얀! 과인은 궁녀까지 선물로 주었느니라. 관습으로나
나라 법으로나 불가능한 일을, 과인은 오직 작은 약속 하나
만 맺은 후 허락했어. 이제 그 약속을 지켜 달라는데 외교
관이라서 못하겠다? 노서아와의 동맹 때문에 못하겠다? 달
면 삼키고 쓰면 뱉는 독한 사람이 아니냐. 자기 이득만 챙
기는 고약한 사람이 아니냐. 외교관이지만, 외교관임에도
돕겠다고 했더라면, 과인은 법국 공사를 더 철저히 보호했
을 것이다. 중전이 사람을 잘못 보았군. 공사는 처음부터
과인과 이 나라를 도울 뜻이 없었어. 단지 선물에만 눈이
멀어 헛된 약속을 멋대로 한 것이로고. 홍 칙사!"

"네, 전하!"

"노서아를 대신할 나라가 법국밖에 없는가? 미국은 어
떤가? 영국이나 덕국은?"

"다시 한 번 빅토르 콜랭과 자리를 마련해 보겠사옵니
다. 미국이나 영국은 일본과 맞서기를 꺼려하고 있사옵니
다. 지금으로서는 법국이 유일한 대안이옵니다."

"설득을 해서 될 일이 아닌 듯하구나. 사소한 이익에 흔들리지 않는, 의리를 아는 벗을 두기란 어려운 법이다. 리심에 대한 흉흉한 이야기가 들리더구나."

"어떤…… 소문인지요?"

"조르주 상드라는 법국 여자가 있다며? 이름도 남자처럼 바꾸고 의복도 남자 옷을 입었다며?"

"그러하옵니다."

"수많은 남자들과 동침한 것도 사실인가?"

"그러하옵니다."

"법국 기생인 게로군. 한데 리심이 법국 공사관 안에 '상드 학당'을 만들었다고? 조선 여인들을 모두 상드처럼 괴이하게 만들 작정인가?"

"학당이라고 이름 붙이기는 했으나 작은 방 하나에 고아 계집 서넛을 가르치기 시작했을 따름이옵니다. 또한 조르주 상드는 최근 법국에서 글을 짓는 여자들 중 가장 솜씨가 빼어나기 때문에, 리심이 그 이름을 취한 것이라 사료되옵니다."

"리심은 법국의 공화정이 세상에서 가장 좋은 나라라고 한다는구나. 공화정이 무엇이냐? 황제를 죽이고 역도들이 제멋대로 세운 나라가 아니더냐? 법국에서는 왕의 목을 단두대란 끔찍한 기구로 잘라 버렸다고 들었느니라."

홍종우는 즉답을 못한 채 식은땀을 흘렸다.

'어디까지 알고 계시는 걸까? 리심을 어찌 하시려고.'

"리심을 가리켜 여자 김옥균이라고 부른다더구나."

"저, 전하! 아, 아니옵니다……. 리심은 을미년 큰 불행을 일으킨 일본을 원수보다 더 미워하나이다."

"일본을 미워하고 좋아하는 게 중요한 게 아니다. 과인의 나라를 공화정으로 만들려는 자는 그가 법국에 기대든 영국에 기대든 미국에 기대든 용서할 수 없느니라. 들으라."

"네, 전하!"

"빅토르 콜랭 공사가 약속을 지키지 않겠다고 하니 선물을 돌려받을 수밖에 없겠구나."

홍종우가 용안을 우러르며 물었다.

"선물을 돌려받겠다고 하셨사옵니까?"

"그래, 처음부터 내 것이었던 선물을 이제 다시 찾아오너라."

"알겠사옵니다. 하온데……."

"하온데?"

홍종우가 머리를 조아렸다.

"괜찮느니라. 김옥균을 척살하고 돌아왔을 때 그대와 약조하지 않았느냐? 탑전에서 하고픈 말이 있다면 무엇이나 아뢰어도 되며, 역심을 품지만 않는다면 어떤 벌도 내리지 않겠노라고. 과인은 그대의 충심을 믿느니라. 말해 보라."

"감히 아뢰겠나이다. 선물을 되찾아온다면 빅토르 콜랭 공사는 틀림없이 이 일을 문제 삼을 것이옵니다. 그리하면 여러 가지 시끄러운 일들이 생길지도 모르옵니다."

고종이 고개를 끄덕였다.

"과인도 그리 될 것이라 짐작하느니라. 꼭 그리 되었으면 한다. 제 손에 들어왔던 선물을 잃은 후 공사가 어찌 하는지 지켜보겠노라. 늦게나마 약속을 지키겠다고 할 것인지 아니면 끝까지 외교관이라는 직분을 강조하며 선물을 포기할 것인지. 과인과의 약속을 어기기로 결심했을 때는 이 정도 대가는 각오했겠지."

"빅토르 콜랭 공사는 이 일을 매우 심각하게 받아들일 것이옵니다."

고종의 목소리가 거칠고 빨라졌다.

"과인이 어려움에 처하게 될 때 도와주겠느냐 물었는데도 미적미적 핑곗거리를 찾는 위인이라면, 정말 어려움이 닥칠 땐 발을 빼고 구경이나 할 것이 분명하니라. 법국 공사는 눈치가 빠른 위인이니 과인이 자기를 떠보고 있음을 모르진 않겠지. 한데도 단호하게 거리를 두는구나. 현명한 외교관에겐 그런 균형을 잡는 감각이 필요하겠으나 은혜를

입은 자와 우정을 아는 자는 그런 감각을 경멸하는 법. 과
인과 조선 왕실을 우습게 여기지 못하도록 벌을 내리겠느
니라. 법국 공사의 배은망덕한 태도를 과인이 얼마나 심각
하게 받아들이고 있는가를 보여 주겠느니라. 속히 거행하
렷다."

내 영혼의 도시들

이른 아침부터 강당에는 많은 학원(學員, 학생)들이 모여들었다. 아치 모양 창문이 아름다운 르네상스식 벽돌 건물이었지만 기와로 이은 지붕은 전통적인 맛이 묻어났다.

배재학당 재학생과 졸업생은 물론이고 이화학당과 경신학교에서도 학원들이 찾아왔다. 여학원들이 앞자리를 차지하고 교사들이 그녀들을 둥글게 에워싼 다음 남학원들이 자리를 잡았다. 신학문을 배우고 가르친다고 해도 아직은 남녀가 함께 앉는 것이 불편했기 때문에 장막 수업과 휘장 예배가 행해졌다.

오늘 초청된 두 명의 연사 모두 관심을 끌었다. 교실 뒤에 촘촘히 선 학원들은 연사들의 주장 하나하나를 놓치지 않으려는 듯 눈을 크게 뜨고 귀를 쫑긋 세웠다. 공책을 펼치고 열심히 받아 적는 학원도 적지 않았다. 첫 번째 연사의 강연이 끝나자 박수가 쏟아졌다. 사회를 맡은 학원이 자리에서 일어섰다.

"1894년 11월 배재학당에 입학하셨으며 1895년 7월부터 초급 영어 교사로 교편을 잡기도 하셨던, 지금은 《협성회보》 기자로 활동하고 계신 이승만 선생님의 강연이 끝났습니다. 질문은 연사들의 강연이 모두 끝난 후 한꺼번에 받도록 하겠습니다. 이제 빅토르 콜랭 프랑스 공사의 부인인 리심 여사의 강연이 있겠습니다. 여사는 일본 도쿄와 프랑스 파리를 비롯하여 구라파 여러 나라를 여행하셨고 또 멀리 아프리카의 모로코란 나라까지 다녀오셨습니다. 지금도 공사관에서 어린 학원들에게 구라파의 신식 교육을 행하고 있습니다. 통신부(通信簿, 통지표)를 비롯한 모든 일을 직접 챙기신다는군요. 자, 여사님 모시겠습니다."

큰 박수가 이어졌다. 흰색 블라우스에 남색 스커트 차림의 리심은 천천히 자리에서 일어서서 연단으로 나섰다. 방금 연설을 마친 청년 이승만도 힘껏 박수를 보내 주었다. 상투를 자르고 앞머리를 단정하게 올려붙인 모습이었다.

리심은 연단에 서서 맨 앞줄에 앉은 어린 여학원들을 바라보았다. 공사관에서 그녀가 직접 교육하는 아이들이었다. 학당으로 들어설 때까지 리심은 마음이 편치 않았다. 서재필과 독립 협회 일이라면 참여하지 말라는 홍종우의 충고가 귓전을 맴돌았던 것이다. 그러나 그녀가 가르치는 아이들을 배재학당으로 추천하겠다는 서재필의 서찰을 받고 마음이 흔들렸다. 딱 한 번 토론회에 참석하여 짧은 강연을 하는 것치고는 돌아오는 이익이 너무 컸다. 배재학당을 미리 구경시킬 겸 아이들과 함께 왔다. 빅토르 콜랭도 배재학당에만 다녀오는 것을 조건으로 허락했다. 밤부터 공사관 완공을 미리 축하하는 파티가 계획되어 있었던 것이다.

"끝나자마자 곧장 와야 하오."

토론회가 열리는 곳이 지척인 배재학당인 까닭에 빅토르 콜랭도 적극적으로 만류하지는 않았다. 음식도 준비하고 또 이브닝드레스도 갖춰 입으려면 그녀 역시 지체할 틈이 없었다. 그래도 미덥지 못한지 빅토르 콜랭은 탐언을 동행시켰다. 그는 탐언이 서재필과 친분이 있음을 몰랐다.

"알겠어요. 손님 맞을 준비를 해야 하니까, 오지 말라 해도 곧장 올 거예요."

'역시 오길 잘했어!'

리심은 좌중을 천천히 돌아보았다. 그리고 윗입술을 살짝 말아 깨물었다. 며칠 밤을 설쳐 가며 준비를 했건만 200개가 넘는 눈동자들 속에서 연설을 하려니 입이 떨어지지 않았다. 침묵이 길수록 기대 또한 높아졌다.

"먼 나라로 여행을 다닌 게 자랑도 아니고 또 이런 귀한 자리에 서는 자격 조건도 아닌 것 같아요. 학원들도 이미 『사민필지(士民必知)』(미국인 선교사 헐버트가 지은 세계지리서로 1889년 한글본이, 1895년 한문본이 나왔다.)를 읽었으니 이 세계가 얼마나 넓고 다양한지는 알 겁니다. 문제는 어느 나라를 돌아다녔느냐가 아니라 그 나라에서 무엇을 배웠고, 또 배운 것을 내 나라에 어떻게 맞춰 시행할 것인가 하는 것이니까요. 일찍이 연암 박지원 선생은 북경을 둘러보신 후 삶에 보탬이 되는 학문을 주창하셨지요. 여행을 가서도 아무런 감흥이 없거나 두고 온 집 걱정 나라 걱정에 새로운 문물을 제대로 익히지 못한다면, 그런 여행은 떠나 봤자 아무런 이득이 없을 거예요."

"그럼 무엇을 배우셨습니까?"

뒤에 선 통통한 소녀가 손을 들고 물었다. 리심이 곧바로 답했다.

"지금부터 그걸 말하려는 겁니다. 너무 앞서가지 마세요."

잔잔한 웃음이 교실을 떠돌았다. 이제 두려움과 부끄러움이 어느 정도 사라졌다.

"1891년부터 1893년까지 도쿄를 비롯한 일본의 여러 도시를 돌아다녔어요. 내가 만난 일본인들은 배우는 것을 부끄러워하지 않았어요. 조선인이든 청국인이든 혹은 괴이하게 생긴 양이든 배울 바가 있으면 누구에게나 머리를 조아리더군요. 그때 조선의 가무를 배우겠다고, 나이 지긋한 할아버지부터 나이 어린 아이들까지 날 찾아왔었어요. 아직 일본말이 서툰 저를 깍듯이 스승의 예로 대하며, 노래와 춤을 배우는 사람들. 그들이 바로 일본인이에요.

1893년 3월에 고베에서 배를 타고 40여 일 동안 긴 항해를 거친 후 5월 마르세유에 닿았습니다. 그리고 1894년 10월 모로코로 가라는 명을 받고 떠날 때까지 파리에서 살았어요. 프랑스인들은 진리를 파악하려는 열망에 넘치며 논쟁을 즐기고 또한 예술을 삶의 일부로 생각하는 사람들이에요. 카페라는 곳을 여러분은 아시나요? 프랑스인들은 아침부터 카페에 삼삼오오 모여 이 세상 모든 문제를 논하지요. 하늘에서 땅까지, 작은 벌레에서부터 코끼리와 고래까지, 가장 추한 것에서부터 제일 아름다운 것까지, 그들의 대화는 끝없이 이어진답니다. 침묵은 금이라고요? 아닙니다. 프랑스에서 제가 배운 것은 말하고 말하고 또 말하라는 겁니다. 그리고 상대의 말을 잘 듣다 보면 새로운 깨달음이 찾아든다는 것이에요. 팡테옹 국립 묘지에 간 적이 있습니다. 제3공화국 정신을 구현한 인물들과 또 공화국을 세우는 데 큰 공을 세운 이들이 묻힌 곳이지요. 그곳에는 신분이 미천하고 가난하더라도 훌륭한 교육을 받아서 나라에 큰 공을 세운 이들이 적지 않습니다. 여러분도 그들처럼 위대한 인물이 될 수 있으니 힘을 내십시오.

1894년과 1895년에는 아프리카의 아름다운 나라 모로코에 머물렀어요. 그곳에서도 많은 걸 배웠지만, 가장 잊혀지지 않는 건 사막이랍니다. 사하라 사막! 모로코인들은 그 사막을 닮았어요. 베두인이라고 혹시 아시나요? 그들은 그 황량한 사막 여기저기를 떠돌며 살아가는 족속이랍니다. 나는 그들에게서 마음 다스리는 법을 배웠어요. 모래 폭풍을 바라보고 있으면 세상이 온통 절망과 슬픔으로 가득한 것 같거든요. 그때 베두인 소년 하나가 낙타를 몰고 오는 거예요. 최악에 최악을 더하는 순간에도 살아갈 길이 있다는, 어찌 보면 평범한 진리를 그때 깨달았다고나 할까요.

그리고 올봄에 조선으로 돌아왔어요. 5년 만의 귀향이지요. 그 먼 나라들을 떠도는 동안 조선도 많이 변했더군요. 여러분처럼 총명한 학원이 늘어난 것도 큰 기쁨이에요.

여기 여학원들도 있지만 조선에서 여자로 살아간다는 건 이중삼중의 어려움이 있습니다. 그러나 그 어려움도 구라파에서 조선인이 겪는 어려움에 미치지는 않을 겁니다. 학원 여러분! 부디 눈앞의 어려움에 굴복하지 마시고 큰 뜻을 품으십시오. 그리고 넓디넓은 세상으로 나아가십시오."

납치

"감동적인 연설이었습니다. 저도 꼭 외국에 나가서 더 큰 세상을 경험하고 싶습니다. 이리 오시죠. 독립문 착공식장까지 정중히 모시라고 서재필 선생이 거듭 말씀하셨습니다."

이승만이 양손을 앞으로 모아 쥔 채 말했다.

"그리 오래 걸리지 않을 겁니다. 같이 가세요."

탐언도 옆에서 거들었다.

리심은 교실을 빠져나가는 학원들 쪽을 계속 힐끔거리며 답했다. 방금 낯익은 얼굴 하나가 나타났다 사라진 것이다.

"아, 아니에요. 저는 공사관에 약속이 있어서……. 미안해요. 먼저 가겠어요. 탐언! 나중에 파티장에서 봐요."

리심이 출입문을 향해 종종걸음을 쳤다. 이승만이 다시 권유할 틈도 없이 그녀는 교실을 빠져나갔다. 삼삼오오 흩어지는 학원들을 이리저리 훑었다.

'어디로 간 거지? 틀림없이 영은이었어.'

그 밤 아편에 취한 영은과 지월은 공사관에서 쫓겨났다. 리심은 빅토르 콜랭이 장총으로 친구들을 죽일까 봐 겁에 질렸다. 그만큼 남편의 분노는 컸다. 매사에 철저하고 깔끔한 성격을 감안한다면 자신의 집에서 몰래 아편을 피우는 짓은 용납하기 힘들었을 것이다. 더구나 그 자리에는 리심까지 있었다. 자신은 결코 아편을 피우지 않았노라고 강변했지만, 빅토르 콜랭은 쉽게 그녀를 믿는 눈치가 아니었다. 영은과 지월이 사죄의 편지를 통해 리심은 아편을 단 한 번도 피운 적이 없음을 증언한 후, 그리고 그녀 몰래 서재와 안방 곳곳을 살펴 아편의 흔적이 없음을 확인한 후에야 겨우 의심을 풀었다.

"리심아!"

등 뒤에 영은이 초췌한 몰골로 서 있었다. 치마는 밑단이 찢어졌고 흰 저고리의 옆구리 쪽엔 구멍이 세 개나 뚫렸다. 그 모습을 보자 리심은 갑자기 화가 치밀었다.

"왜 왔어? 다시는 보지 말자고 하지 않았니?"

리심의 가슴엔 애와 증이 함께 머물렀다. 아편에 의지해서라도 살아갈 힘을 얻고 싶어 했던 친구들이 가여웠지만, 한편으로는 스스로를 파괴해 나간 연약한 정신이 미웠다.

"죽으려고 했어. 우리 때문에 리심 네가 다치는 걸 원하지 않았으니까. 정말 죽으려고 매봉우리까지 올라갔어. 한 걸음만 떼면 죽음과 맞닿는 절벽 끝에도 섰지. 죽을 수 없었어. 절벽 아래에서 올라오는 바람이 두 뺨을 때렸을 때, 살고 싶다는 살아야 한다는 생각이 마구마구 들었거든."

리심의 대답이 더욱 모질어졌다.

"죽든 살든 내 알 바 아니야. 한데 여긴 왜 온 거니? 날 위한다면서 그런 꼴로 친구랍시고 찾아온 거야?"

영은의 두 눈에서 비 오듯 눈물이 흘렀다.

"미, 미안! 두 번 다신 네 앞에 나타나지 않으려고 했어. 이건 정말이야. 멀리 섬에라도 들어가서 늙어 죽을 작정이었지. 계획대로라면 오늘쯤 도성을 빠져나갔어야 했어. 한데…… 널 만나러 올 수밖에 없었어. 리심아! 지월이가 지금 많이 아파."

"뭐야? 지월이가 아프다고?"

리심의 목소리가 커졌다.

"어디가 어떻게 아픈데? 얼마나 아픈 거야?"

"어제부터 온몸이 퉁퉁 붓더니 저녁엔 정신까지 놓았어. 가끔 깨어나선 네 이름만 불러. 의원이 다녀갔지만 쓸 약이 없다고, 마음의 병이 더 큰 것 같다고……. 그래서 온 거야. 제발 나랑 가서 지월이 손을 한 번만 잡아 줘. 그럼 지월인 살아날 거야. 지월이를 살려 줘."

영은이 털썩 무릎을 꿇었다. 리심이 영은의 떨리는 머리와 어깨를 내려다보았다.

'지월이가 아프다고? 내 이름만 부른다고? 마음의 병이라고? 내가 모질게 내쫓았기 때문에 몹쓸 병에 걸린 걸까? 지월아!'

"앞장서!"

영은이 고개를 들고 손등으로 눈물을 훔쳤다.

"그만 울고 어서 지월이 있는 곳까지 앞장서란 말이야."

리심이 영은의 팔을 잡아 일으켰다.

거리를 걷고 또 걸었다. 다리를 건너고 골목을 돌고 또 시끌벅적한 시장통을 지나가기도 했다. 그러나 리심은 자신이 어디를 걷고 있는지, 누구와 어깨를 부딪치는지 몰랐다. 오직 지월의 창백한 뺨과 반달 모양 눈만이 어른거릴 뿐이었다.

'지월아! 조금만 참아. 내가 갈게. 내가 가서 널 지킬게. 잘못했어. 널 그렇게 내쫓는 게 아니었는데……. 남편을 설득해서 네가 아편을 완전히 끊을 때까지 데리고 있었어야 했는데……. 얼마나 서러웠을까. 친구라고 믿었는데 버림을 받았으니……. 내 생각이 짧았어. 이젠 널 버리지 않을게. 무슨 일이 있어도 내 곁에 둘게. 널 지킬게.'

좁은 숲길을 한참이나 걸어 들어가던 영은이 걸음을 멈추었다. 다 쓰러져 가는 움집이 눈앞에 나타났다. 새소리가 낡은 움집 지붕에 얹혔다.

"지월아!"

리심은 지월의 이름을 부르며 방문을 열고 들어섰다. 아랫목에 이불이 깔려 있었다. 그녀는 숲길에서부터 눈물을 쏟았다. 급히 이불을 걷었다.

"이, 이게⋯⋯."

지월은 없었다. 요 위엔 베개 두 개가 길게 놓였을 뿐이다. 리심은 고개를 돌려 영은을 찾았다. 그 순간 거친 손길이 그녀의 입을 틀어막았다. 매운 연기가 코끝으로 파고들었고 리심은 곧 정신을 잃었다.

실종

공사관 탑을 붉게 물들였던 해도 어느새 서산으로 지고 없었다. 지하 1층 지상 2층의 붉은 벽돌 건물과 5층 높이의 탑은 보는 이로 하여금 감탄을 자아내게 했다. 정동에서도 가장 높은 곳에 또 제일 높은 탑이 선 것이다.

동서양의 조화를 위해 빅토르 콜랭은 공사관 담장을 전통 한식으로 만들었으며 대문 역시 버선코처럼 가운데가 둥글게 올라가도록 했다. 부조화 속에 묘한 조화를 느끼며 정동구락부(貞洞俱樂部, 외교관과 대신들을 중심으로 형성된 정치 사교 클럽) 회원들을 비롯한 손님들이 속속 어둠 깔린 마당으로 들어섰다.

연미복을 갖춰 입은 빅토르 콜랭은 대문 밖에 나와 서서 동쪽을 바라보았다.

'옥인, 왜 이리 늦는 게요?'

벌써 파티를 시작했어야 할 시각이다. 정식으로 준공식을 하기 전에 벌이는 자축연이었다. 파티를 주관할 리심이 아직 오지 않은 탓에 이 핑계 저 핑계 대며 시간을 끌었다. 탐언에 따르자면 배재학당에서 연설을 마친 후 갑자기 교실을 뛰쳐나갔다고 했다. 혹시 독립문 주춧돌을 놓는 행사에 참여한 게 아니냐고 다그쳤지만 탐언은 고개를 저었다. 그 자리에 동석한 이승만이 참여를 권했으나 리심이 거절했다는 것이다.

오늘은 하루 종일 사건이 많은 날이었다.

서울 곳곳에서 독립 협회를 지지하는 사람들과 반대하는 사람들이 설전에 이어 난투극을 벌였고 러시아 공사관은 돌 세례를 받아 유리창들이 깨어졌다. 조정에서 흘러나온 소식에 따르자면 몇몇 장교와 관리들이 하옥되었다고도 했다. 난리의 조짐이 곳곳에서 포착되었다.

'홍종우가 귀뜸한 피비린내 진동하는 날이 바로 오늘인가. 이런 날엔 얌전히 숨어 지내는 것이 옳다. 한데 리심은 대체 어딜 갔을까.'

다급한 발소리가 들려왔다. 배재학당과 행사가 열린 독립문 근방을 돌아보고 오겠노라고 내려갔던 탐언이었다.

"아직 안 오셨나요?"

탐언이 먼저 물었다. 리심을 찾지 못한 것이다. 파티를 대책 없이 미룰 수는 없었다. 결단을 내려야만 했다.

"들어가세. 곧 돌아오겠지. 공사관 신축을 축하하기 위해 오신 손님들을 더 기다리게 하는 건 예의가 아닐세."

빅토르 콜랭이 돌아서서 대여섯 걸음을 뗐다. 사람들의 발소리가 다시 들렸다. 빅토르 콜랭과 탐언이 동시에 고개를 돌렸다.

"오호! 공사께서 직접 마중을 다 나오셨구려. 늦어서 미안하오. 깨진 유리창을 치우고 또 오늘 일을 보고하느라 조금 바빴소이다."

베베르와 그 일행이었다. 빅토르 콜랭이 애써 웃으며 악수를 나누었다.

"반갑습니다. 어서어서 들어오세요. 마음껏 즐기셨으면 합니다."

"고맙소. 하루 종일 시달렸더니 출출한걸. 오늘 메뉴는 뭐요?"

잔잔한 피아노 곡과 함께 파티가 시작되었다. 빅토르 콜랭은 리심이 지독한 감기에 걸려 파티에 참석하지 못했으니 널리 양해해 달라고 말했다. 여기저기서 공사의 아리따운 조선인 아내가 속히 쾌차하기를 바란다는 인사말이 들려왔다. 술과 음악과 농담 그리고 춤이 이어졌다.

파티는 흥겨웠다. 빅토르 콜랭을 제외한 그 누구도 리심의 부재를 심각하게 여기지 않았다. 신축 공사관에 대한 찬사가 이어졌다. 정동에선 이제 프랑스 공사관 외엔 볼 게 없다는 칭찬에 빅토르 콜랭은 정중히 예의를 갖춰 답례를 했다. 턱밑까지 차오른 근심을 들키지 않으려고 더 자주 웃고 더 많이 말했다. 1분 1초가 지날 때마다 리심에 대한 근심이 깊어졌다.

리심은 파티가 끝날 때까지 돌아오지 않았다.

빅토르 콜랭은 손님들을 모두 배웅한 후에도 대문 밖에 서 있었다. 늦가을 바람이 유난히 거센 밤이었다. 낙엽들이 흙먼지를 일으키며 날아올랐고 앙상한 나뭇가지가 부러지기도 했다. 빅토르 콜랭은 간간이 잔기침을 했다. 기관지와 폐가 좋지 않은 그로서는 이런 날 밤공기를 마시는 것은 금기였다. 공사관으로 들어가서 덧옷을 꺼내 오지도 않은 채 양손을 번갈아 다른 쪽 팔뚝을 비벼 댔다. 초조했다. 입이 바짝바짝 타고 가슴이 답답했다.

외출을 허락할 일이 아니었다. 독립 협회 지지자와 반대파 사이의 난투극이 하루 종일 벌어지지 않았는가. 혹시 그 난리통에 다친 것은 아닐까. 흉악한 놈들에게 납치된 것은 아닐까. 불길하다. 홍종우의 경고가 떠오른다. 앞으로 벌어질 모든 불행은 내 책임이라고 했었지. 정말 그 호랑이 같은 사내가 일을 벌였는가.

'어디 있는 거요, 리심! 제발 무사히 돌아오오. 제발!'

다시, 사막에 누워

어둠이에요, 그 밤처럼.

사막을 바라보다가, 그 한없는 없음[無]을 문득 만지고 싶어졌지요. 그래서 누웠어요. 목덜미와 겨드랑이 그리고 허리와 허벅지로 모래들이, 그 없음들이 밀려들더군요. 아, 얼마나 감촉이 신기하던지! 없다고 없는 것이 아님을 그때 처음 알았지요. 없다고 포기하며 돌아서려 하지 말고, 다시 한 번 다가가서 만져 볼 일이에요.

…… 빅토르, 당신 충고가 옳았어요.

거대한 불행이 스멀스멀 기어오고 있었던 거죠. 나만 몰랐어요. 언제까지나 푸른 들판이 이어지리라 믿었거든요. 슬픔은, 고통은, 상처는 이제 지긋지긋하니까요. 아무리 날 곱지 않게 여기는 신이라도, 이제 다시 나를 그 사막의 밤

한 귀퉁이로 모는 일은 하지 않으시리라 생각했지요. 착각이었어요. 신은 여전히 날 시험하려 드시네요. 이 어둠 속에서 '리심아! 다시 시작이다. 정신 똑바로 차려!' 하고 말씀하시는 것만 같아요.

한때는 편히 눕는 것만도 호사였던 적이 있었지요. 하루 종일 중궁전 앞뜰에 서서 무릎 한 번 굽히지 못하고 보내야만 했어요. 밤이 오고 차디찬 방이지만 등을 대고 눕는 순간, 얼마나 큰 행복이 밀려들던지……. 잊고 살았나 봐요.

아, 대체 누가 나를 이곳으로 데리고 왔을까요. 영은과 지월, 그 친구들은 어떻게 되었을까요. 여긴 어딜까요. 앞으로 난 어떻게 되는 걸까요. 지금은 며칠일까요. 내가 배재학당에서 강연을 하고 또 며칠이 지났을까요. 파티는…… 잘 끝났는지. 아이들, 내가 가르치는 상드 학당 아이들도 날 찾을 텐데……. 어쩌죠?

빛과 어둠

빛이 쏟아졌다.

오직 암흑이었는데 또 온통 빛이다.

사막도 사라지고 없음도 사라진 후, 리심은 부신 눈을 비비며 자신이 살아 있음을 느꼈다. 모네의 「인상」을 처음 보았을 때도 그 빛에 매혹되었다. 그림의 주인공은 빛이었고 세상은 단지 그 빛의 있고 없음, 멈춤과 흔들림을 나타내는 수단이었다.

천천히 자리에서 일어섰다. 빛 속에서 겨울잠 자는 곰처럼 웅크리기는 싫었다. 빛을 향해 당당하고 싶었다.

"하루를 꼬박 굶었다는 소릴 들었어. 과연 내 친구 리심답다는 생각을 했지."

빛 속에서 머리 두 개가 흔들렸다. 방금 이야기를 꺼낸

이는 영은이었다. 약간 코맹맹이인 데다가 말끝을 꺾는 버릇은 여전했다.

"지월이니?"

리심은 그 곁에 남은 머리를 향해 물었다. 대답 대신 몸 전체가 왼쪽으로 기우뚱 흔들렸다.

"여, 여긴 어디니?"

"밥부터 달라 하지 않으니 견딜 만한가 보다. 여기? 여긴 법국으로 떠나기 전 궁중 무희 리심을 기억하는 거대한 창고란다."

"날 기억하는 창고?"

"그래. 그리고 파리지엔 리심을 완전히 지울 감옥이기도 하고."

"날 지울 감옥?"

"또 하나, 여긴 네가 다시 사람 노릇 할 마지막 기회를 주는 무대다."

"무대? 사람 노릇 할 무대라고?"

"오늘부터 넌 다시 무희로 돌아가야 해. 춤추고 노래하는 거야. 매일매일 가무를 훌륭히 익히면 이밥을 먹이고 바깥 공기를 쐴 기회도 주지."

리심이 영은을 노려보며 물었다.

"네가 뭔데 여길 창고로도 만들고 감옥으로도 만들었다

가 무대로도 만들지?"

"나? 난 곧 장악원의 으뜸 무희가 될 거야. 궁중 무희들
은 모두 내 말에 절대 복종해야 해. 장악원 법도를 잊지는
않았겠지?"

리심은 머리가 복잡했다. 영은이 장악원 으뜸 무희가 된
다? 목에 상처를 입고 출궁하여 김홍륙의 시앗으로 들어앉
았던 그녀가 어찌 장악원으로 돌아오고 또 으뜸 무희 자리
까지 차지한단 말인가. 결함 많은 영은에게 그런 특권을 줄
사내는 조선에 단 한 사람뿐……. 숨이 턱 막혔다.

"전하께서 왜 나를…… 왜 너희들을 이용해서 나
를……."

"그 이유 나도 몰라. 다만 널 다시 무희로 만들라는 어명
이 떨어졌고, 우린 그 어명을 받든 분에게 자그마한 도움을
드렸을 뿐이니까. 우릴 원망하진 마. 어차피 넌 강제로 끌
려올 상황이었어. 우리 덕분에 그나마 흉한 꼴을 덜 봤다고
생각하렴. 빛이 환하면 그림자도 짙은 법이잖아? 지월아!
뭘 해? 너도 말 좀 해 봐."

영은이 곁에 선 지월의 어깨를 툭 쳤다. 지월의 몸이 다
시 왼쪽으로 기울었다. 흐느낌이 이어졌다.

"리심아! 리심아……. 흑흑! 우릴…… 저주하렴."

뼈에 새긴 약조

"공사님!"

탐언이 근심 어린 얼굴로 서 있다.

"야밤에 웬일인가? 혹시 리심 소식이라도?"

"그게 아니라…… 홍 칙사가 뵙기를 청하십니다."

빅토르 콜랭은 잠시 홍 칙사가 누구였더라, 스스로에게 물었다. 그만큼 온 마음이 리심에게 쏠렸던 것이다. 호랑이를 닮은 조선 사내가 떠올랐다. 그리고 이 늦은 밤 그의 방문이 리심의 실종과 이어져 있다는 예감이 들었다.

"모시고 오게."

도포 자락 휘날리며 홍종우가 정원을 가로질러 왔다. 그는 먼저 탐언을 향해 명령조로 말했다.

"자네는 빨리 러시아 공사관으로 돌아가게. 전하께서 찾으신다네. 나폴레옹의 러시아 원정과 관련된 역사서를 찾고 계시네. 자세히 읽어 드리도록 하게. 앞으로도 주욱 나폴레옹이 이집트와 그리스, 이태리를 평정한 기록들을 찾으실 걸세. 미리미리 준비하면 좋겠지. 혹시 필요한 자료나 서책이 있다면 여기 빅토르 콜랭 공사님께 여쭙도록 하고. 공사님! 자문에 응해 주시겠지요?"

"기꺼이!"

빅토르 콜랭이 억지웃음을 지어 보였다. 탐언이 물러간 후 홍종우가 조용히 물었다.

"공사관 탑이 높고 근사하다 들었소이다. 구경 한번 시켜 주시오."

"무, 물론입니다."

빅토르 콜랭은 등불 하나 없이 어두운 계단을 걸어 올라갔다. 홍종우가 씩씩 입으로 바람 소리를 내며 뒤따랐다. 빅토르 콜랭은 오늘따라 계단이 너무 높고 길게 느껴졌다.

"이 탑을 완성하고 자축 파티를 열었다면서요?"

먼저 질문을 던진 것은 홍종우였다. 빅토르 콜랭은 머리 위로 지나간 질문을 건성으로 답했다.

"많은 분들이 오셔서 좋았습니다."

"기메 박물관에서 일할 때 가끔 파티에 참석한 적이 있소이다. 포도주가 특히 맛있었습니다. 여인들의 드레스도

홀륭했지요. 귀국한 후 가끔 포도주를 먹긴 하오만 파리에서 먹은 그 맛이 나질 않소이다."

"한 병 선물로 드리지요."

예의를 갖추어 답했다.

계단이 끝나고 탑에 이르렀다. 대형 원형 시계 아래 아치 모양 난간이 두 개 나란히 있었다. 각자 하나씩을 차지한 사내들은 말없이 어둠에 묻힌 한양을 내려다보았다. 이번에도 홍종우가 먼저 입을 열었다.

"멋지구려. 딱 한 번 노트르담에 올라갔던 적이 있소. 파리가 한눈에 보이더군. 특히 굽이굽이 흐르는 센강을 끼고 늘어선 루브르와 튈르리 공원 쪽이 무척 아름다웠소. 노트르담에 비할 바는 아니겠으나 이곳에서 바라보는 한양 풍광 또한 대단할 듯하오."

"리심도 똑같은 이야기를 했습니다. 탑에 오르면 이상하게 노트르담이 그립다고."

홍종우의 표정을 슬쩍 살폈지만 변화가 없었다.

"내 아내가 있는 곳을 알지요?"

"……."

"어디 있죠? 대체 리심에게 무슨 짓을 한 겁니까?"

빅토르 콜랭이 언성을 높였다. 홍종우는 여전히 어둠에 잠긴 한양을 바라보았다.

"저곳을 황성으로 탈바꿈시키는 것이 내 꿈이오. 전기가 들어오고 전차가 다니면, 이제 한양의 밤도 더 이상 캄캄하지만은 않겠지요. 북경에도 도쿄에도 뒤지지 않는, 옛 정취와 최신 문물이 어우러진 제국의 도읍지 한양! 어떻소, 멋지지 않소?"

"당장 리심을 돌려주십시오. 그렇지 않으면 가만있지 않겠습니다."

홍종우가 고개를 돌려 빅토르 콜랭을 쳐다보았다. 두 눈은 날카로웠지만 얼굴엔 여전히 온화한 미소가 사라지지 않았다.

"적반하장도 유분수란 말을 아시오? 공사가 전하께 저지른 잘못이 얼마나 큰가를 깨닫는다면 지금처럼 화를 내진 않을 게요. 공사가 의리를 중요하게 여기는 사내였다면 리심 그녀는 자축연을 주관할 수도 있었고 또 지금쯤 공사와 함께 이곳에 서서 한양의 밤 풍광을 음미할 수도 있었소. 하나 이 모든 그녀의 행복을 빅토르 콜랭 공사, 당신이 망쳐 버린 게요."

"말도 안 돼! 그녀를 납치한 건 당신들이잖습니까."

"납치가 아니오. 약조를 하고 가져간 선물임을 잊지는 않았으리라 믿소. 그 약조가 깨어졌으니 선물도 제자리로 돌아오는 것이 마땅하오. 약속도 지키지 않고 선물마저 갖겠다는 건 도둑놈 심보라오. 도둑놈 심보!"

"리심은…… 주었다가 돌려받는 물건이 아닙니다."

"처음부터 그런 약속을 하질 말았어야지. 전하께선 약속을 뼈에 새겨 둘 만큼 중히 여기는 분이시오. 구라파인들은 거래에 밝다고 들었는데 공사가 왜 이렇게 엉터리 셈을 고집하는지 모르겠소이다."

"리심, 그녀를 어찌 할 작정입니까?"

"우리는 그녀를 어찌 할 뜻이 없소. 다만 처음 자리로 돌아왔으니 그 자리에 맞는 일을 하는 게 바른 이치라고 보오."

"자리에 맞는 일이라면…… 다시 춤이라도 시키겠다는 겁니까? 지금 리심은 5년 전 무희가 아닙니다. 파리는 물론 탕헤르까지 다녀온 여인이란 말입니다. 리심을 궁중 무희로 전락시킨다면 독수리를 작은 새장에 가두는 것과 다를 바 없습니다……."

홍종우가 말허리를 잘랐다.

"나도 잘 알고 있소. 그러니 독수리가 다시 창공을 훨훨 날려면 공사가 무슨 일을 해야 하는지 곰곰이 생각해 보오. 그녀를 괴롭히는 건 우리가 아니라 공사임을 잊어서는 아니 될 것이외다. 흥정할 거리가 생기면 언제든 연락 주오. 함께 탑전에 나가서 이 불편한 문제를 매듭짓도록 합시다."

빅토르 콜랭이 돌아서는 홍종우의 등을 쳐다보며 물었다.

"리심은 당신을 피붙이보다도 더 믿고 의지했습니다. 이런 짓을 하는 게 부끄럽지도 않습니까? 당신은 양심도 없습니까?"

홍종우가 천천히 돌아섰다. 그리고 오른 주먹을 불끈 쥐어 보이며 답했다.

"부끄러움이나 양심보다 국익이 내겐 더 중요하오이다. 그건 빅토르 콜랭 공사, 당신도 나와 마찬가지라고 봅니다만, 아니요?"

왕과 나

빅토르와 홍종우가 공사관 대형 시계 아래에서 언쟁을 벌이던 그 순간, 리심은 강제로 목욕을 하고 있었다. 처음 에는 몸을 씻지 않겠다고 버텼다. 납치당한 처지에 몸단장을 할 이유가 없었다. 대전 상궁의 명을 받은 억센 궁녀 둘이 달려들어 팔을 한 짝씩 틀어잡았다. 리심은 둥근 나무 욕조에서 수증기가 피어오르는 방으로 끌려갔다. 궁녀들은 블라우스와 스커트까지 벗기려고 들었다. 리심은 블라우스 앞자락을 쥐고 물러섰다.

"내 몸에 손대지 마. 알겠어. 내가 벗겠어."

궁녀들 손길이 멈췄다. 리심은 스스로 알몸이 되어 더운 물 속으로 들어갔다. 파리의 욕실에서 몸을 닦을 때 나던 장미향이 은은하게 번졌다. 이번에는 궁녀들이 그녀를 씻기려고 들었다. 리심은 고개를 들어 상궁의 두 눈을 쳐다보며 말했다.

"내가 씻겠어. 깨끗이 씻을 테니 물러나."

궁녀들이 상궁 눈치를 살폈다. 상궁이 턱짓으로 궁녀들을 불러들였다. 그들은 방을 나가지는 않고 문 앞에 서서, 목욕하는 리심의 나신을 바라보았다.

"아!"

뜨거운 기운이 온몸으로 스며들자 얼음처럼 굳었던 몸이 스르르 풀렸다.

영은과 지월의 배신이 정수리를 매섭게 찔러 댔다.

'이 세상에 친구라곤 너희 둘밖에 없었어. 한양에도 함께 왔고 의술도 노래도 춤도 함께 익히지 않았니? 파리에서도 줄곧 너희들이 그리웠지. 그곳에서 신기한 것 맛난 것 아름다운 것을 보면 너희들이 곁에 없는 게 그렇게 아쉬울 수가 없었어. 귀국해서 너희들을 만났을 때 얼마나 기뻤는지 몰라. 너희들이 어려움을 겪을 때 내 집으로 오라고 제안한 것도 나로서는 당연한 일이었어. 한데 그런 너희가 나를 구렁텅이로 밀어 넣다니. 우리 셋 우정만은 무슨 일이 있어도 변치 않으리라 믿었는데!'

가슴에 휘장을 두르고 훈장과 리본과 메달을 주렁주렁 매단 빅토르 콜랭의 모습이 떠올랐다.

'파티는 무사히 끝났을까. 빅토르는 얼마나 걱정하고 있을까. 도성에 사람들을 풀어 나를 찾느라고 분주할 거야. 배재학당에도 가고 독립문 근처도 찾아가겠지. 빅토르! 당신 말을 들을걸 그랬어요. 정국이 시끄러우니 외출을 삼가고 아이들이나 가르칠걸 그랬어요. 아, 나는 어떻게 되는 걸까요. 그 아침 공사관을 나설 때는 일주일 계획, 한 달 계획, 1년 계획까지 서 있었는데, 지금은 10분 뒤에 벌어질 일도 예측할 수 없네요.'

목욕이 끝났다. 궁녀들은 큰 수건으로 리심의 몸을 훔친 다음 옆방으로 데리고 갔다. 또 다른 젊은 상궁 하나가 가지런히 놓인 한복 뒤에 서 있었다. 리심은 고개를 들어 상궁에게 물었다.

"내 블라우스와 스커트는 어디 있지?"

"그 망측한 옷들은 땅에 묻었습니다. 이제 이것을 입으셔야 합니다."

상궁이 속곳부터 하나씩 건네자 궁녀들이 다시 받아서 리심에게 입혔다. 목욕을 하기 위해 옷을 벗을 때까지는 눈물이 나지 않았다. 그러나 블라우스와 스커트를 땅에 묻었다는 말을 듣는 순간 눈물이 빰을 타고 주르륵 흘러내렸다. 바뀐 처지가 실감이 났던 것이다.

녹원삼(綠圓衫)을 입는 순간부터 불길한 예감이 온몸을

감쌌다. 깃에는 자만옥 단추가 달렸으며 한삼에는 수(壽)와 복(福) 두 글자로 금박을 입혔다. 이렇게 귀한 옷은 내명부에 이름을 올린 후궁 이상만이 입었다.

상궁이 봉황 머리 옥비녀를 든 채 난감한 표정을 지었다. 비녀를 꽂을 만큼 리심의 뒷머리가 길지 않은 탓이다. 상궁이 다시 비녀를 내려놓았다.

"용안을 뵈옵나요?"

리심이 비녀에서 상궁의 이마로 시선을 올리며 물었다. 침착해지려고 애썼지만 목소리가 바람에 쓸리는 나뭇가지처럼 떨렸다.

"어명을 받들 뿐입니다."

어명!

용안을 뵙는다. 용안을 뵙는다. 용안을 뵙는다.

조선으로 돌아올 때 단 하나 피하고 싶었던 것이 바로 탑전에 나아가서 용안을 뵙는 일이었다. 아무리 강심장인 리심도 그 자리에선 무슨 말을 할지 상상할 수 없었다. 불편하고 어려운 자리인 만큼 최대한 시간을 끌며 피해 왔다. 그런데 이제 더 이상 미룰 수 없게 되었다.

옷을 차려입고 가체를 얹고 화장과 머리단장이 끝나자 또 다른 상궁이 궁녀들과 함께 들어왔다.

리심은 궁녀들에게 이끌려 협문 몇 개를 지났다. 고개를 숙이고 문을 통과할 때마다 얹은 머리가 흔들거렸다. 리심은 두 주먹을 꼭 쥔 채 아랫입술을 깨물었다. 모든 것을 예측할 수 있지만 단 하나도 막을 힘이 없었다. 최악의 상황이었다.

섬돌로 올라서서 신발을 벗었다. 기다리던 다른 상궁과 궁녀들에게 이끌려 방문 앞에 섰다.

"전하! 리심을 데려왔사옵니다."

"들이라."

들, 이, 라!

부드러우면서도 위엄이 가득한 목소리였다. 리심은 고종의 음성을 듣자마자 총애를 받던 시절이 낱낱이 떠올랐다. 잊기 위해 노력했고 또 이미 다 잊었다고 생각했는데, 그 얼굴, 그 냄새, 그 소리들이 리심의 손과 발, 가슴과 머리를 흔들어 댔다.

방문이 열렸다.

겨우 오른발을 들어 문지방을 넘었다. 다시 왼발을 방 안으로 들이자 등 뒤에서 문이 닫혔다. 나비 모양 삿갓을 덧씌운 흐린 등불만이 넓은 방을 비추었다. 리심은 궁중 예법을 잊지 않았다. 탑전에 불려 갔을 때는 큰 절로 예의를 갖추어야 했다. 그러나 그녀는 양손을 모은 채 꼼짝도 않고 서 있었다. 절을 한다는 것은 자신이 궁녀로 되돌아왔음을 스스로 인정하는 것이다.

"고이헌지고! 정녕 네가 죽고 싶은 게로구나. 그새 법도를 잊었느냐?"

날카로운 하문이 날아들었다. 리심은 시선을 내린 채 또박또박 답하려고 애썼다.

"잊지, 않았사옵니다. 하나 소녀는 궁녀가 아니므로, 궁녀의 예를 갖출 수 없사옵니다."

"네 옷차림을 보라. 너는 궁녀다. 처음부터 너는 과인의 것이었느니라. 법국 공사에게 잠시 빌려 주었다가 이제 다시 취하였느니라."

리심은 고개를 들고 용안을 우러렀다. 고종의 시선을 피하지 않고 버티며 답했다.

"전하, 소녀는 누구의 것도 아니옵니다. 소녀의 주인은 오직 소녀이옵니다."

"파리에서 못된 것만 배워 왔구나. 잊었느냐? 넌 과인의 것이다. 처음부터 넌 과인의 것이었고 앞으로 죽을 때까지 과인의 것이니라. 군왕의 은혜에 감읍하라 배우지 않았느냐. 이제 너는 본래 자리로 돌아왔느니라. 잠시 법국 공사의 것이었다가 영원히 과인의 것으로! 과인은 과인이 지닌 것들을 아끼고 지키며 가꾸느니라. 네게도 그리 하겠다."

리심은 이를 악물었다. 여기서 무너질 순 없었다.

"아니옵니다. 전하! 소녀는 법국 공사의 것도 전하의 것도 아니옵니다. 소녀는 리심이옵니다. 오직 리심일 뿐이옵니다."

새로운 국면

"큰일 날 뻔했습니다. 미리 역도들의 움직임을 파악했기에 망정이지, 하마터면 이 나라 충신들을 모두 잃었을지도 모릅니다. 그 무리에 조선군 장교들까지 섞여 있었다니 큰 충격을 받았습니다. 그들을 엄히 문초하여 배후, 배후를 밝혀야 할 것입니다."

김홍륙은 '배후'라는 단어를 두 번 강조하며 베베르 공사의 말을 옮겼다. 독립의 주춧돌을 놓던 날 일부 조선인들이 러시아 공사관을 향해 돌을 던졌던 것이다. 유리창이 깨지고 문이 부서졌다. 수염을 쓰다듬던 고종의 미간이 좁아졌다.

'배후라니?'

"나라 법에 따라 벌을 받을 것이오. 죄인들은 색출하여야 하나 이로 인해 죄 없는 이들까지 고초를 겪지 않도록 각별히 유념해야 하오."

김홍륙의 통역을 들은 베베르가 속을 알 수 없는 미소를 지었다.

"전하! 전하께서는 노서아가 미우십니까?"

뜻밖의 질문이었다. 고종은 대답을 못하고 베베르의 두툼한 볼을 노려보았다.

"노서아는 조선을 돕고 싶습니다. 왕비께서 무참히 살해당하신 작년을 되짚어 보십시오. 그때 전하를 보호한 사람이 누굽니까? 바로 노서아 외교관들과 충심으로 전하를 위한 신하들입니다. 그 마음은 지금도 변함이 없습니다. 환궁하고 싶으시다면 언제라도 돌아가십시오. 노서아는 기꺼이 환궁을 도울 것입니다. 다만 전하를 더욱 안전하게 보호하기 위해서는 조선군의 군사 훈련과 정신 훈화가 필요합니다. 노서아에는 이 부분을 책임지고 지도할 탁월한 지휘관이 많습니다. 올 겨울은 따듯한 공사관에서 지내시고 내년 이른 봄에 환궁하시는 것이 어떻겠습니까?"

고종이 베베르와 눈을 맞춘 후 짧게 물었다.

"환궁을 돕겠다는 것이, 진심이오?"

"그렇습니다. 어찌 제가 거짓 말씀을 올리겠습니까. 그에 앞서 한 가지 약조라면 약조고, 두 나라의 우호를 위한 수단이라면 수단인 청을 드리고 싶습니다."

고종이 고개를 끄덕였다.

"현재 전하를 보필하는 대신들은 충신 중에서도 충신입니다. 환궁 후에도 그들을 중히 쓰셨으면 합니다."

"알겠소. 그리하리다."

고종은 선선히 응낙했다.

신하를 임명하는 것은 어디까지나 조선 국왕의 고유 권한이었다. 러시아 공사가 추천하고 부탁할 일이 아닌 것이다. 가을로 접어들면서, 상황은 러시아에 불리한 방향으로 돌아갔다. 환궁을 청하는 상소가 줄을 이었을 뿐만 아니라 러시아의 독주를 견제하려는 일본을 비롯한 각국 외교관들의 움직임이 심상치 않았다. 급기야는 러시아와 친분이 두터운 대신들을 척살하자는 방이 붙었고 또 성공하지는 못했지만 몇몇 장정들이 무기를 들고 러시아 공사관까지 몰려오기도 했다. 베베르는 알고 있었다. 조선인들은 편히 대하면 고요한 호수와 같지만 한번 화가 나면 들풀처럼 일어난다는 것을. 작년에 조선 왕비를 살해한 일본인들도 의병의 저항에 부딪혀 곤욕을 치렀다. 러시아라고 해서 난감한 일을 겪지 말란 법이 없었다.

'호의를 베풀듯 환궁을 허락하면서 이득을 챙길 속셈이군. 이놈들 두고 보자. 내가 그리 쉽게 네놈 손바닥에서 놀

줄 아느냐?'

그 밤 고종은 홍종우를 불러들였다.

홍종우가 러시아 공사관에 닿았을 때는 축시가 가까웠다. 고종은 정조 대왕의 『일성록』을 읽고 있었다. 공사관으로 옮긴 후부터 더욱 정조 대왕을 흠모하며 닮으려고 애썼다.

"이리 가까이 오너라."

"예, 전하!"

홍종우가 두 손을 앞으로 모은 채 나아갔다.

"지금부터 과인이 묻는 말에 이실직고하렷다. 홍 칙사가 노서아 공사관에 돌팔매질을 하도록 운종가 청년들과 몇몇 장교들을 움직였느냐?"

홍종우는 이런 하문이 날아들 것을 예상한 얼굴이었다. 정직하게 답했다.

"그러하옵니다. 오만방자한 노서아 공사 베베르에게 경고하기 위함이었나이다."

"보부상들 움직임 또한 심상치 않다고 들었느니라. 그들도 홍 칙사가 서울로 불러들인 것이렷다?"

고종의 목소리에 힘이 실렸다. 7척 거한 홍종우를 단숨에 몰아세울 만큼 노기등등했다.

"만일을 대비하여 그리하였나이다."

"사람들을 움직일 땐 과인의 허락을 받으라고 누누이 일렀지 않았느냐? 과인이 경운궁으로 옮겨 가는 일에 아무런 문제가 없는데 왜 보부상들을 끌어들여?"

잠시 침묵이 흘렀다. 홍종우가 힘주어 아뢰었다.

"부족한 신의 생각으로는, 김홍륙을 비롯한 노서아에 기댄 잡배와 서재필을 비롯한 일본과 미국에 기댄 소인배의 손발을 묶어야만 합니다. 어가를 더욱 안전하게 경운궁으로 옮기려는 신의 충심을 살펴 주시옵소서."

"홍 칙사!"

고종의 음성은 여전히 단단하고 무거웠다.

"하명하시옵소서. 당장이라도 신이 나서서 저 혹세무민하는 무리들을⋯⋯."

"홍 칙사는⋯⋯."

고종은 말을 끊고 홍종우를 더욱 매섭게 노려보았다.

"⋯⋯ 서재필에게 배울 것이 많겠구나. 독립 협회에라도 가서 귀동냥을 하는 게 어떻겠는가?"

"서, 서재필에게 배우라 하셨사옵니까? 신이 김옥균의 칼잡이에게 무엇을 배운단 말씀이시옵니까?"

"홍 칙사는 언제까지 의로운 살인자로만 살려는가? 서재필을 보라. 갑신년에는 칼잡이로 중전의 척족들을 도륙하였으나 지금은 사람 살리는 의사가 되지 않았는가?"

"그것은 흑심을 숨기고자⋯⋯."

고종이 말머리를 잘랐다.

"어쨌든 이제 서재필은 칼잡이가 아니라 의사가 되었느니라. 홍 칙사! 경운궁으로 옮기면 그대가 할 일이 더욱 많아질 것이니라. 한데 김옥균의 잔당을 죽이려고만 들면 그대는 언제까지나 손에 피를 묻히는 사내로만 알려질 것이다. 피비린내 나는 자는 정치를 할 수 없어. 과인도 서재필을 믿지 않는다. 하나 그 처세만은 곰곰이 따져 볼 부분이 적지 않구나. 백성들은 칼잡이 서재필은 잊었고 이제부턴 미국 의사 서재필, 영어 고수 서재필, 개화사상가 겸 교육자 서재필만을 기억할 것이다. 홍 칙사도 의기를 누르고 울분을 숨기라. 힘으로 할 일이 있어도 세 번 네 번 되살핀 후에 결정을 내리고, 보부상을 움직이더라도 결코 전면에 나서서는 아니 될 것이야."

"명심하겠나이다."

홍종우의 넓은 어깨가 축 처졌다. 자신의 잘못을 깨닫긴 했지만 서재필과 견준 고종의 질책에 자존심이 무척 상했던 것이다. 서재필의 변신을 여우 짓거리로 치부해 왔지 않은가. 사내 대장부가 바른 명분을 틀어쥔다면 감출 것도 바꿀 것도 없다고 믿어 왔지 않은가. 한데 정치가가 되려면 숨기기도 하고 물러서기도 하며 때로는 남을 속일 줄도 알아야 한단다. 기가 막힌 노릇이 아닐 수 없었다.

고종이 갑자기 양손을 뻗어 홍종우의 어깨를 잡았다. 깜짝 놀란 홍종우가 몸을 빼지도 못한 채 말까지 더듬었다.

"저, 전하……."

고종이 포옹하듯 홍종우를 끌어당긴 후 귓전에 나지막하게 속삭였다.

"과인은 서재필을 100명 준다 해도 홍종우 한 명과 바꾸지 않을 것이니라. 무릇 사내란 의리와 용기를 지녀야지, 바로 그대처럼! 앞으로도 늘 과인 곁에 머물도록 하라."

홍종우가 눈물을 글썽이며 꿇어 엎드렸다.

"신 홍종우 이 목숨 다하여 어명을 받들겠나이다."

고종이 입가에 미소를 머금었다.

"하면 가장 먼저 할 일을 가르쳐 주겠노라. 며칠 안에 빅토르 콜랭 공사가 미끼를 낚아챈 물고기처럼 꼬리를 흔들며 탑전에 나와 흥정하기를 청할 것이다. 그때 동행하여 함께 오너라. 우아함과 합리성을 강조하는 법국 공사가 어떤 식으로 자기변명을 할지 자못 궁금하구나."

연못 고(考)

지월아!

오늘은 혼자 왔네.

아침상만 두고 가지 말고 거기 좀 앉으렴. 고개 들어. 미안해할 것 없다니까. 너희들이 아니어도 어차피 난 이곳에 끌려왔을 거야. 말동무 하나 없이 하루하루 보내려니 너무 힘들어. 잠깐만 나랑 얘기나 하자. 귀찮은 거 묻지 않을게.

요즈음 꿈에 뭐가 제일 많이 보이는 줄 아니? 빅토르? 에펠탑? 사하라 사막? 프랑스 공사관? 아니야. 그건 바로 연꽃이란다. 작은 연못에 핀 연꽃 말이야.

파리에서도 종종 나들이를 가긴 했지. 너무 흔한 일이라서 따로 기록한 적도 없는데, 이상하게도 파리의 그 멋진 건물과 아름다운 풍경들은 하나도 찾아들지 않고 연꽃만 보이네, 연꽃만.

그럼! 프랑스 연못에도 둥근 연잎이 자라지. 오뉴월 파리 근교로 나가면 연못마다 싱싱하고 둥근 연둣빛이 가득하단다. 아이들 손 붙들고 나들이를 나온 가족들도 참 많아. 처음엔 누구나 연꽃을 가리키며 감탄하지. 탐스럽게 피어난 붉은 마음. 동양에서 연꽃은 깨달음의 상징이지만, 구태여 상징이나 종교적 의미를 따지지 않더라도, 물 위에서 한들한들 붉게 흔들린다는 것만으로도 아름다워.

그 다음엔 연잎을 살피지. 둥글게 뭉친 꼴은 모난 심성을 다독여. 연잎을 보고 있노라면 분노도, 슬픔도, 조급함도, 외로움도 다 엷어져. 소금쟁이 한 마리가 연잎 사이를 미끄러져 가거나 청개구리 서너 마리가 연못 위에서 장단 맞춰 울면, 이상하게도 난, 잘 살아야겠구나, 정말 잘 살아야겠구나 이런 다짐을 했어. 연잎처럼, 그래 연잎처럼!

한데 그 늦봄 연못을 잊지 못하는 가장 큰 매력이 뭔질 아니? 그건 거꾸로 비친 풍광들이란다. 나무도, 사람도, 새도, 꽃도 하다못해 저 하늘의 구름과 해까지 모두 연못 안에 있지. 물론 연잎이 점령한 자리엔 그 풍광이 자리 잡지 못하지만, 연잎과 연잎 사이 살짝살짝 내비치는 모습이 더욱 눈길을 끌어. 그즈음 연못들은 대부분 탁하고 냄새도 좋지 못하지만, 아무리 맑은 연못이라도 실제 풍광과 물에 어린 풍광은 다르지. 바람 한 줄기만 불어도 사물의 윤곽을 흔들어 버리니까.

연못 안을 한참 들여다보고 있노라면, 물에 어린 풍광이란 걸 알더라도, 저게 '진짜'라는 생각이 자꾸 든단다. 내 말 알아듣겠어? 땅에 굳건히 뿌리박고 있는 나무보다도 물에 거꾸로 어른거리는 나무가 더 '진짜' 같다 이거야.

귀국해서 다시 만났을 때 지월이 네가 물었지. 지월이 너뿐만이 아니라 영은이도, 또 호기심 어린 눈으로 내게 다가선 조선 여인들도 똑같은 물음을 던졌어. 파리가 어땠느냐고, 마르세유가 어땠느냐고, 탕헤르가 어땠느냐고. 너한텐 밤을 새워 이야기를 들려줬고 다른 이들에게도 힘 닿는 데까진 설명한 것 같아. 그런데 어느 날 문득 이런 생각이 들더라. 내가 지금 그 아득한 이방의 도시들을 연못에 거꾸로 옮겨 그리는 건 아닌가 하고. 물론 나는 파리를 파리로, 마르세유를 마르세유로, 탕헤르를 탕헤르로, 사막을 사막으로 그리려 하지만, 이야기를 하다 보면 꼭 몇 부분이 흐릿해지더라고. 그때그때 달라지는 대목도 나오고. 기억력 탓은 아니야. 숫자를 헷갈리거나 골목을 착각했다면 지도나 서책의 도움을 받으면 돼. 그런데 이건 그런 흘러가는 세월의 위력에 관한 문제가 아니었어.

요 며칠 곰곰이 따져 보니, 지상에 확실히 있는 도시들을 연못에 거꾸로 옮겨 왔던 것이 아니라 어쩌면 내게는 그 도시들 자체가 연못 속이었는지도 모른다는 생각이 들더라. 어렵니? 하기야 나도 헷갈리는데 지월이 넌 더하겠지. 그래서 꼭 네게 이야기하고 싶은지도 몰라. 혀와 입술을 놀리고 나면 정리가 되니까. 이것도 착각일까.

내가 파리지엔이나 탕헤르인이 되어 거기서 살다가 죽어 그 도시에 있는 묘지에 묻혔다면 이런 느낌은 없겠지. 하나 나는 돌아왔고 두 번 다신 그곳으로 가지 못하는 상황으로 내몰려 버렸어. 이곳에 갇힌 나, 나를 이곳에 가둔 조선 왕실과 조정이 연못 밖 굳건한 현실이라면, 파리든 탕헤르든 그깟 것들은 연못에 거꾸로 비친 어른거림에 불과해.

아, 연못 속에 비친 풍광은 만질 수도 입 맞출 수도 없구나. 그런데 왜 내겐 자꾸 그것들만이 진짜라고 생각될까. 그것들이 아니면 아무것도 아니라고 스스로를 다독이는 걸까.

돌아오지 말걸 그랬나. 심신이 팍팍 썩어 가더라도 파리지엔으로 살걸 그랬나.

다시 한 번 오뉴월에 연못 나들이를 갈 수 있을까. 그런 호시절이 내게 다시 올까, 지월아?

흥정

홍종우가 먼저 방으로 들어섰고 며칠 사이 몰라보게 야
윈 빅토르 콜랭이 뒤따랐다. 고종은 김홍륙과 탐언을 물러
가도록 했다. 통역은 홍종우만으로도 충분했다. 탁자에는
최고급 와인인 샤토 마고가 놓여 있었다. 고종은 스스로 와
인 병을 들어 잔에 따랐다.

"받으시오."

고종이 잔을 건넸지만 빅토르 콜랭은 손을 내밀지 않았
다. 오히려 고개를 반쯤 숙인 채 말했다.

"전하! 리심을, 제 아내를 돌려주십시오."

목소리에 슬픔이 배어 나왔다. 고종이 침착하게 다시 권
했다.

"과인 손을 부끄럽게 할 작정인가? 이건 공사가 귀국하

며 선물한 와인이오."

빅토르 콜랭이 허리를 꼽추처럼 웅크리고 잔을 받았다. 입에 대지도 않고 앵무새처럼 같은 소리를 반복했다.

"리심을…… 제 아내를……."

이번에도 고종은 통역을 듣지 않고 말부터 잘랐다.

"리심은…… 공사의 아내이기 이전에 과인의 것이오."

홍종우가 또박또박 통역했다.

"저와 함께 조선을 떠나도 좋다고, 혼인해도 좋다고 허락하지 않으셨습니까?"

"공사는 약속을 했고 과인은 허락을 했지. 그런데 공사가 약속을 어겼으니 과인이 허락한 일도 사라져 버렸다오."

"그렇다고 납치를 하시다니요."

"지금 납치라 했소?"

고종이 손을 들어 호통을 치다가 와인 잔을 건드렸다. 잔이 바닥으로 떨어져 깨졌다. 짧은 침묵이 흐른 후 고종은 다시 침착함을 되찾았다.

"과인이 과인 것을 다시 돌려받는 일에 납치란 말은 적당하지 않소. 공사가 그 아이를 아끼기 훨씬 전부터 그 아이는 과인 것이었소. 첫 마음을 따진다면……."

고종이 갑자기 입을 닫고 빅토르 콜랭의 표정을 살폈다. 중일각 일을 이 법국 사내가 모를 수도 있다는 생각이 들었던 것이다.

'리심은 영특한 아이니 비밀에 부쳤을지도 모르지.'

빅토르 콜랭은 고종의 이야기를 귓등으로 흘려들었다. 왕이 약방 기생을 쥐락펴락하는 것이 당연하다는 선입견이 고종의 말을 달리 해석할 길을 막았다.

"왜 제게 미리 언질을 주지 않으셨습니까?"

"과인이 과인 것을 찾아오는데 왜 다른 이에게 알려야 하오? 공사가 과인과 한 약속을 어길 때 그 약속을 어기겠다고 미리 언질을 주었소? 외교관이란 직분을 지키기 위해 약속을 헌신짝처럼 버리지 않았소?"

"아내를 돌려주십시오."

"약속을 먼저 어긴 쪽은 공사요. 본래 과인 것이었던 리심을 아내라고 부르지도 마오."

고종이 강경하게 버티자 빅토르 콜랭은 잔을 내려놓은 후 양손을 바닥에 대고 엎드렸다. 통역관으로 청국에 입국한 1877년부터 지금까지 단 한 번도 이런 치욕을 감내한 적이 없었다.

"다시 한 번 분명히 말씀 드리겠습니다. 법국 공사의 아내를 납치하여 감금하신 일은 귀국에 아주 심각한 악영향을 미칠 수 있습니다. 저는 이 일을 외교 문제로 삼지 않고 최대한 조용히 마무리하고 싶습니다. 지금이라도 리심을 돌려주신다면 없었던 일로 하겠습니다."

"없었던 일로 하겠다? 어디 한번 문제를 삼아 보오. 법적으로 미혼인 그대가 조선인 아내를 되찾겠다고 나선다면 어떤 일이 벌어질지 과인도 궁금하오."

고종의 날카로운 지적에 빅토르 콜랭은 더 이상 말을 잇지 못했다.

'리심과 내가 법적으로 정식 부부가 아니라는 것까지 뒷조사를 했단 말인가. 조선 국왕은 생각한 것보다 훨씬 냉정하고 치밀하구나. 살해당한 왕비의 뒤에서 허허 웃고만 지내는 줄 알았는데 그게 아니었어. 야심을 감추고 때를 기다렸던 게야. 외유내강!'

홍종우로부터 리심을 거둔 이가 고종이라는 이야기를 들었을 때, 한편으론 놀랐으면서도 한편으론 안도했다. 고종과 중전은 지금까지 어느 외교관보다 빅토르 콜랭 자신을 아끼지 않았던가. 잠시 어심이 편치 않아도, 진심으로 사과하고 매달리면 리심을 돌려주리라 믿었다. 그러나 고종은 뜻밖의 비수를 들이밀었고 빅토르 콜랭은 제대로 막지 못했다. 이런저런 변명 대신 읍소를 택했다. 최후의 수단이었다.

"전하! 모든 것이 제 불찰입니다. 너그러이 한 번만 용서하여 주시옵소서."

고종은 새 와인 잔에 술을 따라 한 모금 마셨다. 그 틈에 홍종우가 끼어들었다.

"지금이라도 성의를 보인다면 공사는 아내와 다시 행복한 나날을 꾸릴 수 있을 것이오."

"성의라 하시면……!"

고종은 빅토르 콜랭의 시선을 피했다. 홍종우는 굳은 음성으로 이야기를 이었다.

"환궁한다 하여 모든 일이 해결되는 것은 아니오. 앞으로 계속 전하를 돕겠다고 확실히 약속하시오."

빅토르 콜랭은 선뜻 답하지 못했다. 외교관은 어떠한 경우에도 사사로이 약속하는 법이 아니다. 지금까지 빅토르 콜랭은 그 규범을 충실히 지켜 왔다. 단 한 번, 리심을 얻었을 때를 제외하고! 5년 전 약속을 어겼다고 문제를 삼는 조선 국왕에게 또 다른 약속을 하는 건 더 큰 화를 부를지도 몰랐다.

"…… 최선을 다하겠습니다."

빅토르 콜랭이 기어들어 가는 목소리로 답했다.

"약속을 하란 말이외다."

홍종우가 목소리를 높였다. 고종이 부드러운 표정으로 다짐을 받듯 말했다.

"그만, 그만하면 되었소이다. 우리네 속언에 이런 말이 있소. 한 번 배신한 자는 언젠가 또 배신하기 마련이라고. 한 번 약속을 어긴 자 또한 언젠간 또 약속을 어길 가능성이 크오. 그러니 차라리 약속 따윈 하지 않는 것이 더 나을지도 모르오. 다만 과인과 이 나라가 가까운 시일 안에 공사에게 부탁할 일이 생기리라 보오. 그 부탁을 충실히 들어준다면 공사는 바라는 바를 얻을 것이오."

제국의 꿈

고종은 지난밤 잠들지 못했다. 날이 밝으면 1년 만에 러시아 공사관을 떠나 경운궁으로 거처를 옮기는 것이다. 재작년 중전의 죽음에서 비롯된 일본의 난동이 한 나라의 국왕을 궁궐에서 편히 지낼 수 없게 했다. 물론 아직도 몇몇 대신들은 경운궁보다는 러시아 공사관이 안전하다며 여름까지라도 머무르자고 주장한다. 그러나 이대로 1년 더 지낸다면 고종 근처에는 러시아를 추앙하는 신하들만 남을 것이다.

고종이 어둑새벽에 홍종우를 부른 것은 그가 러시아나 일본 혹은 직접 유학을 다녀온 프랑스 등 어느 외국 인사와도 친분을 쌓지 않았기 때문이다. 김옥균을 죽이고 돌아왔을 때만 해도 마음 한구석으로는 무지막지한 사내가 아닐까 걱정했다. 그러나 홍종우는 문무를 겸하였을 뿐만 아니라 뼛속 깊이 왕실을 걱정하는 충신 중의 충신이었다. 조금이라도 외국에 다녀온 자들은 대부분 유럽이나 합중국의 제도와 관습을 칭찬하며 우리도 그들을 따라야 한다고 역설하였다. 홍종우는 달랐다. 누구보다도 유럽이나 합중국에 대한 식견이 높았지만 단 한 번도 공화정이라거나 민주주의를 언급한 적이 없다. 오히려 그런 소리를 내뱉는 자들을 쏘아보며 지금은 왕실을 중심으로 힘을 키워야 한다고 강조했다.

"감축드리옵니다, 전하."

홍종우가 엎드린 채 큰 소리로 말했다. 고종이 눈으로 웃으면서 가볍게 받아쳤다.

"감축받을 일인지 모르겠구나."

홍종우가 고개를 들고 용안을 우러렀다.

"궁으로 돌아간다 해도 달라질 게 무어냐? 대신들은 저마다 연줄을 따라 이곳저곳 공사관을 기웃거리고 백성은 굶주리고 팔도에선 도적 떼가 끊이질 않는구나. 이럴 때 감축을 받는 것이 과연 옳을까?"

"전하! 여러 난제가 있는 것은 사실이오나 또한 해결할 방책이 있사옵니다."

"방책이 있다? 그것이 무엇이냐?"

홍종우가 힘주어 말했다.

"전하의 대제국을 세우는 것이옵니다."

"대제국이라고 했느냐?"

"그렇사옵니다. 전하께서 황제에 오르시어 조선을 왕국이 아니라 대한(大韓)의 제국으로 거듭 세우시옵소서. 그리하면 외세도 우리를 함부로 넘보지 못할 것이며 백성들도 크게 기뻐할 것이옵니다."

"예부터 중국에서만 황제라 칭하고 조선은 내내 왕이었느니라. 오랜 관례를 깨고 과인이 황제에 오른다면 청국을 비롯한 세계 각국에서 비웃지 않겠느냐?"

"아니옵니다. 역사를 살펴보면 황제의 위에 오를 때는 스스로 준비하여 오른 후 이웃 나라들의 승인을 받는 경우가 대부분이옵니다. 법국 황제 나폴레옹이 그랬고 청국 황제들 역시 스스로 높이는 것을 부끄러워하지 않았나이다."

"과인이 황제가 된다 하여 달라질 것은 또 무엇이냐?"

"모든 것이 달라지옵니다. 을미년 이후 왕실에 불어 닥친 크고 작은 악풍(惡風)들을 한꺼번에 걷어 낼 수 있사옵니다. 일찍이 대원위께서 경복궁을 중건하여 왕실의 위엄을 드높이신 것보다 열 배, 아니 백 배 더 큰 힘을 모을 것이옵니다."

"조선이란 왕국을 대한이란 제국으로 바꾸라? 홍 칙사!"

"예, 전하!"

"과인은 그대와 같은 충신을 곁에 둔 것을 크게 기뻐하노라. 한데 그대가 유학을 다녀온 법국은 황제의 악습을 바꾸기 위해 혁명을 하지 않았는가. 노서아에 가서 제국의 위용을 보고 왔다면 모를까, 법국 유학을 다녀오고서도 제국으로 가자고 하니 일견 모순되는 듯도 보이는구나."

"부국의 법, 강병의 칙을 익히기 위해 떠난 유학이옵니다. 법국이든 다른 나라든, 조선을 부국강병하게 하는 일이라면 무엇이든 배워야 하지만, 그에 합당하지 않다면 아무리 그럴듯한 제도라 하여도 받아들일 수 없사옵니다."

"홍 칙사! 하면 그대가 은밀히 제국을 열 준비를 시작하라. 과인도 경운궁으로 돌아가자마자 큰 개혁의 바람을 일으키고 싶다. 왕국이 제국이 되어 나라를 되살릴 수만 있다면 그 길을 가는 것도 나쁘지 않을 것 같구나. 철저히 살피렷다."

"성은이 망극하옵니다."

오후 1시 환궁이 시작되었다.

중명전 일대의 서북쪽 등성이에 자리 잡은 러시아 공사관에서 경운궁까지는 거리로 따지자면 동네 나들이 다녀올 정도밖에 되지 않았다. 고종은 러시아 공사관에 머물면서도 수시로 세자와 대신들을 이끌고 경운궁으로 갔다. 그

러나 오늘은 그 의미가 자못 남달랐다. 중전을 죽인 일본에
대한 두려움을 극복하고 한 나라의 군주로서 제자리를 찾
으려는 것이다.

고종의 환궁을 축하하기 위해 도성 백성이 모여들었다.
고종은 되도록 천천히, 또 위엄을 갖추어 환궁하겠다는 뜻
을 전했다. 홍종우는 보부상을 풀어 혹시 있을지도 모르는
일본의 책동을 경계했다. 특별한 조짐은 보이지 않았다.

러시아 공사관을 나온 어가 행렬은 남쪽으로 곧장 내려
오다가 비스듬히 동쪽으로 방향을 돌렸다. 고종의 눈에 프
랑스 공사관의 높다란 탑이 들어왔다. 고종은 빅토르 콜랭
의 얼굴과 샤토 마고의 달콤한 맛을 동시에 떠올렸다.

춤을 위한 변명: 리심이 불태운 상소

중궁전엔 여러 차례 부족한 뜻을 적어 올렸으나 탑전에 글을 바치기는 처음입니다. 사대부도 아닌 제가 이런 서한을 짓는 것 자체가 궁중 법도에 어긋난 일이겠지만 용기를 내어 봅니다. 이왕 법도에서 벗어난 짓이니, 탑전에 올리는 모든 문장들이 하나같이 취해야 마땅한, 에둘러 말함과 겸양도 지우겠습니다. 중궁전에서는 오히려 발랄한 제 글을 반기셨다는 것, 그래서 이런 글이 또한 처음이 아니라는 것만 기억해 주세요.

러시아 공사관에서 완전히 돌아오셨다는 소식 들었습니다. 하루 종일 분주하던 궁녀들 손길과 내관들 발걸음도 이제는 잦아들었겠네요. 오늘처럼 경사스러운 날에도 저는 어명을 받들어 텅 빈 방에서 홀로 춤추었습니다. 처음엔 1분도 견디기 힘들었으나 이제는 한 시간, 반나절도 빨리 지나갑니다. 궁중 무희의 삶에 익숙해졌다고 여기지는 말아 주세요. 아직도 숨 한 번 쉴 때마다 뼈가 저리고 살이 에는 듯하니까요.

춤을 추지 않았다면 벌써 저는 이 세상에서 사라졌을 겁니다.

춤을 통해 저는 제 바뀐 몸을 봅니다. 그리고 몸을 다시 바꾸기 위해 애씁니다.

구라파와 북아비리가에 머무는 동안 곡도 잊고 춤사위도 잊었다고 간주하진 마세요. 천년만년 지나도 결코 잊혀지지 않는 것들도 있습니다. 뼈와 살에 박힌 춤사위들이 5년 정도 쉬었다고 달라지겠는지요. 그러므로 바뀌었다는 것은 잊었다거나 녹슬었다는 것이 아니라, 파리의 무엇, 탕헤르의 무엇, 그리고 도쿄의 무엇이 제 몸에 담겨 있다는 뜻입니다. 예전에는 전혀 몰랐던 춤사위의 의미들이 이 '무엇들'과 어우러져 때로는 폭발하고 때로는 현란한 빛을 뿜어냅니다.

몸을 다시 바꾼다는 것은 5년 전 춤사위를 복원하는 것이 아니라 새로운 춤사위를 만든다는 뜻입니다. 쉽진 않습니다만 순간순간 놀랍고 신기합니다. 출 때마다 다르니 그 다름 속에 큰 자유가 숨어 있습니다.

중궁전을 위해 지은 여행의 글들은 제 작은 뇌가 받은 충격을 담은 것입니다. 뇌만큼이나 이 몸 전체도 제물포를 떠났던 순간부터 다시 제물포로 돌아오는 순간까지 많은 것을 받아들여 차곡차곡 쌓아 두었던가 봅니다. 조선 춤과는 너무 다른 일본 춤, 프랑스 춤, 모로코 춤을 배우고 익히며 놀랐지요. 하지만 제가 요즈음 하나하나 익혀 가는 것은 단순한 춤의 총합 이상입니다. 손이 발에 놀라고, 머리가 허리에 놀라고, 어깨가 가슴에 놀란다면 믿으시겠는지요. 낯선 이들이 낯선 곳에 모여 하룻밤 축제를 벌이는 즐거움이 이럴까 합니다.

춤에 묻혀 세월과 고민을 모두 잊는 편이 낫다고 여기진 마세요. 한 시간이든 반나절이든, 황홀한 춤사위도 언젠가는 끝나기 마련입니다. 홀로 뛰고, 숙이고, 돌고, 나아갔다가 물러섰던 저 자신만 남습니다. 오늘처럼 경사스러운 날에도 문밖을 나서지 못하고 갇혀서 제 몸만 들여다보고 있는 가엾은 인간 말입니다. 부끄럽지만 파리에서 배운 거친 지혜 하나를 적어 보자면, 예술과 삶은 결코 둘이 아니라고 했습니다. 그런데 저는 지금 춤 속에서 가장 행복하며 삶 속에서 가장 불행합니다. 이 명명백백하게 갈린 하루하루에서는 예술도, 삶도 온전히 완성하기 어렵습니다.

5년 전 자리로 돌아가라고, 궁중 무희가 원래 네 삶이라고, 받아들이라고 하셨지요. 당신께서는 당신 것을 무척 아끼시니, 매일 녹원삼을 입혀 줄 수도 있다 하셨지요. 그러나 제게는 돌아갈 자리 따윈 없습니다. 경기도 적성도 제 고향이 아니며, 궁중에서 춤을 추는 일도 제 업이 아닙니다. 저는 두지 강가에서 홀로 깨어난 순간부터 어제와는 다른 오늘, 오늘과는 다른 내일을 만들며 살았습니다. 하물며 5년 전의 '리심'이 어찌 지금 제 모습이겠는지요. 5년 전으로 돌아가라는 것은 완전히 다른 사람이 되라는 명입니다. 그 명은 옳지 않으며 또한 따를 수도 없습니다.

안타까운 현실은 춤에 대한 새로운 깨달음을 정리하고 기록할 여유가 없다는 것입니다. 춤을 더욱 발전시키기 위해 제 삶이 뒷받침되지 않는다는 것입니다. 제가 도쿄로, 파리로, 탕혜르로 나아갈 길을 열어 주셨듯이 다시 한 번 기회를 주실 수는 없는지요. 정녕 헛된 꿈인지요. 5년 전 철부지 리심으로만 저를 바라보실 것인지요. 이미 죽어 버린 그 리심을!

외나무 다리

홍종우는 대문을 들어설 때부터 살기를 느꼈다. 풍악 소리 아득하고 사뿐사뿐 걷는 여인들의 고운 살냄새 그윽했지만 그것은 분명 살기였다. 마루 아래, 기둥 옆, 또는 마루에 세워 놓은 가야금이나 거문고 뒤까지, 어둠이 깃들 수 있는 곳이라면 어디에나 장정들이 은밀히 숨었다. 꼭 뵙고 싶다는 김홍륙의 연통을 받고 잠시 함정은 아닐까 걱정도 했다. 그렇다고 초청에 응하지 않는 것은 사내답지 않았다. 왕실에 충성을 맹세한 보부상들을 대문 밖에 숨겨 두는 것으로 만약의 상황에 대비했다. 급습을 받더라도 서넛 정도는 쉽게 쓰러뜨릴 자신이 있었다.

앞서 걷던 기생이 오른 손바닥을 옷고름에 대며 돌아섰다. 홍종우는 헛기침을 뱉고 섬돌로 올라섰다. 방문이 열리면서 김홍륙이 환하게 웃으며 나왔다.

"오셨군요. 혹시 이곳을 못 찾으시는 건 아닌가 싶어 댁으로 사람을 보내려 했습니다."

"탑전에 급히 나아갔다 오느라 늦었소이다."

"저도 한 2년 정신없이 살았습니다. 집에도 거의 못 들어가며 전하를 뫼셨지요."

기생 둘이 방문 옆에 서 있었다. 홍종우는 병풍 뒤와 책장 옆부터 살폈다. 그러나 이 방에서는 살기가 느껴지지 않았다.

"저 아이들은 물렸으면 합니다. 곧 가야 하오."

"오늘은 그리하지요. 하지만 근일 홍 칙사를 모실 기회를 주셨으면 합니다."

김홍륙이 눈짓을 보내자 기생들이 문을 닫고 나갔다. 그가 먼저 술을 따랐고 홍종우도 술병을 넘겨받아 김홍륙의 잔을 채웠다. 홍종우는 단숨에 술잔을 비웠다.

홍종우는 당장이라도 김홍륙의 가슴에 비수를 꽂고 싶었다. 고종이 러시아 공사관에 머무르는 동안 팔도의 각종 이권을 러시아에 넘긴 장본인이 바로 김홍륙이었다. 러시아 공사 베베르로부터 받은 뒷돈만 해도 아흔아홉 칸 기와집을 사고도 남는다는 풍문이었다. 고종의 명을 떠올리며 참았다. 피비린내를 풍기는 자는 나랏일을 이끌지 못하느

나라!

대세는 김홍륙을 비롯한 친러파 대신들을 엄벌에 처하는 쪽으로 기우는 중이었다. 아직 어명이 내리진 않았지만, 곧 지난 1년 러시아 공사관에서 보낸 나날의 공과를 따지는 어전 회의가 열릴 터였다. 홍종우 손에 피를 묻히지 않더라도 김홍륙은 죽음을 면하기 어렵다.

"이제 환궁도 하였으니 왕실을 위해 더 많은 노력을 기울여야겠습니다. 먼저 독립 협회에 숨어든 일본 앞잡이들을 쳐 없애는 것이 중요합니다. 저는 홍 칙사와 함께 이 일을 추진하고 싶습니다."

'함께 독립 협회를 치자!'

김홍륙에게도 독립 협회는 눈엣가시였다. 외세로부터 홀로 서기 위해서는 고종이 러시아 공사관에서 환궁해야 한다고 거듭 주장했기 때문이다. 그는 또한 김옥균을 따르던 무리들이 독립 협회에 다수 포함된 것과 이 때문에 홍종우가 독립 협회를 매우 못마땅하게 여긴다는 것도 알았다. 홍종우가 술을 들이켠 후 걸걸한 목소리로 말했다.

"아무리 배가 고파도, 백두산 호랑이는 도둑고양이와 함께 사냥을 나서지 않는 법이오."

김홍륙의 얼굴이 벌겋게 상기되었다. 순식간에 도둑고양이로 내몰린 것이다.

"말씀이 지나치십니다. 어찌 제 충정을 이다지도 몰라주십니까."

홍종우가 못을 박았다.

"잘 들으시오. 다시는 그대와 말을 섞는 일은 없을 게요. 무슨 이유인지는 모르겠으나 독립 협회를 공격하겠다면 그대 혼자 하오. 결과가 같다고 마음까지 하나로 취급하진 마시오. 구역질이 나서 참을 수가 없어! 나 먼저 가겠소."

김홍륙이 일어서는 홍종우의 팔목을 붙들었다.

"앉으세요. 이러시지 말고 제 말을 끝까지……."

홍종우가 팔을 뿌리쳤다. 김홍륙이 벌러덩 뒤로 자빠졌다. 홍종우의 볼에 돋은 수염이 성난 호랑이의 눈과 함께 부들부들 떨렸다.

'다음에 꼭 한 번 우리 다시 만나자. 그땐 내가 김옥균을 어떻게 죽였는지 가르쳐 주마.'

홍종우가 대문을 나서자 보부상들이 어둠 속에서 몰려 나왔다.

그는 가래침을 탁 뱉은 후 대로를 성큼성큼 걷기 시작했다. 아름드리 참나무를 끼고 오른쪽으로 도는 순간 20여 명의 사내들이 나왔다. 그들이 먼저 거한 홍종우를 발견하고 걸음을 멈추었다. 양쪽 진영은 불과 쉰 걸음도 떨어지지 않았다. 홍종우가 이상한 기운을 감지하고 시선을 들어 상대를 째려보았다. 맨 앞에 줄무늬 회색 양복을 깔끔하게 입은 사내의 얼굴이 눈에 들어왔다. 순간 홍종우의 두 눈에서 불꽃이 일었다.

'서재필!'

'독립 협회 놈들이다!'

보부상들도 재빨리 홍종우 뒤로 몰려와서 길을 막고 섰다. 넓은 길이 순식간에 원수들이 만나는 외나무 다리로 바뀐 것이다. 홍종우가 오른손을 들어 보부상들을 진정시켰다. 준비 없이 싸움을 벌이기에는 양쪽 다 위험 부담이 컸다. 홍종우는 다시 고종의 용안과 힘만 믿고 나서지 말라는 하명을 떠올렸다. 쓸데없는 마찰로 어심을 흐리게 하고 싶지 않았다.

"나, 홍종우다! 내가 그쪽으로 가겠다."

홍종우가 갓을 올려 쓴 후 성큼성큼 앞으로 나아갔다. 열 걸음쯤 걸었을까. 맞은편에서 서재필도 단신으로 걸어 나왔다. 정확히 스물다섯 걸음을 떼고 멈췄다.

"환궁했으니 이제 독립 협회는 무엇을 위해 싸우려고 하오?"

홍종우가 먼저 질문을 던졌다. 서재필은 둥근 안경을 고쳐 쓰며 동문서답을 했다.

"홍 칙사가 중용될 것이라는 풍문은 이미 들었습니다.

여러모로 바쁘시겠습니다."

"왕실의 위엄을 높이고 어명을 목숨보다도 중히 여기는 제국을 만들 것이오."

"대원위께서도 비슷한 주장을 오래전에 펴셨던 걸로 기억합니다. 나라는 더욱 어려워졌지요. 부강한 나라를 만들기 위해서는 독립과 개혁이 필요합니다."

"외세로부터 독립을 주장하면서도 외세의 도움을 받아 개혁을 하겠다는 것은 모순이오."

"외세의 도움으로 개혁을 하려는 게 아닙니다."

"이제 솔직해집시다. 서재필, 당신은 미국식 공화정을 세우고자 조선에 온 것 아니오?"

"아닙니다. 저는 전하의 충직한 신하입니다. 독립 협회 또한 전하와 대신들의 크고 작은 지원과 배려 속에 성장하고 있지요."

"어심을 어지럽히고 민심을 흔들 순 있지만 나 홍종우를 속이진 못하지. 독립 협회에 벌써 일본의 앞잡이들이 여럿 숨어든 걸 내 모를 줄 아시오? 회장인 안경수를 비롯하여 김가진, 김종한, 권재형 등이 일본과 내통하고 있음을 반드시 밝혀내고 말겠소."

"독립 협회에 여러 사람이 모인 것은 사실입니다만, 특정 국가와 내통하여 협회를 이끌지는 못합니다. 오히려 사사로운 원한을 이용하여 협회 회원들에게 폭행을 일삼는 짓이야말로 엄벌을 받아 마땅하겠지요."

"갑신년 일을 나는 똑똑히 기억하오. 어떤 명분을 내세워도 그대들은 결국 외세에 기대고 말 게요. 미국이든 일본이든. 나는 대원위 시절과도 다르고, 그대들과도 다른 나만의 길을 갈 게요."

서재필이 부드러움을 잃지 않고 되물었다.

"홍 칙사의 충심을 의심하진 않습니다만, 내가 아니면 안 된다는, 제국이 아니면 안 된다는 생각은 한 번쯤 되살펴 주셨으면 합니다. 독립 협회가 마음에 들지 않으시더라도 지난 시절의 낡은 원한 때문에 협회 회원들의 충심까지 의심하진 말아 주십시오."

내가 네 충심을 의심하지 않을 테니 너도 내 충심을 의심하지 말라는 것이다. 홍종우는 이런 식의 맞교환 혹은 균형 잡기를 경멸했다. 세상에는 주고받는 것이 불가능한 가치도 있다. 왕실을 위하고 나라를 위하고 부모를 위하는 것. 이건 어떤 논리를 디밀어도 상황에 따라 다르게 고민할 문제가 아니다.

"계속 어심을 어지럽힐 작정이오?"

"어심을 어지럽히기 위해 일을 하지는 않습니다. 다만 이제부턴 백성들도 할 말은 하고 살아야겠지요."

"그게 바로 불충한 마음이오. 자신의 평안을 따지기 전에 어심부터 깊이 살펴 따르는 것이 신하된 자의 바른 도리요. 나는 불충한 무리들을 결코 그냥 두고 보진 않을 것이오."

"나 역시 올바름을 백성과 함께 찾는 일을 포기할 순 없습니다."

"역사 앞에서 부끄럽지도 않소?"

"되묻고 싶네요. 역사 앞에서 부끄럽지 않으십니까?"

짧은 침묵이 흐른 뒤 홍종우가 물었다.

"혹시 내게서 피비린내가 나오? 김옥균의 피 냄새 말이오?"

"……."

서재필은 당황한 듯 답을 못했다.

"역사는 말이오. 때론 피를 부를 수밖에 없는 때가 있다오. 그 피가 맑은가 탁한가는 그 일을 벌인 자가 얼마나 초발심을 잃지 않는가에 달려 있소이다. 나는 노력할 것이고 노력하는 동안엔 피를 보든 말든 상관하지 않을 작정이라오. 그대도 구태여 피비린내를 지우기 위해 애쓰지 마시오. 백성들은 잊더라도 방금 그대가 말한 역사란 놈은 눈이 워낙 밝고 기억력마저 좋아서 영원히 단 한 순간도 잊지 않을 테니까."

두 사람은 각자의 진영으로 돌아왔다. 서재필이 이끄는 독립 협회 청년들이 먼저 뒤돌아서서 왔던 길로 갔다. 보부상 중 한둘이 방망이를 든 채 서너 걸음 나아갔다. 홍종우가 강하고 짧게 명령을 내렸다.

"그냥 둬라. 어차피 나중에 제대로 한판 붙어야 한다. 괜히 작은 싸움에 힘 뺄 필요 없지. 자, 다들 가자. 오늘은 내가 한잔 거하게 사겠다."

마지막 요구

아침부터 추적추적 비가 내렸다. 점심 식사를 마친 후 빅토르 콜랭은 경운궁으로부터 급한 전갈을 받았다. 뮈텔 주교와 함께 5시까지 입궁하라는 것이다. 리심에 관한 일로 마음이 불편했지만, 외교관의 책무를 소홀히 할 수는 없었다. 교구청으로 연통을 넣고 공사관을 나섰다. 궁내부 대신 이재순이 샴페인을 한 잔씩 권하며 잠시 기다리라고 했다. 빅토르 콜랭은 수염이 텁수룩한 뮈텔 주교에게 물었다.

"주교님! 왜 조선 국왕이 주교님과 절 함께 부른 걸까요?"

뮈텔 주교도 가마를 타고 비 내리는 거리를 달려 여기까지 오는 동안 그 문제를 곰곰 따져 본 듯했다.

"공사와 비밀 이야기라도 나눌 게 있나 봅니다. 조선인

역관들까지 모두 물리치고 말입니다. 주님의 귀한 종은 거짓을 말하지는 않으니 내게 통역을 맡기시지 않을까 싶네요. 혹시 미리 알아낸 소식이라도 있습니까?"

"아니요. 없습니다."

주교의 예측은 적중했다. 즉조당(卽祚堂)으로 들어서자 고종과 왕세자가 두 사람을 맞았다. 고종은 궁내부 대신과 내관 그리고 통역관 탐언까지 물러가라고 했다. 탐언의 충직함은 고종과 빅토르 콜랭 모두 인정했지만 오늘은 그마저도 제외된 것이다. 고종이 먼저 입을 열었다.

"…… 당분간 귀국이 왕실을 보호해 줬으면 하오."

"보호라시면……?"

"노서아가 1년 동안 행한 것처럼 말이오. 단 내정에는 간섭하지 말고! 공사는 대국의 역사에도 밝으니 주나라의 예약 문물을 정립한 주공(周公)의 아름다운 삶을 존경하리라 믿소. 조카인 성왕(成王)을 도와 정치를 펴면서도 결코 왕위를 탐하지는 않았다오. 노서아도 일본도 조선을 보호하겠다고 나서지만 그들의 흑심은 결국 조선을 자신들 나라에 귀속시키려는 것이오. 과인은 조선을 이 세상 어느 나라보다도 강하고 위대한 나라로 만들고 싶소. 하나 그 길을 걷기 시작하는 순간 노서아, 일본, 덕국, 미국 등은 왕실을 위협하려 들 게요. 1년 동안 열심히 준비는 했는데 아직 과인과 왕실은 그들과 맞서 싸울 힘이 없소. 그 힘을 기를 때까지만 귀국이 과인과 왕실을 보호해 주었으면 하오."

이것이었나. 홍종우는 고종과 왕실이 꼭 필요로 하는 일 하나를 도와 달라고 했다. 그 일만 이루어 주면 리심을 곱게 돌려보낼 수 있다는 것이다.

"법국은 항상 조선과 우호적인 관계를 맺어 왔습니다. 조선이 흥하는 길이라면, 다른 외국 공사들도 마찬가지겠지만 최선을 다하여 돕겠습니다."

왕세자가 한마디 보탰다.

"작년 5월에 베베르와 고무라 사이에 맺은 각서 때문에 지금도 노서아와 일본의 군대가 조선에 머무르고 있습니다. 이는 왕실에 큰 위협입니다."

빅토르 콜랭이 왕세자를 보고 답했다.

"그 각서는 오히려 전화위복이 될 수도 있습니다."

고종이 물었다.

"전화위복? 어째서 그러하오?"

"조선 정부가 나라 안을 평화롭게 만들고 외국인들 안전을 보증한다면, 러시아군과 일본군은 모두 각서에 따라 조선에서 철수해야만 합니다. 문제는 그들이 철군한 후 도성과 지방의 치안을 담당할 군대를 기르는 일입니다. 자국 군대가 강해지면, 다시 말해 그 병력이 늘고 왕실에 대한 충성심이 깊어지면, 외국의 보호를 요청하지 않아도 됩니다."

"옳은 지적이오. 귀국의 보호 아래 가장 먼저 군대부터 증원하리다. 그 외에 또 지금 급히 해야만 할 일이 무엇이라고 보오?"

'귀국의 보호 아래'라는 말이 귀에 거슬렸다. 고종은 아예 프랑스의 보호를 받는 것을 기정사실로 하고 싶은 것이다. 통역을 하는 뮈텔 주교의 표정도 편치 않았다. 프랑스가 조선을 단독으로 보호하고 나선다면 다른 열강과의 불화를 피할 수 없다. 지금 과연 이런 모험을 감행할 필요가 있을까. 그러나 빅토르 콜랭은 그만 논의를 줄이라는 뮈텔 주교의 눈짓을 모른 체했다.

"먼저 그 수가 점점 불어나고 있는 청국인과 일본인을 유념하여 살피십시오. 재작년처럼 환란이 닥칠 때 그들을 조선 정부가 통제하는 것이 불가능하기 때문입니다. 다음으로 학교를 더 많이 세우셔야 합니다. 행정, 사무, 기술과 관련해서 현재 외국인들이 전문적으로 하는 일들을 조선인이 맡을 때가 왔습니다. 이를 위해서는 전문학교와 부설 작업장 설치가 급선무입니다. 또한 현재 외국인 고문들 수가 너무 많습니다. 고문들 대부분은 조선의 이익보다 자기 나라의 이익을 중요하게 여기는 자들입니다. 그들을 통해서가 아니라 조선 정부가 직접 외국 정부와 통상 교섭을 해야 더 큰 이익을 얻을 수 있습니다."

고종의 표정이 밝아졌다.

"과연 그렇군. 귀국은 제도와 법이 뛰어나며 풍부한 경험과 실용적인 지식이 가득하다 들었소만, 그 말이 허풍이 아님을 알겠소이다."

왕세자도 고개를 끄덕이며 빅토르 콜랭에게 물었다.

"개항과 함께 많은 조선인 범죄자들이 나라에 큰 죄를 짓고 일본으로 피신하였습니다. 그중에는 김옥균처럼 천벌을 받은 이도 있으나 아직 많은 죄인을 벌하지 못하였습니다. 그들을 벌할 방법은 없습니까?"

고종도 덧붙였다.

"특히 중전을 살해하는 데 일본인과 결탁한 무리는 반드시 벌하고 싶소."

빅토르 콜랭은 고종과 왕세자의 얼굴을 번갈아 쳐다보았다.

"그건…… 힘든 일입니다."

"힘들다니? 이건 국제법 문제가 아니오?"

"구라파에서는 여러 나라들이 서로 중죄인을 인도하는 협정을 맺고 있습니다. 그러나 조선은 어떤 나라와도 그런 협정을 맺은 적이 없습니다. 설령 협정을 맺었다고 하더라도 중죄인을 양도할 권리는 조선이 아니라 일본에 있지요.

일본 정부가 그 요청을 거부하면 조선 정부는 마땅히 할 일이 없습니다. 따라서 그런 기소 계획은 재물과 시간만 낭비할 뿐입니다. 그만두는 편이 낫습니다."

고종과 왕세자의 얼굴이 어두워졌다. 비명에 간 아내, 그리고 어머니의 복수를 할 방법이 없다는 대답을 받아들이기 힘들었다. 고종이 마지막으로 물었다.

"공사를 중심으로 도성에 있는 각국 공사들이 모두 모여 보증해도 중죄인들을 돌려받을 수 없소?"

"외교관들은 조선의 사법 문제에 관여해서도 안 되며 관여할 권한도 없습니다."

빅토르 콜랭이 확실히 못을 박자 고종은 말머리를 돌렸다.

"알겠소. 그 일은 차차 의논합시다. 과인은 공사가 조선을 얼마나 아끼는지 잘 아오. 그러니 첫 임기를 마치고 다시 돌아온 것이 아니겠소? 지금 조선은 매우 중대한 기로에 서 있소. 공사가 조금만 힘을 보태 준다면 조선은 부강한 나라가 될 것이오. 공사가 과인의 청을 현명하게 받아들이리라 믿소."

뼈아픈 확인

"내 눈을 똑바로 보게."

서재로 들어선 빅토르 콜랭은 탐언과 마주 앉자마자 심각한 목소리로 말했다. 중갓을 쓴 두루마기 차림의 탐언은 영문을 몰라 눈만 끔벅거렸다. 공사관에서 급히 찾는다는 연통을 받았을 땐 리심의 근황이 궁금해서일 것이라고 생각했다. 탐언도 아직 리심의 얼굴을 보지 못했다. 경운궁 어딘가에 있기는 한데 친분이 있는 내관이나 상궁에게 물어도 모른다고 딱 잡아뗐다. 한 가지 이상한 점은 영은과 지월이 종종 궁에서 보인다는 것이다. 고개를 살짝 들고 도도하게 걷는 영은 곁에 왼발을 절며 따르는 지월이 있었다.

리심에 대한 이야기이기는 했지만, 빅토르 콜랭은 탐언이 예상 못한 물음을 던졌다.

"1888년 내가 처음 공사로 왔을 때 근정전 앞마당에서 열린 만찬을 기억하지?"

"예!"

질문 맥락을 몰랐기 때문에, 탐언은 다른 말을 덧붙일 수 없었다.

"그 후로 한동안 리심이 사라졌던 것도?"

"아, 기억합니다. 제게 아리따운 그 무희가 어디에 있는지 찾아보라 하셨지요."

"그때 자네가 무엇이라 했지?"

"글쎄요."

기억나지 않았다. 벌써 9년 전 일이다.

"하늘로 솟은 듯 땅으로 꺼진 듯…… 사라졌다고 했어. 동료 무희들에게 물어도 모른다고."

"아! 기억납니다. 구중궁궐이래도 웬만하면 찾을 수 있는데 전혀 흔적도 없었거든요."

빅토르 콜랭이 고개를 끄덕인 후 본론을 꺼냈다.

"어떤 경우에 그처럼 궁중 무희가 감쪽같이 사라지나? 아, 그리고 사라졌다가 도로 무사히 나타났지."

"글쎄요. 죄를 짓고 옥에 갇혀 벌을 받았을 수도 있는데…… 그건 멀쩡히 나타나기 어려우니까 아닌 것 같고……. 그 외엔 잘 모르겠네요."

한 가지 마음에 걸리는 것이 있었지만 탐언은 입에 담지 않았다. 섣부른 추측을 밝힐 때가 아닌 것이다. 빅토르 콜 랭이 그 마음을 먼저 짚었다.

"승은을 입었을 경우에도…… 가능하겠지? 왕비가 특히 그런 궁녀를 꺼릴 경우 조선 국왕이 따로 은밀히 숨겨 두었 을 수도 있겠지?"

"공사님!"

탐언은 더 이상 말을 잇지 못했다. 긍정도 부정도 하기 힘든 물음이었다.

'왜 하필 9년 전 이야기를 묻는 것일까. 지금은 경운궁 어딘가에 갇힌 리심을 구하는 것이 더 급한데.'

"됐네. 그만 가 보게."

탐언은 주뼛거리며 공사관을 나왔다.

빅토르 콜랭은 다음 날 아침까지 꼬박 스물네 시간 동안 서재에 머물렀다. 오후에 약속된 미국 공사, 일본 공사와의 만남도 사람을 보내 정중히 취소했다. 감기 때문에 출입이 어렵다는 이유를 붙였다. 서재를 돌며 책장에 꽂힌 책들을 뽑았다가 꽂고 또 뽑았다가 꽂기를 반복했다. 리심을 돌려 달라고 간청하러 갔을 때 조선 국왕이 했던 말이 자꾸 귀에 맴돌았다.

'공사가 그 아이를 아끼기 훨씬 전부터 그 아이는 과인 것이었소. 첫 마음을 따진다면……'

그 순간에는 이 말을 심각하게 받아들이지 않았다. 궁녀들이 조선 국왕의 소유임은 재론할 여지가 없다. 그런데 어젯밤, 조선의 최근 사정을 공문으로 작성하다가 문득 이상한 생각이 들었다. 조선 국왕의 말은 궁녀 전체를 자신이 갖고 있다는 뜻이 아니었다. 공사가 리심을 '아끼기' 전부터 조선 국왕 자신이 리심을 '아꼈다'는 것이다. 가지는 것이 아니라 아낀다는 것은 친밀한 만남을 전제로 한다. 게다가 '첫 마음을 따진다면'이라는 대목이 마음에 걸렸다. 조선 국왕은 말을 이어 가려다가 멈춘 것일까. 첫 마음을 따진다면, 공사보다도 자신이 먼저라고 주장하고 싶었던 것은 아닐까. 이런 물음이 리심과 만났던 1888년에 가 닿았다.

'그랬나? 그 때문이었나?'

리심이 공사관으로 처음 왔을 때 보여 준 기이한 언행도 납득되기 시작했다. 그것은 외국 사내를 처음 본 충격을 훨씬 뛰어넘었다. 울분과 슬픔과 자해가 실연의 상처 때문이었다면? 조선 국왕에게 갑작스레 버림받은 후 그 아픔을 벗어나지 못한 결과였다면?

귀국 후 한사코 탑전에 나아가지 않겠다고 고집을 부린 까닭도 이해가 되었다. 첫 마음 첫 몸을 주었던 남자와 재회하는 게 부담스러웠으리라. 9년 아니라 90년이 흐른 뒤라고 해도, 자신을 버린 첫 남자를 만나고 싶지 않았던 것이리라.

생각이 여기까지 미치자 빅토르 콜랭은 가만히 앉아 있을 수 없었다. 외교적인 마찰로 리심을 빼앗긴 것만이 아니라는 추측이 점점 더 확신으로 바뀌어 갔다. 사나이 자존심이 완전히 짓밟혔다는 불쾌감이 온몸을 덮쳐 왔다.

불쾌감은 곧 질투로 바뀌었다. 빅토르 콜랭 자신도 놀랄 만큼, 조선 국왕이 리심의 첫 남자이기 때문에 더더욱 그녀를 되찾아 와야겠다는, 그녀를 지키고 보호해야겠다는 마음이 앞섰다. 리심을 강제로 끌고 가고도 거리낌이 없는 조선 국왕에 대한 분노는 물론이고 제대로 대처할 힘이 없는 자신에 대한 책망이 뒤엉켰다.

추문들

도성을 따라 한 시간 남짓 산책을 마치고 돌아오니 베베르 공사가 거실에서 기다리고 있었다. 약속도 하지 않은 아침 손님은 불길했다. 중요한 공무가 아니면 연통을 취하지 않는 외교관이라면 더욱더 그랬다.

베베르는 빅토르 콜랭을 보는 순간 다짜고짜 따지려는 듯 자리에서 벌떡 일어섰지만, 이내 다시 러시아 백곰이란 별명처럼 감정을 지우며 웃음을 터뜨렸다.

"하하핫! 참으로 많은 서책을 또 모았소이다. 지난번에도 프랑스로 돌아갈 때 서책들을 화물로 보내는 값이 꽤 들지 않았소? 하여간 탐서가는 뭐가 달라도 다르구려."

"과찬이십니다."

커피를 앞에 두고 마주 앉았다. 베베르는 커피 한 모금을 마신 후 이야기를 꺼냈다.

"이상한 추문을 두 가지 들었소."

"말씀하시지요."

"하나는 공사의 아름다운 조선인 아내, 노래와 춤뿐만 아니라 불어로 시까지 쓰는 그 총명한 아내가 경운궁으로 돌아갔다는 것이오."

'돌아갔다고? 마치 경운궁이 본가고 프랑스 공사관은 객관쯤으로 간주하는 말투로군.'

이미 다 조사하고 왔을 것이므로 핑계를 대는 것은 어리석다.

"그렇습니다. 지금 경운궁에 잠시 머무르고 있습니다."

'잠시'라는 단어를 강조했다. 눈치 빠른 베베르가 그 단어를 낚아챘다.

"잠시라고 했소? 그러면 다시 공사관으로 돌아온다는 말인데……."

빅토르 콜랭이 말허리를 잘랐다.

"당연한 일 아닌가요? 리심은 제 아내입니다."

베베르는 그 사실을 몰랐던 사람처럼 이상하게 비틀었다.

"그렇소. 공사는 그녀를 아내라고 내게 소개했지……."

아내인지 아닌지는 알 수 없으나 아내라고 소개했으니 믿었다는 정도에서 말끝을 흐렸다.

"결례가 아니라면 왜 그녀가 지금 경운궁에 머무르고 있는지 물어봐도 되겠소? 하도 흉흉한 헛소문이 정동 밤공기를 더럽히고 있기에……."

"헛소문이라뇨?"

"그녀가 다시 궁중 무희가 되었다는 소문이라오."

"헛소문입니다. 조선 국왕이 제게 직접 부탁을 해 왔습니다. 궁중 무희들의 실력이 많이 떨어졌고 또 몇몇 무희들에게는 구라파 춤을 추게 하고 싶은데, 제 아내 외에는 적임자가 없다고 말입니다. 아내는 가기 싫어했지만 제가 권했습니다."

베베르가 크게 고개를 끄덕였다.

"잘 알겠소. 일이 그렇게 된 게로군."

"다른 소문은 무엇입니까?"

빅토르 콜랭은 짜증이 치밀었다. 밤새 신경을 곤두세우고 있다가 능글능글한 베베르를 마주하고 있자니 견디기가 힘들었다. 한시라도 빨리 이 백곰을 돌려보내고 싶었다. 베베르가 웃음을 지우며 딱딱하게 물었다.

"조선 국왕이 프랑스 공사관으로 옮길지도 모른다는 풍문, 혹시 들은 바 있소?"

정신이 번쩍 들었다.

'이미 다 알고 왔는가? 아니면 그저 넘겨짚는 것인가?'

"없습니다."

베베르가 입으로만 웃었다.

"하긴! 그런 소문을 들었다면 공사가 당연히 내게 귀띔을 했겠지. 공사와 나는 벌써 10년 이쪽저쪽으로 조선이란 나라로 인해 인연을 이어 가고 있지 않소? 우리 우정 변치 맙시다. 얼마 전에는 프랑스 공사가 바뀔지 모른다는 소릴 누가 하기에 내가 혼을 냈다오. 빅토르 콜랭 공사만큼 조선을 아끼고 조선 문물에 해박한 외교관은 없다고 말이오. 하나 조심하오. 호시탐탐 자리를 노리면서 프랑스 본국에 공사를 모함하는 자들이 있을지도 모른다오. 나도 몇 년 전에 당한 적이 있지. 믿었던 녀석인데, 내가 나랏돈을 빼돌린다는 투서를 올렸더라고."

우정이란 말이 귀에 거슬렸지만 맞장구를 쳤다.

"알겠습니다. 유념하지요."

베베르가 다짐을 받듯 한마디를 더 얹었다.

"혹시 이상한 소문이 돌면 꼭 알려 주오. 톡톡히 사례하리다."

베베르를 대문 앞까지 마중한 후 빅토르 콜랭은 침실로 직행했다. 리심이 없는 침실은 덩그러니 크기만 했다. 화장대 위에 놓인 리심의 손때 묻은 화장품들을 하나하나 들어 보았다. 그녀는 여기 거울 앞에 앉아서 머리를 다듬고 향수를 뿌리고 또 옷을 골라 입었다. 빅토르 콜랭이 새로 선물한 목걸이나 귀걸이를 하고 환하게 웃었다. 천상에서 내려온 '천사'라는 말 외엔 적당한 단어를 찾기 힘들 만큼 맑고 고왔다.

"리심!"

이름을 불러 보았다. 당장이라도 문을 열고 들어와 품에 안길 것만 같았다. 그러나 오늘도 기적은 일어나지 않았다.

얼마나 깊이 잠들었던 것일까.

인기척을 느끼고 눈을 떴을 때는 다시 어둠이 내린 뒤였다. 캄캄한 방에서 낯선 사내가 그를 내려다보며 정돈된 프랑스어로 말했다.

"반갑소. 외무부 장관 각하의 편지를 전하려고 왔소이다."

빅토르 콜랭은 급히 일어나서 앉았다. 사내는 품에서 서찰을 꺼내 빅토르 콜랭의 무릎 위에 놓았다.

"사사로운 내용인 만큼 읽은 후 곧바로 태우십시오. 답장은 물론 필요 없습니다. 각하께서는 공사를 누구보다도 아끼십니다."

"당신은 누굽니까?"

"내가 누구인가보다 공사가 이제부터 무엇을 할 것인가를 고민하십시오. 각하와 공화국을 실망시키지 않으리라 믿습니다."

사내가 천천히 방을 벗어났다. 뒤쫓아 갔다면 사내를 붙들 수도 있었으리라. 그러나 빅토르 콜랭은 사내가 공사관에서 사라질 때까지 꼼짝도 하지 않았다.

불을 밝히고 전보를 꺼내 폈다. 종이를 쥔 빅토르 콜랭드 플랑시 법국 공사의 양손이 부들부들 떨렸다.

외교관으로서 갖추어야 할 덕목은 누구보다도 공사가 더 잘 알 것이라고 믿소. 특히 현지 여성과의 추문은 외교관에게 치명적인 결함이 아닐 수 없소. 리심이란 조선의 궁중 무희 때문에 공사가 공무에 소홀하다는 보고를 받았소. 나는 믿을 수가 없소. 당연히 사실이 아니겠지만 각별히 주의하기 바라오. 리심과 관련된 어떤 일도 당장 중지하시오. 나는 공사가 단 한 차례도 혼인을 한 적이 없다는 사실을 이미 확인했으며, 따라서 리심이란 조선 여자가 결코 프랑스 정부를 대표하는 조선 주재 프랑스 공사의 아내가 될 수 없음을 또한 확인했소. 아울러 프랑스는 조선에 주재하는 나라들과 외교적, 정치적, 군사적 마찰을 원하지 않소. 특히 러시아와는 동맹국으로서 돈독한 관계를 유지해야 함을 명심하시오. 방금 비밀스러운 경로로 러시아 쪽에서 공사의 언행에 이의를 제기하는 의견을 보내 왔다오. 조선에서 작은 것을 잃더라도 러시아와의 동맹에 금이 가는 일은 없어야 할 것이오. 조선 조정의 무리한 요구를 독단으로 처결하지 않으리라 믿소. 지금까지 공사의 성실하고 곧은 정신과 탁월한 공무 수행 능력을 높이 평가해 왔소. 이번 일도 훌륭하게 해결하리라 믿어 의심치 않소.

중용

조병식이 왕의 특사로 홍종우를 대동하고 프랑스 공사관으로 찾아온 것은 1897년 4월 12일 오후였다. 곧이어 뮈텔 주교가 도착했다. 독립 협회를 눈엣가시처럼 여기는 원로 대신 조병식은 홍종우와 보부상이 힘을 합쳐 벌이고 있는, 왕권을 강화하기 위한 여러 일들의 실질적인 후원자였다. 그는 느릿느릿 입을 열었다.

"법국이 조선 왕실을 보호할 수 있는지 확답을 듣고 오라는 하명이 계셨소."

빅토르 콜랭이 준비한 답을 말했다.

"프랑스는 다른 나라들과 마찬가지로, 조선 왕실을 보호하는 일에 최선을 다할 것입니다. 조선에 불행한 일이 닥친다면 조선을 도울 것입니다."

홍종우가 답답한 듯 끼어들었다.

"다른 나라와 마찬가지로…… 라니요? 그게 아니지 않습니까?"

빅토르 콜랭이 결심한 듯 홍종우를 노려보며 또박또박 답했다.

"일본과 러시아를 제외하곤, 어떤 나라도 단독으로 조선 왕실을 보호하는 일에 나서지 않을 겁니다."

"그 이유가 무엇이오?"

"조선 왕실의 요청을 받아들이는 순간 만국 공동의 적이 될 수도 있기 때문입니다."

"만국 공동의 적이라 했소?"

빅토르 콜랭은 한 걸음 더 나아갔다.

"프랑스를 제외한 모든 나라들이 프랑스를 향해 비난을 퍼부을 것입니다. 이건 조선에만 국한된 문제가 아닙니다. 조선에 공관을 둔 여러 나라들은 세계 곳곳에서 만나고 의논하고 힘을 합치거나 다투고 있습니다. 조선에서 이익을 얻을지라도 다른 지역에서 큰 손해를 본다면, 프랑스를 위해서도, 조선을 위해서도 좋은 일이 아니겠지요."

조병식이 난처한 듯 이마에 주름을 잔뜩 잡았다.

"보호를 청하는 전하의 친서를 노서아 황제에게 보낸 적이 있소. 이것과 동등한 친서를 귀국 정부에 보낸다면……."

빅토르 콜랭이 희망의 불씨를 단숨에 꺼 버렸다.

"친서는 아무 성과도 얻지 못할 겁니다. 물론 정중히 조선의 앞날을 축원하는 내용이 답서에 담기겠지요. 하지만 그뿐입니다."

홍종우가 자리를 박차고 일어났다.

"공사! 어찌 일을 이렇듯 망치는 것이오? 우리가 의례적인 이야기나 듣자고 온 줄 아시오? 앞으로 벌어질 모든 일의 책임은 공사에게 있소이다."

조병식도 난처한 표정을 지은 채 홍종우를 따라 일어섰다.

문이 닫히자 빅토르 콜랭은 긴 한숨을 몰아쉬었다. 뮈텔 주교가 그 손을 모아 잡으며 감격스러운 목소리로 말했다.

"공사! 침착하게 잘하셨소. 어느 쪽으로도 치우치지 않는 중용의 미덕을 충실히 지킨 듯하오……. 인도차이나 사정이 좋지 않은 지금, 조선에서까지 일본이나 러시아와 긴장 관계를 형성하는 일은 피해야만 하니까. 아직은 프랑스가 전면에 나설 때가 아닌 것 같소. 일본과 러시아의 움직임을 좀 더 살핀 연후에 행보를 정하는 것이 최선이라고 봅니다. 주님께서 공화국과 공사에게 큰 축복을 내리시기를 기원하리다."

빅토르 콜랭이 갑자기 뮈텔 주교에게 안기듯 허리를 숙인 후 그 가슴에 이마를 댔다.

"주교님! 그 축복 거두어 주십시오. 저는 지옥에 가야 합니다. 세상에서 가장 끔찍한 고통을 당해야 합니다. 꼭 그래야 합니다."

청천벽력

 빅토르 콜랭을 보지 못한 지도 여덟 달이 지났다. 처음에는 기다렸고 다음에는 화가 났으며 그다음에는 이대로 갇힌 채 춤이나 추며 살아야 할지도 모른다는 사실이 두려웠다. 얼마 전부터는 공사관 풍광까지 희미해지는 것을 깨닫고 눈물을 찔끔찔끔 짰다. 파리에서나 구경할 수 있는 긴 의자들이 사방 벽을 에워싼 방에서 리심은 혼자 춤 연습을 했다. 영은이 하루에 한 번씩 들러 그날 그날 연습한 것들을 보고 갔지만 무대에 오를 계획에 대해선 언질이 없었다. 홍종우도 가끔 찾아와서 한두 마디 위로를 건네고 갔다.

 "곧 좋은 소식이 있을 것이오."

 "리심! 그대 마음을 누구보다도 내가 잘 아오. 원하는 대로 이루어질 테니 너무 염려 마오."

"열흘 정도면 결정이 나오. 기다릴 수 있겠지, 열흘?"

예상은 하나도 맞지 않았다. 희소식은 없었고 열흘 아니라 한 달, 두 달을 기다렸지만 아무 결정도 나지 않았다.

리심은 더 이상 참기 힘든 듯, 그날은 홍종우를 보자마자 몰아세웠다.

"이젠 지쳤어요. 제발 솔직히 말해 줘요. 전하께서 나를 돌려보낼 뜻이 없으시다고. 그럼 차라리 포기라도 하죠."

홍종우가 의자에 앉은 후 옆자리를 퉁퉁 쳤다.

"일단 여기 앉아 보오. 그런 눈초리를 올려다보며 얘길 할 순 없잖소?"

리심이 힘없이 걸어와서 홍종우 곁에 앉았다. 두 무릎을 세우고 깍지 낀 손으로 감쌌다. 홍종우는 턱을 들어 벽과 천장이 닿는 모서리를 쳐다보았다.

"좋소. 오늘은 모든 걸 다 말하리다. 대신 무슨 이야기를 하는지 내 말을 믿어 주오."

"알겠어요."

마음 놓고 물어보라고 하니 어떤 질문부터 던져야 할지 판단이 서지 않았다.

"나…… 공사관으로 돌아갈 수 있어요?"

홍종우가 고개를 돌려 리심을 쳐다보았다.

"아니! 이제 공사관으로 갈 일은 없을 거요, 영원히!"

리심의 눈에서 눈물이 흘러내렸다. 예상은 했지만 홍종우가 단정 짓듯 말하자 치밀어 오르는 슬픔을 막을 길이 없었다.

"왜죠? 왜 날 못 나가게 하는 건가요? 전하께서 날 영원히 잡아 두라 어명을 내리셨는가 보죠? 그 명을 홍 칙사는 충실히 따라야 하고요. 당신 나빠! 처음부터 이럴 생각이었어. 날 몰래 잡아와서 평생 빅토르 콜랭에게 돌아가지 못하게 만들 작정이었어. 그래 놓고 뭐라고요? 희망을 가지라고요? 곧 좋은 소식이 있을 거라고요? 무엇이 좋은 소식인가요? 아! 이제 난 어떻게 해요? 나는…… 아, 나는 어떻게…… 나는!"

홍종우가 침착하게 답했다.

"리심, 지금 그대가 법국 공사관으로 갈 수 없는 것은 어명 때문이 아니오. 빅토르 콜랭 드 플랑시 공사도 그댈 아내로서 더 이상 인정하지 않는다오."

리심이 고양이처럼 그 말을 낚아챘다.

"뭐라고요? 빅토르가 날 아내로 인정하지 않는다고요? 대체 그게 무슨 소리예요."

"말 그대로요. 법국 공사가 직접 내게 한 말이오. 공사는 법적으로 완벽한 미혼이며 리심이란 조선 여인과 가까이 지낸 것은 사실이나 아내는 아니라고 했소. 리심이란 여인이 법국 공사관으로 찾아온대도 결코 맞아들이지 않을 것임을 분명히 했다오."

리심이 자리를 박차고 일어섰다.

"거짓말! 거짓말이야. 빅토르가 그럴 리 없어. 빅토르가…… 얼마나 날 사랑하는데……. 빅토르가!"

리심이 성난 뱀처럼 홍종우를 몰아세웠다.

"당신이 빅토르를 협박했지? 날 버리라고, 날 버리지 않으면 조선에서 외교관 생활 제대로 못할 거라고……."

"나는 그런 야비한 짓은 하지 않소."

"아냐. 당신이 했어. 어명을 핑계로 당신이 했을 거야……. 난 알아. 빅토르는, 빅토르는 날 사랑해. 날 사랑한다고."

리심이 두 주먹으로 홍종우의 얼굴과 목과 가슴을 마구 쳐 댔지만 그는 꿈쩍도 하지 않았다.

"얼마든지 때려도 좋소. 하나 내 말은 사실이오. 한 점 거짓도 없소. 제발 이제 법국 공사 따윈 잊으시오. 그는 리심 당신을 버렸소, 알겠소? 당신을 되찾는 노력을 접었단 말이오. 외교관이란 원래 그런 인간들이오. 말은 반지르르하게 하지만 결코 속마음까지 보여 주는 법이 없다오. 나라를 옮길 때마다 이 여자 저 여자 마음도 바꾸는 족속들이지. 이제 당신이 믿고 의지할 사람은 오직 전하뿐이오. 전하의 총애를 받도록 하오. 그게 당신을 위해서도, 이 나라를 위해서도 옳은 일이오. 함께 대한 제국을 우뚝 세웁시다. 리심, 당신이 마음만 바꾸면 지금부터 진정한 행복이 시작되는 것이오. 공화정이니 빅토르 콜랭 드 플랑시니 하는 환상은 지금부터 당장 지워 버리시오. 그것들은 조선에 뿌리 박지 못하는 헛것에 지나지 않소."

"거짓말……. 싫어! 다 싫어. 빅토르…… 빅토르를 불러와. 내가 직접 물어보겠어. 빅토르! 빅토르! 빅토르!"

편지는 나의 힘!

당신께

　내가 당신께 처음 적어 보냈던 문장이 문득 떠오르네요. 화선지에 단 한 문장만 적어 오방색 비단 주머니에 넣어 두었죠. '생일 축하드려요!(Bon anniversaire!)' 참 간단한 축하 인사인데 그땐 왜 그리 쓰기가 힘들었을까요. 열 번 아니 스무 번은 더 썼다가 지우고 또 썼다가 지웠나 봅니다. 오늘은 단어가 틀려도 종이를 바꿔 쓸 수가 없어요. 이것도 겨우겨우 구한 것이니까요.

　어제 저녁 청천벽력 같은 이야기를 홍 칙사에게 전해 들었습니다. 차마 여기 적을 수 없을 만큼 끔찍한 이야기였어요. 너무 놀란 나는 소리 내어 울었답니다. 여덟 달이나 당신을 보지 못한 탓에 프랑스 공사관 이야기만 나와도 눈물이 흐를 정도였으니까요. 그리고 곧 부끄러워졌어요. 당신이 어찌 그런 참혹한 말을 할 수 있겠는지요. 홍 칙사가 지어낸 터무니없는 이야기를 듣고 잠시나마 당신을 원망한 것이 억울했답니다. 나와 당신을 떼어 놓기 위해, 우리가 서로 미워하도록 만들기 위해, 저들은 무슨 짓이라도 하겠지요.

당신!

홍 칙사가 무슨 소식을 전해도 믿지 마세요. 내가 당신을 사랑한다는 사실만 기억해 줘요.

공사관 건물이 보고 싶네요. 러시아 공사관보다도 더 웅장한 탑과 세련된 창문들, 그리고 은은하게 세월의 녹이 덧입혀질 지붕까지. 당신과 나의 바람이 전부 그 건물에 녹아 흐르고 있죠. 법국을 대표하는 공사관이자 우리의 보금자리니까요.

당신!

솔직히 고백할게요.

하루라도 빨리 나를 공사관으로 데리고 가 주세요. 이젠 정말 견디기가 힘들답니다. 매일매일 당신을 그리며 매일매일 당신이 오지 않는다는 사실에 절망하며 매일매일 춤을 추는 건, 못하겠어요. 리심! 당신이 당신 자신보다도 더 아끼고 사랑하는 여인이 여기 있어요. 빨리 와요.

제발. 제발!

리심

황제 즉위

황제 즉위와 대한 제국 건국을 위한 절차가 착착 진행되었다. 의정부 의정 심순택을 비롯한 대신들은 중화전 앞뜰에 엎드려 황제에 오를 것을 거듭 청했다. 고종은 여러 차례 형식적으로 거절한 후 그 청을 받아들였다. 고유제(告由祭)를 지내기 위해 원구단(圜丘壇)을 세우도록 명을 내리고 또 나랏일을 관장할 즉조당도 태극전(太極殿)으로 그 이름을 바꾸었다.

하늘과 땅에 고하는 제사는 1897년 10월 12일 인정(寅正) 2각(刻, 새벽 4시 15분~4시 30분)에 열렸다. 고종은 면복(冕服)을 입고 황태자와 함께 나왔다. 황천상제의 신위에 울창주를 따르고 규(圭)를 꽂고 향을 올리는 절차가 차례차례 진행되었다. 종헌례(終獻禮)까지 치른 후 심순택이 꿇어앉자

엄숙히 말했다.

"고유제가 끝났습니다. 이제 황제 자리에 오르소서."

고종은 부축을 받으며 단에 올라섰다. 금으로 장식된 의자에 천천히 앉았다. 눈을 들어 단 아래 황실 종친들과 신료들을 내려다보았다. 그리고 멀리 도성 하늘을 우러렀다.

지금은 이 나라가 어둠에 덮여 있지만 곧 팔도 방방곡곡이 밝음으로 가득 찰 것이다. 영광과 기쁨만이 가득한 제국을 우뚝 세우리라. 명실상부한 독립국으로 키워 나가리라. 다시는 왜인들 칼에 황후가 시해되는 일이 없도록 할 것이며, 외국 공사관에 의지하는 일도 없을 것이다. 정조 대왕의 치세에 버금갈 태평성대를 열겠다. 황성 한양을 동양의 워싱턴, 동양의 파리로 가꿔 가리라.

심순택이 비서원승 홍종우가 건넨 곤룡포와 면류관과 옥새를 차례차례 올렸다. 고종은 다시 세 번 형식적으로 사양하였다가 받았다. 심순택이 뒤돌아섰다. 다른 모든 황실 종친과 신료들도 감격에 찬 얼굴로 원구단을 우러렀다. 심순택의 선창에 따라 큰 소리로 외쳤다.

"만세."

"만세."

"만만세!"

좌절

편지를 건네받는 손등에 부드러운 갈색 털이 돋아나 있
었다. 빅토르 콜랭의 손. 리심은 그 손이 편지를 집다가 떨
어뜨리는 순간 눈을 떴다.

"깼구나!"

꿈인지 생시인지 구분이 되지 않았다. 눈을 비비며 주위
를 살폈다. 영은과 지월이 그녀를 내려다보고 있었다. 리심
은 놀란 마음을 추스르며 몸을 일으켰다.

"뭐야, 너희들?"

영은의 손에 들린 종이가 눈에 들어왔다.

'저, 저건!'

지월에게 부탁했던, 빅토르 콜랭에게 보내는 편지였다.

"내놔!"

리심이 미친 듯 달려들었다. 영은은 가볍게 몸을 왼쪽으로 틀면서 리심의 등을 밀었다. 리심이 저만치 쓰러졌다.

"괜찮아?"

지월이 절뚝대며 리심에게 다가가서 쪼그려 앉았다. 영은이 리심을 노려보며 혀를 찼다.

"발칙한 것! 넌 아직도 홍 칙사가 들려준 이야기를 믿지 않는구나. 법국 공사는 널 구하러 오지 않아. 이제 완전히 끝난 사이라고. 이 지겨운 사랑 놀음도 끝날 때가 된 거지. 환상을 버려. 넌 평생 궁중 무희로 살아야 해. 법국 공사와의 사랑 따윈 처음부터 없었다고 생각해. 이제 곧 황제 즉위식이 거행될 거고 축하 만찬이 뒤이어 열릴 거야. 리심네 춤을 그 자리에 선보이라는 어명이 드디어 떨어졌어. 최선을 다해 준비를 하렴. 그게 궁중 무희인 네가 할 일이니까."

영은이 찬바람을 일으키며 돌아섰다. 리심은 고개를 푹 숙인 채 꿈적도 하지 않았다.

지월이 절뚝거리며 영은을 따르다가 멈춰 섰다. 고개를 돌렸다. 리심을 보는 지월의 두 눈에서 주르륵 눈물이 흘러내렸다.

"뭐 해? 빨랑 오지 않고?"

"아, 알았어!"

영은이 재촉하자, 지월은 손바닥으로 눈물을 훔친 후 방을 나왔다.

호출

　빅토르 콜랭은 대문 출입도 삼가고 서재에 틀어박혀 조선 서책만 읽었다. 지옥에 관한 그림들을 책장 곳곳에 붙여 놓았다. 오늘도 탐언이 오기 전까지 1377년 금속 활자로 인쇄된 「직지」를 넘기던 중이었다.

　탐언이 손수건을 꺼내 이마에 땀을 훔쳤다. 홍종우가 빅토르 콜랭을 반드시 불러오라며 신신당부를 한 것이다.

　"궁중 무희들의 특별 공연도 준비되어 있습니다."

　빅토르 콜랭의 시선이 초청장 속으로 숨었다.

　"…… 잘 있던가? 아픈 데는 없고?"

　"더 아름다워지셨습니다. 9년 전 근정전 만찬 때처럼 맑고 가볍고 또한 화려하고……."

　탐언은 하지 않아도 될 말들까지 덧붙였다. 빅토르 콜랭이 말머리를 돌렸다.

"내일부턴 다시 새벽에 공사관으로 와 주게. 조선 서책과 도자기들을 모으고 싶으이. 너무 쉬었군."

탐언은 리심에 대하여 몇 마디 더 설명하려다가 그만두었다.

"알겠습니다."

리심이 없는 여덟 달 동안 무슨 일이 있었던가.

많은 일이 있었지만 아무 일도 없었다. 공문을 쓰고 조선에 와 있는 프랑스인들을 만나고 교인들 편지를 읽고 또 아침에 두 번, 저녁에 세 번 산책도 했다. 마지막 산책은 멀리 무악재까지 다녀왔다. 리심을 향해 들개들이 달려들던 숲에 서서 또 한참을 머물렀다. 빅토르 콜랭은 오직 리심만 그리워했으며 다른 일들은 해도 그만 하지 않아도 그만이었다.

리심에 대한 생각도 천 갈래 만 갈래였다.

초청에 응하지 말까? 병을 핑계로 할까, 아니면 없는 약속을 따로 만들까? 그래도 조선 국왕이 청하는 자리에 참석하지 않는 것은 외교 관례에 비추어 볼 때 큰 잘못임에 틀림없다. 더구나 왕국을 제국으로 바꾸는 자리가 아닌가? 그럼 경운궁으로 갈까? 가서 조선 국왕, 아니 대한 제국 황제와 편히 이야기를 나눌 수 있을까? 외교관이란 족속이 아무리 부모를 죽인 적국 장수와도 겉으로는 웃으면서 안부를 묻는다지만, 스스로 황제에 오른 그의 물음에, 그 비웃음에 미소로 답할 수 있을까? 그리고 리심, 아, 그녀가 등장하면 어찌 할까? 그녀가 나를 바라본다면, 검은 눈동자가 오직 나만을 따른다면, 나는 그녀를 바라보아야 할까? 볼 수 있을까? 고개 숙이고 앉아 있어야 할까? 그녀가 갑자기 내 이름을 부르기라도 하면, 그땐 어떻게 하나?

그리고 또 자책했다.

이따위 많은 물음들을 리심 주위에 늘어놓다니 참으로 한심하고 한심하다. 단 하나의 조건도 없이 그녀는 내 전부였는데, 오롯이 내가 그녀고 그녀가 나이지 않았던가.

외교관이 되기 위해 보낸 날들이 눈앞을 스치고 지나갔다. 밤을 새워 중국 시문을 외우고 또 외웠던 릴 거리 2번지 파리 동양어 학교의 아침들, 수업을 마친 후 거리로 나서다가 고개 들어 외벽에 새긴 '인도차이나'란 글자를 슬쩍 노려보고 센 강변을 걸어 퐁데자르 다리에 올라 당시와 송시를 외우던 저녁들, 통역관으로 정신없이 일하던 북경의 뜨거운 낮들, 통역관에 머무르지 않고 외교관이 되고 싶어 애태우던 밤들, 조선이란 나라로 가 보라고 권한 비시에르의 편지, 조선에 부임하라는 통보를 받고 그 나라의 역사와 철학과 문화를 읽고 정리하며 기뻐했던 북경 도서관 귀퉁이까지. 조선에선 또 어떻게 지냈던가. 새벽부터 밤까지 오로지 외교관으로서 품위를 지키며 성실하게 맡은 바 공무에 최선을 다했다.

리심, 그녀를 택하면 이 모든 노력이 수포로 돌아간다. 다시는 외교관이 될 수 없다. 세상은 넓고 생각은 가지각색이니, 외교관이 아니더라도 얼마든지 다른 삶이 있지 않느냐고 반문하는 자도 있을 법하다. 장사를 할 수도 있고 여행기 작가를 할 수도 있으며 이도 저도 아니면 고향으로 돌아가 포도 농사를 지을 수도 있지 않느냐고 따지겠지. 사랑을 위해 직업을 버리고 명예를 포기한 이가 얼마나 많으냐며 내 머뭇거림을 비웃을 수도 있다.

사실 그 생각도 했다. 모든 걸 포기하고 리심을 얻는 것. 이보다 더 극적이고 아름다운 일이 또 있을까. 그러나 문제는 그렇게 간단하지가 않다. 빅토르 콜랭이 리심을 아내로 인정하고 그녀를 얻기 위해 외교관 신분을 포기하더라도 리심이 그의 품으로 돌아올까. 대한 제국 황제는 과연 그녀를 순순히 법국 공사관으로 돌려보낼까. 홍 칙사는 약조를 꼭 지킨다 하였지만 세상일은 얼마든지 뒤틀릴 수 있다. 리심도 되찾지 못하고 외교관 신분도 잃는 최악의 상황을 맞을지도 모른다.

빅토르 콜랭은 스스로에게 거듭 물었다.

'외교관을 하지 않고도 행복할 수 있을까?'

대답은 언제나 '불행' 쪽이었다. 리심이 곁에 머문다 해도 외교관이 아닌 자신을 인정하기 힘들었다. 평생을 외교관이란 직업과 함께 쌓아 올린 세계였기에 외교관에서 물러나는 순간 추락할 수밖에 없었다.

이미 늦었어. 프랑스 단독으로 조선을 보호하지는 않겠다고 밝히는 순간 모든 것은 이미 정해졌어. 리심은 돌아올 수 없고 나는 법국의 충직한 외교관으로 삶을 이어 가는 거야. 내가 택한 길이야. 그런데도, 모든 것이 확정되었는데도 흔들리는 이 마음은 무엇인가. 보고픈 이 갈망, 목마른 이 갈증은 무엇인가. 모든 것이 돌이킬 수 없는 일이 되었다고 해도, 리심과 나 사이에는 아직 주고받을 것이 남았는가. 이성적으론 모든 것이 끝났으되 이성이 불타 버린 자리에 고인 재가 빛을 한 줌 뿜어내고 있지 않은가. 저 빛을 움켜쥐는 것이 설령 아무 의미가 없다고 해도, 아, 나는 저 빛을, 저 허상을 좇고 싶다.

매혹적인 춤을 감상한 후 대한 제국 황제에게 그녀를 돌려달라고 청할 수 있을지도 모른다. 빅토르 콜랭! 너는 초청에 응하지 않고 후회하지 않을 자신이 있는가. 아니다. 나는 평생 후회할 것이다. 마지막으로, 정말 마지막으로 가자. 가서 리심도 보고 또 고종에게 간청하자. 오랜 기억들 모두 불러내어 그녀를 돌려달라 청하자. 프랑스 공사로서 조선을 위해 내가 할 수 있는 모든 일을 다 하겠다고 하자. 황제가 또 내게 무리한 요구를 할 가능성이 크지만, 그건 그때 가서 다시 고민하자. 일단 부딪쳐 보는 거다. 빅토르 콜랭. 가는 거다. 가서 네 사랑을 보는 거다. 네 사랑이 널 위해 준비한 춤을 보는 거다.

빅토르 콜랭은 시간에 늦지 않도록 경운궁으로 가겠다는 뜻을 알렸다.

외교관들을 대표해서 축사를 부탁하는 홍종우의 편지가 도착한 것은 그날 정오였다. 빅토르 콜랭은 책상 앞에 바짝 당겨 앉아 다음과 같은 축하의 글을 지어 보았다.

먼저 대한 제국의 개국과 황제로 즉위하심을 경하드립니다. 9년 전 초대 공사로 부임했을 때부터 저는 조선이야말로 청국, 일본과 함께 아시아에서 가장 탁월한 문화와 강력한 힘을 지닌 국가라고 믿어 왔습니다. 무사히 임기를 마치고 조선을 떠나 일본으로 가게 되었을 때, 조선 국왕과 왕비께서는 저를 불러 송별연까지 마련해 주셨습니다. 와인을 마시며 제 앞날을 축복해 주시던 두 분 모습을 평생 잊을 수 없습니다.

그리고 잠시 법국으로 돌아갔다가 3대 공사로 부임했을

때는, 여러분들도 아시겠지만, 나라 안팎 사정이 좋지 못하였습니다. 그러나 러시아 공사관으로 가서 전하를 뵈었을 때 저는 다시 한 번 놀랐습니다. 애통함이 크실 텐데도, 그 상처를 못내 감추시며 오히려 제 걱정부터 하셨으니까요. 1891년 일본에 머물 때부터 저는 후두부가 좋지 않았습니다. 전하께서는 그 병을 조선에서부터 얻은 것이 아닌지 물으셨습니다. 물론 누구든 조국과 고향을 떠나 낯선 곳에 오면 새로운 풍토 때문에 어려움을 겪기 마련입니다. 분명히 말씀드리자면, 저는 조선에서 어떤 상처도 고통도 받지 않았습니다. 오로지 좋은 일들만 가득했습니다. 대한 제국에서도 저는 내내 한양에 머물며 또한 기뻐할 것입니다.

구라파의 몇몇 어리석은 학자들은 조선이 작고 힘없고 미개한 나라라고 얕잡아 보기도 합니다. 그때마다 저는 따져 묻습니다. 조선에 가 본 적이 있느냐고. 조선 선비들의 시문을 읽어 본 적이 있느냐고. 조선 여인의 곱디고운 춤과 맑디맑은 노래를 들은 적이 있느냐고. 또한 나라가 위태로울 때 분연히 떨쳐 일어나는 의로운 병사들에 대한 이야기를 들은 적이 있느냐고. 조선은 청국보다 작지만 결코 작지 않습니다. 조선은 일본보다 구라파 문명을 일찍 받아들이지는 못했지만 5000년 동안 예술을 사랑한 문화의 나라입니다. 이제 그 조선이 제국으로 거듭났습니다. 대한 제국의

무궁한 발전과 황제 폐하의 평안을 기원하며 축사를 마칩
니다.

짧은 축사

고종은 오후 내내 각국 공사를 한 명 한 명 독대한 자리에서 대신들 청에 못 이겨 황제에 올랐노라고 앵무새처럼 거듭 말했다. 공사들은 무덤덤하게 그 사실을 받아들였다. 아직 이 놀라운 사건에 대해 어떤 식으로 언급을 하라는 명령을 본국에서부터 받지 못한 탓이다.

대한 제국의 황제가 베푸는 만찬은 중화전 중층 지붕 아래로 저녁 해가 완전히 넘어간 후에야 시작되었다.

넓은 뜰 사이사이에 내관들이 횃불을 세웠고 조정 대신들과 각국 외교관들이 품석을 따라 좌우로 벌려 앉았다. 일본 공사 가토 마쓰오, 미국 공사 앨런, 러시아 공사 스페이에르, 영국 영사 조던, 독일 영사 크린 등이 보였다. 아관파천의 주역인 전임 러시아 공사 베베르는 9월 15일 조선을 떠났다.

길이가 7척이고 넓이가 4척 6촌 5분이며 사방에 태평화(太平花)가 그려진 대모반(玳瑁盤)이란 이동식 무대가 놓였다. 홀로 춤을 출 무희가 올라설 무대였다.

고종이 잔을 들고 옥좌에서 일어났다. 그 옆에는 관복을 입은 홍종우가 호위 무사처럼 서 있었다. 시끄럽던 좌중도 조용해졌다.

"이렇게 초청에 응해 주셔서 고맙소. 짐이 황제에 오르는 데 도움을 주신 각국 공사 및 외교관들과 함께 만찬을 하게 되어 참으로 기쁘오. 오늘은 마음껏 즐기도록 하오."

다 함께 고종의 황제 즉위와 대한 제국 개국을 축하하며 술잔을 비웠다. 홍종우가 나섰다. 단지 한 걸음 내디뎠을 뿐인데도 좌중의 시선을 끌어 모으고도 남음이 있었다. 홍종우가 좌중을 살피다가 왼쪽 앞에서 세 번째 자리에 앉은 빅토르 콜랭을 발견하고 입가에 미소를 머금었다.

"대한 제국을 건국하기까지 많은 어려움이 있었습니다. 제국을 세울 필요가 없다거나 제국을 세우긴 하되 입헌 군주 방식으로, 그러니까 허울뿐인 황제를 세워야 한다는 패악한 주장까지 나왔습니다. 그 모든 어려움을 이겨 내고 대한 제국은 황제 폐하를 중심으로 더욱 강력하고 아름다운 국가로 거듭났습니다. 여기까지 오는 동안 각국 외교관들의 많은 협조가 있었습니다. 그분들을 대표하여 빅토르 콜랭 법국 공사께서 한 말씀 하시겠습니다."

빅토르 콜랭이 자리에서 일어섰다. 좌중을 살피고 홍종우를 쳐다본 후 용안을 우러렀다. 미리 준비한 축하의 글이 담긴 봉투를 탁자에 올려놓았다. 빅토르 콜랭은 오후 내내 이 글을 고치고 또 고쳐 썼다. 좌중의 시선이 예복을 깔끔하게 차려입은 프랑스 공사에게 향했다. 그에게 찾아든 최근의 불행을 모르는 이는 한 사람도 없었다.

'리심! 용서하오.'

갑자기 빅토르 콜랭이 축하의 글을 담은 봉투를 손바닥으로 탁 덮었다. 그리고 홍종우를 노려보며 입을 열었다.

"조선이 대한 제국이 되고 조선 국왕 전하가 대한 제국 황제 폐하가 된다는 것은 참으로 놀라운 일입니다. 저는 이 사실을 속히 프랑스 외무부와 대통령 각하께 알리겠습니다."

빅토르 콜랭이 다시 자리에 앉았다. 리심을 구하기 위해 외교관의 신분을 넘어선 과도한 축하의 말을 공식 석상에서 밝힐 수는 없었다. 공사관에서 축사를 준비하는 동안 마음이 흔들린 것은 사실이지만, 축사를 위해 자리에서 일어서는 순간 이것이 얼마나 공화국 프랑스와 또 외교관인 자신에게 해악을 줄 일인가를 새삼 확신했던 것이다. 리심을 향한 사랑도 이 확신 앞에서는 한여름 얼음처럼 속절없이 녹아내렸다. 여기까지가 그 사랑의 한계였고 또한 그의 삶이었다.

싸늘한 기운이 중화전 앞뜰을 가득 메웠다. 여흥을 즐기려던 각국 외교관들도 서로 앉아서 눈치만 살폈다. 홍종우가 어색한 분위기를 바꾸려는 듯 큰 소리로 외쳤다.

"특별 공연을 보시겠습니다."

좌중의 시선이 일제히 중화문으로 향했다.

마지막 공연을 기다리며

지월이 무복(舞服)과 함께 마지막 선물을 쥐어 주고 갔다. 리심은 지월의 뺨에 자신의 손바닥을 대었다가 뗐다.

'잘 살아!'

리심은 소리 없이 붕어처럼 입만 벙긋해 보였다. 지월이 리심의 품에 안겼다가 돌아섰다.

리심은 홀로 남았을 때 무릎을 꿇고 엎드렸다.

지금까지 그녀는 인간의 나약함을 신께 고백하는 풍광을 많이 보았다. 빅토르 콜랭과 파리 외방 선교회의 신부와 수녀들, 안나를 비롯한 이슬람 교도들, 그리고 어머니 월선에 이르기까지 종교와 고백의 형식은 제각각이었지만 단정한 자세는 다르지 않았다. 리심은 단 한 번도 무릎 꿇은 적이 없었다. 신을 찾아야 할 위기가 여러 번 있었지만 그때마다 더욱 절대자로부터 멀어졌다. 나약함을 고백하는 인간들의 어리석음을 비웃었다.

지금 리심이 지난 시절을 후회하고 뉘우친 후 갑자기 신께 매달리려는 것은 아니다. 오히려 그녀는 신이 결코 하지 말라는 일을 자기 의지로 감행할 결심을 굳히는 중이었다. 너무나도 큰 결심이었기에 그녀에게도 어느 정도 자기 정돈이 필요했다. 무릎을 꿇는다는 것은 그러므로 종교적 예식에 앞서서 인간이 취할 수 있는 가장 낮고 순수한 몸가짐이었다.

울음이 메말라 사막이 되었다. 슬픔은 여전히 출렁였지만 눈물은 한 방울도 흐르지 않았다. 제국의 시작을 알리는 자리에서 춤을 추라는 명을 받고, 리심은 똬리를 틀듯 어둠 속으로 스며드는 파리 팡테옹 국립 묘지의 지하 계단을 떠올렸다. 죽어서야 들어갈 수 있는, 모든 기억과 소망과 집착을 버려야 열리는 작은 문 앞에 당도한 느낌이었다.

지월이 놓고 간 옷 중에서 치마를 먼저 들고 일어섰다. 한때는 무복을 입기 위해 밤을 새워 장악원에서 춤사위에 매달리기도 했다. 발톱이 빠지고 무릎에 피멍이 들고 옆구리가 아려도 아픈 내색을 하지 않았다. 옆에 선 또래 무희보다도 더 정확하고 우아한 손짓과 발짓을 만들기 위해 넘어졌다가도 일어서고 또 넘어졌다가도 일어섰다. 결코 포기하지 않는 근성을 장악원 차디찬 방바닥을 뒹굴며 익혔는지도 몰랐다.

저고리 소매에 오른손을 끼워 넣으며 손목을 가볍게 아래위로 흔들었다. 입은 듯 벗은 듯 가벼워야지만 원하는 춤사위를 놀 수 있다. 왼손마저 끼고 양팔을 들어 한 바퀴 돌아 보았다. 아, 피할 길이 있다면 달아나고 싶다. 연줄을 끊고 훨훨 훨훨 세상 입김이 닿지 않는 곳까지 날아갈 수 있다면 얼마나 좋을까. 그러나 연줄이 끊어진 연은 한순간 바람에 실려 높이 오르기는 해도 언젠가는 땅에 곤두박질칠 수밖에 없다. 지금이 바로 달아났던 연이 떨어질 시각인 것이다.

문득 사하라 사막의 열기가 훅 하고 밀어닥쳤다. 사방 보이는 것이라곤 모래뿐! 그 모래에 유언 한마디 남기지 못하고 묻혀 썩어 가기는 싫었다.

제국을 축하하는 무대, 내 마지막 유언을 남길 곳!

리심은 자신의 삶이 저 사내들에 의해 제멋대로 변색되는 것을 원치 않았다. 붓도, 종이도, 먹도, 벼루도 없었지만, 잉크도, 깃털 펜도 사라졌지만, 몸짓 하나면 충분했다. 리심은 결심했다. 최초로 파리에 닿은 조선 무희, 법국 공사의 아내, 사하라 사막에서 길을 잃은 여인, 상드 학교의 선생, 이 모두이자 모두의 합까지도 뛰어넘는 삶을 쌓아 나간 단

하나의 인간임을 보여 줄 작정이었다.

센강에서 작은 배를 타고 퐁네프에서 시테섬을 한 바퀴 돌아 앵발리드 다리까지 내려갔던 기억이 떠올랐다. 귀국선을 타기 며칠 전이었다. 파리 시민들은 배의 좌현과 우현을 오가며 루브르 궁과 노트르담 성당, 오벨리스크와 앵발리드, 그리고 에펠탑을 보느라 분주했다. 그때 리심은 낯선 깨달음을 얻었다. 배가 센강을 가로지르는 다리들 밑으로 지나갈 때마다 고개를 들어 그 감춰진 다리의 밑바닥을 살폈던 것이다. 물과 바람, 또 다리 위로 지나가는 마차의 울림을 견디느라 다리 밑바닥은 때에 찌들고 상처투성이였다. 다리의 위와 옆은 멋진 조각과 문양을 새겨 넣었지만 배를 타고 지나갈 때만 겨우 볼 수 있는 밑바닥까진 미처 꾸미지 않은 것이다. 리심은 그 밑바닥을 확인하는 순간 센강의 모든 다리를 사랑하게 되었다. 상처와 슬픔을 가장 어두운 곳에 감춰 두고, 그것들을 새로 꾸며 승화한 작품들만 때론 그림으로, 때론 음악으로, 때론 글로 보여 주는 것이 곧 예술가가 아닐까. 리심은 그 못난 밑바닥들로부터 위로받고 안도했다.

아무리 끔찍한 불행이 찾아들더라도 내 춤과 노래를 꽃피우는 수단으로 삼으리라. 가장 어두운 곳에서 가장 화려한 생의 절정을 맛보리라.

흰 꽃 달린 모자를 고쳐 썼다. 자신의 이름을 닮은 하얀 꽃이 오늘따라 더욱 탐스러워 보였다. 어미 월선의 유품인 십자가 목걸이를 탕헤르 여인 안나가 선물한 복주머니에서 꺼냈다.

'어머니!

이 어리석고 고집불통인 딸 리심에게 힘을 주세요.

순교의 길을 택한 당신에게 마지막까지 찾아든 평온을 나눠 주세요. 나는 나답게, 그러니까 인간답게 나 자신을 지키려고 해요. 설마 이것까지 죄악이라고 탓하진 않으시겠죠. 나를 버린 사내들, 나를 웃음거리로 만든 사내들, 나를 빼앗은 사내들, 나를 너무 일찍 포기해 버린 사내들, 나를 자랑거리 물건으로 삼는 사내들에게 기대어 목숨을 연명하고 싶진 않아요. 그가 황제든, 법국 공사든, 충신이든, 내게는 모두 제 인간다움을 앗아 가려는 사내들로 보입니다. 그들의 잘못을 꼬집는 유일한 방법은 그들이 원하는 방식으로 내가 삶을 이어 가지 않는 것뿐이에요.

빅토르와의 사랑을 부인하진 않겠어요. 지금도 나는 빅토르를 사랑합니다.

하지만 이 세상엔 사랑만으로 아니 되는 일들이 많음을, 빅토르는 내게 너무나 분명히 가르쳐 주네요. 이젠 내가, 빅토르를 포함해서 제국을 축하하기 위해 모인 이들에게,

역시 그들이 법이라고, 예의라고, 힘이라고 믿는 것을 가볍게 무시하는 더 강하고 아름다운 인간도 있음을 가르칠 때가 되었어요.

아, 멀리서 나를 데리러 오는 발소리가 들려요. 이제 무대로 나갈 시간입니다. 지금까지 선보인 어떤 것보다 더 훌륭한 춤사위를 보여 드릴게요. 이 한판 놀음에 제 인생 전부를 담겠어요.'

무희의 눈망울을 찍어 내는 프랑스 화가 드가의 손놀림처럼, 료운가쿠 꼭대기에서 풀피리로 아리랑을 불어 대는 미치코의 입술 떨림처럼, 리심은 단 한순간도 망설이지 않고 중화문으로 걸어 들어갔다.

망각의 춤

아광모(牙光帽)를 쓴 학정야대(鶴頂也帶) 차림의 아리따운 무희 리심이 열린 문을 통해 천천히 걸어 들어왔다. 대모반 중앙까지 나와서 양손을 곱게 모아 쥐고 서니 음악이 멈추었다. 내리깔았던 리심의 시선이 천천히 올라왔다. 고종도, 홍종우도, 빅토르 콜랭도, 그 자리에 모인 모든 내빈들도 하던 일을 멈추고 오직 그녀만을 쳐다보았다. 도톰한 입술이 열리면서 하얀 앞니가 보였다.

무리 중 홀로 왕의 미소 얻어	衆中偏得君王笑
서둘러 향내 나는 비단옷으로 갈아입었네	催換香羅窄袖衣
즐거운 새 노래는 가지 위 꾀꼬리 지저귀는 듯	遊響新歌鶯囀樹
바람결에 살랑이는 춤사위는 구름이 나는 듯	倚風輕舞拂雲飛

노래가 끝나자 2박이 쳤고 향당교주(鄕唐交奏)가 연주되었다. 리심의 시선이 끌리듯 왼쪽으로 향했다. 빅토르 콜랭이 안경을 고쳐 썼다. 리심의 입가에 옅은 미소가 맺혔다.

'왔군요. 항상 날 옥인이라고 불러 주던 당신!'

다시 박이 울리자 시선을 걷고 두 팔을 펴서 높이 들며 물러섰다. 이제 춤을 시작하는 것이다. 리심을 바라보는 영은의 얼굴에 당황하는 빛이 역력했다. 「무산향(舞山香)」에 반드시 필요한 비단 소매를 양손에 끼지 않고 나온 것이다. 리심은 영은의 마음을 읽은 듯 눈을 찡긋해 보였다.

'이건 「무산향」도 뭣도 아닌, 이 세상에 하나뿐인 리심의 춤이란다.'

오른쪽부터 한 바퀴, 또 왼쪽으로 한 바퀴 돌며 오아시스를 발견한 낙타처럼 나아갔다. 고개를 드니 중앙에 대한제국의 황제가 앉아 있었다. 그는 리심의 춤사위 하나하나를 어루만지듯 살폈다. 처음 동침하던 날부터 지금까지, 그는 리심이 알지 못하는 높디높은 곳에 있었다. 사랑하면서도 두려웠다. 이 사랑은 그녀가 감당할 그릇이 아니었다.

사하라 사막의 모래바람을 흩어 버리듯 두 손을 위로 들었다가 힘차게 내리면서 대한 제국 황제의 옆에 서 있는 거구의 신하에게 시선을 돌렸다. 홍종우가 환하게 웃어 보였다. 탁월한 무대를 선보여 황제의 총애를 받으라고 오늘 새벽에도 재삼 당부한 그였다. 법국을 비롯한 구라파 어느 나라에도 뒤지지 않는 제국을 함께 만들어 가자고. 내일, 한 달 후, 1년 혹은 10년 후까지, 그의 이야기엔 밝은 미래가 넘실거렸다.

리심은 왈츠의 춤사위를 완전히 이해하던 날처럼 천천히 고개를 끄덕여 주었다. 오늘은 누가 무엇을 묻더라도 넉넉하게 고개를 끄덕일 것만 같았다. 되짚어 보니 홍종우는 늘 그랬다. 광통교에서 처음 만났을 때부터 지금까지 항상 오늘보다 나은 내일을 꿈꾸었다. 그리고 그 내일을 위해서라면 무슨 일이라도 했다. 리심은 미래를 향한 홍종우의 굳은 의지가 좋았다. 세월이 흘러도 삶의 자세가 한결같다는 것은 아름다운 일이다.

아기를 유산하고 앵발리드 다리에 서서 센강을 내려다볼 때처럼 두 손을 아래로 드리웠다가 대모반 가장자리로 크게 돌았다. 슬픔을 털어 버리려는 듯 달리고 달리고 또 달렸다. 오카조키가 따로 없었다. 우에노 공원도, 에펠탑도, 프티 소코도 휙휙 지나쳤다.

이윽고 경사스러운 날에 어울리듯 리심의 얼굴에 웃음이 찾아들었다. 첫봄 탕헤르 푸른 바다처럼, 한여름 이다마치 빙수처럼, 늦가을 몽마르트 풍차를 돌리는 바람결처럼, 겨울을 모르는 웃음을 따라 내빈들도 밝은 표정을 지었다. 홍종우는 물론 황제까지 입가에 미소를 머금었다. 그러나 오직 빅토르 콜랭만은 차가운 얼굴 그대로였다. 리심이 몸을 옆으로 돌려 그를 향해 비스듬히 나아갔다.

빅토르!

웃어요. 이 뜰에서 오직 당신만 겨울이군요.

나쁜 기억일랑 모두 지우고 이 춤만을 기억해 줘요.

내가 춤출 때가 가장 예쁘다고 하셨죠.

선녀라고, 하늘에서 내려온 선녀라고!

이 춤은 모든 것을 지우는 망각의 춤이자,

우리가 함께 보낸 세월을 변치 않게 만드는 영원의 춤이에요.

그래요. 그렇게!

웃으며 헤어져야 또 웃으며 만날 수 있대요.

박이 쳤다. 리심은 두 팔을 펴 들었다가 오른 소매부터 뒤로 내렸다. 좌우로 돌면서 분위기가 다시 뜨거워졌다. 두 손을 펴 들고 나아갔다 물러서다가 18박이 치자 대모반을 마지막으로 돌기 시작했다. 장악원 귀신으로 춤을 익히던 밤에서 조선 아이들을 내 자식으로 여기며 키우리라 결심하던 사하라의 아침까지, 연줄을 끊고 훨훨 날아올랐던 노트르담 정상에서 세상 구경 마친 후 돌아와 한양을 굽어 살피던 법국 공사관 탑까지, 리심은 오직 한 걸음 한 걸음 구슬땀 쏟으며 나아갔다. 우연도 행운도 열정의 다른 이름이었다.

리심은 걸음을 늦추며 품에서 구리 십자가를 꺼내 들었다. 그리고 정면을 향해 멈춰 섰다. 영은 뒤에 선 지월의 눈에 눈물이 가득 고였다.

'리심아! 우릴 용서하지 마.'

단숨에 십자가 끝을 빨아 깊숙이 삼켰다. 십자가 끝에는 지월이 어렵게 구해 준 비상(砒霜)이 한 덩어리 달려 있었다. 혹여 궁인들 눈에 띄면 큰일이라며 지월은 비상을 환약으로 만들어 금박을 입히기까지 했다. 화끈한 기운이 목구멍을 타고 넘어갔다. 야소교를 믿은 후에도 불교의 지옥들을 되뇌던 월선의 얼굴이 떠올랐다.

두 팔을 들고 음률을 탔다.

21박을 치자 몸을 좌우로 돌렸다.

무릎에 힘이 빠지면서 가슴이 찢어질 듯 아파 왔다. 22박과 함께 춤사위가 끝났다.

리심은 잠시 멈춰 서서 수낙타 두지처럼 밤하늘을 올려다보았다. 별들이 쏟아질 듯 머리 위에서 빛나고 있었다. 무사히 마쳤다는 안도감과 함께 더 이상 보여 줄 것이 없다는 공허가 밀려들었다. 눈물 한 줄기가 별똥별처럼 떨어졌다. 성미 급한 내빈들은 벌써 손뼉을 치기 시작했다. 리심은 대모반 가장자리로 조용히 물러나려고 했지만 무릎이 말을 듣지 않았다. 눈에 띄게 힘이 빠진 그녀의 몸이 지월처럼 왼쪽으로 기울었다. 사방이 빙글 돌면서 하늘과 땅이 뒤집혔다. 목련처럼 쓰러졌다.

우왕좌왕하는 내관들을 헤집고 빅토르 콜랭이 대모반 위로 올라섰다. 리심을 부축해 안고 소리쳤다.

"옥인! 정신 차리시오. 나요. 날 알아보겠소?"

흐트러진 초점이 겨우 하나로 모였다. 그녀는 천천히 오른손을 들어 빅토르 콜랭의 뺨을 만졌다. 빅토르 콜랭이 그 손바닥에 입을 맞추었다. 리심의 입술이 떨리며 열렸다. 말을 했지만 들리지 않았다. 빅토르 콜랭이 급히 귀를 갖다 댔다. 한 생(生)의 완성과 소멸을 잇는 마지막 호흡이 흘러나왔다.

"……첫눈 밟듯 천천히 들려줘요…… 빅토르…… 천년 만년 흘러도 결코 잊지 못할 하루를!"

〈마침〉

개정판 작가의 말

　『리심』은 후유증을 심하게 앓았던 소설이다.

　실연의 고통이라고 할까. 배꽃의 마음, 리심(梨心)을 잃고 나서 너무 마음이 아파 혼자 덕수궁에 가서 우두커니 앉았다가 돌아오곤 했다.

　『리심』은 개화기 조선 여성의 가능성을 살핀 작품이자, 소설가로서 내 작업의 확장 가능성을 탐색한 작품이기도 하다. 조선, 일본, 프랑스, 모로코로 이어지는 여정도 광대한데, 나는 이 여정을 개화기 조선 여성이 집필한 세계 여행기로 꾸미고 싶었다. 이와 같은 여행기는 19세기말 조선 사정과 그녀가 여행한 각국 사정을 두루 알아야 가능하다. 2년을 꼬박 들여 관련 자료 섭렵과 답사를 병행했다. 그 전에도 국내 답사는 꽤 다녔지만 해외 세 나라를 답사하고 소설을 쓴 것은 『리심』이 처음이었다. 『리심』의 경험을 살려 실크로드에 속한 여러 나라를 답사하고 『혜초』까지 출간할 수 있었다. 빅토르 콜랭 드 플랑시의 파리 집 주소들을 그 당시 영수증으로 확인한 후, 옛 지도를 들고 걸어 다니며 파리지엔 리심의 동선을 짜던 낮과 밤이 기억에 남는다.

『리심』은 사랑 이야기다. 개정판을 위해 다시 읽으며, 지구라는 행성 전체를 등장 공간으로 삼은 로맨스를 쓰고 싶단 생각이 몹시 들었다. 독자들도 리심과 함께 파란만장한 사랑에 빠져드시길!

여름과 가을 내내 편집과 교정에 수고한 민음사 편집부에 감사드린다.

2017년 11월

김탁환

초판 작가의 말

감동과 재미와 교양이 가득한 장편 소설을 짓기 위해 몸 부림친 후 작가의 말을 쓸 때면 만감이 교차한다. 처음 주인공 얼굴을 아득하게 떠올리던 날부터 마지막 퇴고를 마치고 마침표를 꽉 찍을 때까지, 이야기의 일생[說生]이 낡은 필름처럼 머릿속에서 돌기 때문이다.

『리심』을 탈고한 지금, 매우 지쳤지만 오히려 더욱 희망차다.

이 작품을 완성하기 위해 20년 동안 내가 배우고 익힌 모든 공력을 쏟아부었다. 개화기를 담기 위해서는 중세와 근대, 전통과 외세, 계몽과 신비, 동학과 서학, 낭독과 묵독, 제국과 식민지를 풍부하게 살펴야 한다. 어느 쪽도 무시하거나 예단하지 않고 양달은 양달대로 응달은 응달대로 역사가 부여한 저마다의 몫을 평가하기 위해 노력했다.

　여름 내내 프랑스와 모로코 그리고 일본을 발바닥으로 돌아다녔다. 19세기 옛 지도를 들고 21세기 파리와 탕헤르와 도쿄의 실핏줄처럼 흩어진 뒷골목을 헤매면서, 한국사만이 아니라 세계사를 배경으로 다양한 인종들의 거대한 숙명을 고증하고 몽상해도 되겠다는 자신감을 얻었다. 대학원 시절, 문명권과 문명권이 부딪치는 큰 이야기를 논하시던 조동일 선생님 생각이 자주 났다.

　'리심의 해외 여행기'로 2권을 채운 것은 큰 모험이었다. 회고나 감상으로 이 여인의 타국살이(1891~1896년)를 얼버무리는 것은 작가적 양심이 용납하지 않았다. 개화기 여인의 '맑은 눈'으로 근대를 보고 듣고 느끼고 놀라고 상처받고 깨닫고 싶었다. 앞에 놓인 건물과 거리와 접시와 훈장들이 19세기에 속하는지를 가려낼 뿐만 아니라 그것들을 조선이라는 동아시아의 작은 나라에서 온 여인의 심정으로 바라보는 지혜가 필요했다.

　리심을 지고지순한 로맨스에 가두어 포장하는 이야기는 최악이다. 빅토르 콜랭과의 연애는 물론 아름다웠지만, 소녀적 감성으로만 풀기엔 그녀의 삶이 너무 크고 깊다. 내가 특히 관심을 갖는 부분은 중세적 질서에 예속된 궁중 무희가 근대적 질서를 공부하고 삶의 일부분으로 받아들이는 과정이다. 사랑을 논한다 해도 중세적 사랑에서부터 근대적 사랑에 이르는 다양한 스펙트럼을 이야기 속에 녹여야 한다.

『리심, 파리의 조선 궁녀』는 우정과 배려, 아날로그적인 관심과 디지털적 협력 속에서 탄생한 작품이다. 단지 손을 빌려 주었을 따름이라는 작가들의 언급이 겸손이 아님을 알겠다.

먼저 내게 역사 소설가의 길을 권하신 신봉승 선생님께 감사드린다. 1998년『불멸』을 출간하고 선생님을 뵈었을 때, 김옥균을 중심에 두고 개화기 지식인들의 개혁 의지와 사랑을 다루어 보라 권하셨다. 내 부족한 소설과 1981년 선생님께서 쓰신 사극「리심(梨心)의 비련기(悲戀記)」가 함께 논의된다면 큰 영광이겠다.

3년 전 신사동 어느 바에서 '근대 여성 3부작'의 첫머리에 리심을 놓고 싶다며 나를 유혹한 나우 필름 이준동 대표님, 유성 온천 맥줏집에서 구라파와 북아프리카까지 리심의 삶을 추적하여 '글로벌'한 영화 한번 만들어 보자고 나를 부추긴 LJ 필름 이승재 대표님, 김소희 이사님께 감사드린다. 세 분을 통해 나는 소설과 영화가 행복하게 만나서 인간의 영혼을 잠식할 수 있음을 확신했다.

파리에서 리심에 대한 기초 자료를 수집하신 정창영 선생님과 리심의 거주지를 밝히는 귀중한 자료를 제공하신 키스핏 로랑 선생님, 플랑시 마을에서 콜랭 가문의 이력을 들려주신 위베르 리샤르 선생님, 도쿄 주재 프랑스 옛 공사관 위치를 찾아 주신 한중원 선생님과 김정진 선생님, 법률 자문에 기꺼이 응하신 박경신 선생님, 중국 시를 검토하신 김원중 선생님, 19세기 국제 정세 속에서 빅토르 콜랭의 삶을 설명하신 민경현 선생님, 리심의 흔적이 남은 땅이라면 어느 곳이라도 가겠다는 소설가의 이기적인 욕심을 따뜻하게 감싸 주신 원광연 선생님과 임창영 선생님께도 감사드린다. 콜랭 가문의 자료 열람을 허락한 트루아 시립 도서관에도 감사의 뜻을 전한다.

《세계의 문학》에 연재를 허락하신 편집 위원님들과 사소한 일에 신경 쓰지 말고 장쾌하게 이야기의 바다를 펼쳐 보이라는 박맹호 회장님의 격려가 없었다면 이 소설의 9부 능선을 오르기가 훨씬 벅찼으리라. 소설의 본령에 도달하는 작품을 만들어 보자며 열정을 쏟은 민음사 편집부 여러분, 고맙습니다. 술 살게요!

이 소설이 완성되기까지 불문학자 정지용 선생의 우정에 늘 기댔다. 정 선생이 없었다면 리심의 삶을 원고지 3000매 분량으로 과감하게 펼치지 못했을 것이다. 세월이 많은 부분을 바꿔 놓았는데도 소설이란 괴물에 홀린 어리석은 마음만은 여전했다. 이 소설에 불문학의 전문 지식과 19세기 파리에 대한 정확한 묘사가 담겼다면, 그것은 전적으로 정지용 선생의 공이다. 지용아, 노동하는 발자크의 '손' 잊지 않으마!

두 딸에게 미안해서 어제 「미래 소년 코난」 세트를 샀다. 아내는 「플란다스의 개」도 보여 주자고 했다. 마음을 뒤흔드는 작품은 지금 여기 나에게만 머무르지 않고 시공을 초월하여 번져 나간다. 가족은 내 감동의 근원이다.

『리심, 파리의 조선 궁녀』는 좌충우돌 30대의 마지막을 장식하는 소설이다.

감히 주장하건대, 이 소설을 쓰기 전 김탁환과 쓴 후 김탁환은 완전히 다른 사람이다. 골방의 몽상과 현장의 생생함을 아우르는 '취재형 작가'로 불혹의 10년을 활활 태우겠다. 아직도 내겐 젖은 장작이 많다.

2006년
카이스트 교정에서
김탁환

작품 해설

리심, 역사적 가능성과 운명의 모습

정지용 | 성균관대학교·프랑스어문학과 교수

김탁환은 1996년 소설가로 등단한 이후 지금까지 서른 편이 넘는 소설을 발표했다. 그중에는 『거짓말이다』와 같이 동시대의 사건을 다룬 것도 있지만, 영정조 시대에서 근대 개화기에 이르는 시대를 배경으로 한 역사소설들이 대부분을 차지하고 있다. 특히 『불멸의 이순신』과 '백탑파 시리즈'인 『방각본 살인 사건』, 『열녀문의 비밀』, 『열하광인』, 『목격자들』 등은 우리나라 역사 소설 장르를 혁신한 문제작으로 평가받는다.

역사는 고정불변한 것이 아니다. 김탁환은 항상 '지금, 여기'의 관점에서 역사를 재검토하고, 그 속에서 새로운 의미를 발견하기 위해 노력하고 있다. 『불멸의 이순신』의 집필의도 중 하나는 지금까지 수많은 위인전과 역사 소설에서 반복되었던 선한 이순신 대 악한 간신들이라는 대립 구도를 벗어나는 것이었다. 이러한 구조적 전환은 조선과 왜국의 대립을 조선인 내부의 대립으로 치환시킨 일제 강점기의 식민 사관과 이후 이 구도를 의도적으로 강조했던 군사정부의 역사 정책에 대한 비판에서 나온 결과다. '백탑파 시리즈'를 통해서는 영정조 시대 북학을 갈망했던 박지원, 홍대용, 박제가, 이덕무 등 젊은 실학자들의 야망이 1980년대 학생 운동 세대의 관점에서 재조명되었다. 이와 같은 역사에 대한 현재적 해석 때문에 김탁환의 소설에 등장하는 인물들은 오늘날 우리나라의 사회 상황과 맞물려 문제적인 존재로 부각되었고, 독자들 뿐 아니라 역사학자들 사이에서도 토론과 논쟁의 대상이 되었다.

2006년 출간된 『리심』도 예외는 아니었다. 당시 동일 인물을 주인공을 한 신경숙의 『리진』이 출간되면서 독자들의 관심도 배가되었고, 두 소설을 비교하며 과연 이 여성이 역사적으로 실존했던 인물인가를 두고 논란이 일어났다. 두 소설가는 모두 이폴리트 프랑댕과 극작가 클레르 보티에가 함께 쓴 『한국에서』에 나온 기록을 바탕으로 줄거리를 구상했다.* 이 책은 1892년부터 1894년까지 2대 프랑스 공사

---

* Madame Claire Vautier et Hippolyte Frandin, En Corée(Paris. Librairie Ch.

로 부임했던 프랑뎅이 조선에서 체류하는 동안 보고 겪은 것을 적은 일종의 여행기라고 할 수 있다. 그 속에 들어 있는 여러 에피소드 중 하나가 초대 주한 프랑스 공사였던 빅토르 콜랭 드 플랑시와 궁중 무희 리심의 사랑이야기이다.

불과 다섯 페이지도 안 되는 프랑뎅의 기록은 너무나 놀랍고 매혹적인 이야기를 담고 있다. 1888년 공사로 부임한 빅토르 콜랭은 고종이 개최한 축하연에서 춤을 추는 리심을 보고 첫눈에 반한다. 그는 고종에게 요청하여 그녀를 하사받았다. 임기가 끝나자 빅토르 콜랭은 사랑하는 여인과 헤어질 수 없어 결혼을 하고 프랑스로 함께 떠났다. 그는 아내에게 프랑스 의상을 입혔고, 프랑스어를 가르쳐 주었다. 리심은 프랑스어로 시를 쓸 정도로 프랑스어와 유럽 문화를 빠르게 습득했다. 빅토르 콜랭은 고향을 떠난 아내를 위해 조선의 가구와 소품들을 가져와 한국식 방을 꾸며 주었다. 그러나 낯선 프랑스 파리에서 리심은 향수병으로 여위어만 갔다. 결국 그는 아내를 위해 조선 근무를 자청했고, 1896년 리심은 남편과 함께 고향으로 다시 돌아온다. 그사이 한반도를 둘러싼 정치적 상황이 급변하여, 조선의

Delagrave, 1905). 국내 번역은 끌라르 보티에, 이뽀리트 프랑뎅, 김상희, 김성언 옮김, 『프랑스 외교관이 본 개화기 조선』, 태학사, 2002.

운명은 러시아와 일본 사이에서 언제 꺼질지 모르는 촛불과도 같았다. 고종은 빅토르 콜랭에게 부탁해 프랑스에 보호를 요청했지만 거절당한다. 빅토르 콜랭에게 압력을 행사하기 위해 고종은 리심을 다시 궁으로 불러들였다. 궁중 무희인 그녀는 왕의 노비였고, 프랑스 공사와 결혼하였다고 그 신분이 변하는 것은 아니었다. 고종은 빅토르 콜랭을 초청하고, 리심에게 그의 앞에서 춤을 추도록 명했다. 결국 이 상황을 견딜 수 없었던 그녀는 금 조각을 먹고 그 자리에서 자살한다.

이 짧은 이야기 속에는 개인과 역사가 만나 쓸 수 있는 드라마의 모든 요소가 들어 있다고 해도 과언이 아니다. 프랑스 외교관과 궁중 무희 사이의 신분과 국경을 초월한 사랑, 조선과 프랑스를 대변하는 고종과 빅토르 콜랭의 대립, 그리고 자살을 선택할 수밖에 없었던 한 여인의 비극이 19세기 말 조선을 둘러싼 열강들의 경쟁, 수구파와 개화파의 갈등, 동양과 서양의 충돌과 교류 등의 역사를 배경으로 펼쳐져 있다. 이런 이유로 리심의 이야기는 1979년 당시 프랑스 리옹 대학의 이진명 교수가 발굴하여 소개된 이후 곧바로 텔레비전 드라마로 제작되었고, 계속해서 문학계와 영화계의 관심을 끌었다. 2006년 김탁환과 신경숙이 동시에 같은 내용의 소설을 출판하게 된 것도 영화사 두 곳에서 리심의 이야기를 소설로 출간한 다음 영화로 제작하는 대형 프로젝트를 기획했기 때문이었다. 아쉽게도 이 계획은 실현되지 못했다.

반면 역사학자들은 프랑댕의 『한국에서』에 나온 내용이 객관적인 사실이라고는 볼 수 없다고 판단한다.* 일단 조선인들은 무지하고, 비합리적이고, 권력에 무조건 복종한다는 식의 부정적인 편견은 차치하더라도, 역사적 사실에 부합하지 않는 내용들이 여러 곳에서 발견되기 때문이다. 이는 리심의 죽음에 대한 묘사에서도 그대로 나타난다. 궁중 무희가 왕 앞에서 금 조각을 먹고 자살할 수 있을 정도로 왕실 경호가 허술했다는 것도 황당무계하지만, 실제로 그런 일이 일어났다면 실록에 기록이 남아 있을 수밖에 없다. 프랑스의 자료를 조사해 보아도 빅토르 콜랭은 죽을 때까지 미혼인 것으로 되어 있으며, 조선 여인과 동행했다는 기록은 찾아볼 수 없다. 조선에서 53년간 체류했던 뮈텔 주교가 남긴 방대한 일기에도 리심은 언급되지 않는다. 빅토르 콜랭이 고향 트루아에 기증한 개인 자료 속에도 그녀의 흔적은 없다. 즉 신뢰할 수 없는 프랑댕의 『한국에서』가 리심

---

* 주진오, 「'파리의 조선 무희 리진'의 역사성 ― 오리엔탈리즘과 센세이셔널리즘이 만들어 낸 허구」, 《역사비평》, 2000 겨울호 참조.

에 대한 기록으로는 유일한 셈이다.

역사와 문학은 서로 구별되는 독자적인 영역에 속해 있다. 아리스토텔레스의 고전적인 정의에 따르자면 역사가는 실제로 일어난 것을 이야기하고, 소설가는 일어날 가능성이 있는 것을 이야기한다. 다시 말해 역사가가 실증적인 증거를 바탕으로 역사를 재구성한다면, 소설가는 문학적 상상력과 소설적 장치를 활용하여 가능성의 역사를 창조한다는 것이다. 그래서 리심의 존재에 대해 역사가는 침묵할 수밖에 없지만, 소설가는 역사의 텅 빈 공간을 향해 상상의 나래를 펼칠 수 있다. 물론 그렇다고 해서 소설가가 근거 없이 허구의 세계를 구성하는 것은 아니다. 김탁환의 소설을 읽은 독자라면, 그가 자료를 조사하고 장소를 답사하는 데 얼마나 많은 시간과 노력을 들이는지 쉽게 알 수 있다.

김탁환은 문헌 기록에 남아 있는 빅토르 콜랭의 행적을 추적하면서 리심의 실체를 발견하기 위해 노력했다. 그는 먼저 프랑스 트루아 도서관에 보관된 기증 자료를 토대로, 빅토르 콜랭의 개인적인 행적들을 시기별로 정리했다. 이때 김탁환은 빅토르 콜랭이 단순히 외교 업무만을 수행하는 공무원이 아니었다는 점에 주목했다. 그는 개구리에 대한 연구를 발표할 정도로 과학에 관심이 있었으며, 조선의 서책을 수집해서 분류하고, 그중에서 『직지』와 같이 중요한 것들을 선별하여 프랑스에 보낼 정도로 문헌학적인 조예가 깊었다. 파리 기메 박물관에는 그가 가져갔던 조선의 가구와 공예품들이 전시되어 있는데, 이를 보면 그의 미적 감각 역시 남달랐다는 것을 알 수 있다. 한마디로 그는 서양의 근대를 몸소 체현한 인물이다. 그런 점에서 보자면 소설 속 리심이 빅토르 콜랭을 통해 발견하고, 사랑에 빠지고, 환멸을 느끼게 되는 것은 바로 이 서양의 근대라고 할 수 있다.

프랑댕의 기록에 따르자면, 리심은 모로코에 부임한 남편을 따라 지중해를 건너 북아프리카로 갔다. 김탁환 역시 그 행적을 따라 모로코의 탕헤르에 있는 옛 프랑스 공사관 자료실에서 당시의 문헌과 자료들을 조사했다. 그러나 이렇게 한국, 프랑스, 모로코를 오가며 집중적인 조사를 했음에도 리심의 흔적은 어디에서도 발견할 수 없었다. 그렇지만 이 과정을 통해 김탁환은 조선의 궁중 무희와 프랑스의 외교관이 만날 수 있는 역사적 조건들을 구체적으로 조사할 수 있었고, 문학적 상상력을 통해 소설로 재구성할 수 있었다. 허구로서 소설은 분명 역사와 다른 관점에서 세계의 의미를 파악하고, 다른 방식으로 세계를 재구성한다. 그렇기 때문에 소설에서의 진실성 문제는 단지 실증적인 차원에서만 검토될 수 없다. 리심의 이야기가 독자들에게 진실한 이야기로 읽혔다면, 그것은 김탁환의 소설이 조선의 여성과 서양의 근대가 만날 수 있는 역사의 가능성을 새롭게 보여 주었기 때문일 것이다.

『리심』의 첫 장면은 모로코의 사막에서 시작한다. 리심은 유럽 문화의 수도라고 할 수 있는 파리를 경유해서, 서구열강의 식민지로 분할된 아프리카에 도달한다. 그리고 바로 그곳에서 자신이 조선으로 돌아가야 할 이유를 발견한다. 그녀는 탕헤르에서 프랑스 식민 통치의 폭력성을 직접 목격했고, 이에 저항하는 모로코 청년들을 만나 우정을 나눌 수 있었다. 이러한 경험을 통해 리심은 일본의 식민지가 되어 가고 있는 조선의 상황을 이해하고, 돌아가서 자신이 해야 할 일이 무엇인지 분명하게 깨닫는다. 어떤 의미에서 리심의 여정은 우리의 탈근대화 과정을 보여 준다고 할 수 있다. 서유럽의 근대를 따라간 끝에서 리심은 낯설지만 우리와 유사한 역사적 경험을 겪은 사람들을 만났고, 그들과 교류하면서 내재되어 있던 또 다른 자아를 마주할 수 있었다.

지금까지 우리 문학사에 등장했던 여성들은 유럽 문명에 대해서 일방적인 동경이나 콤플렉스를 가지고 있는 경우가 많았다. 김탁환은 리심을 이러한 편향적인 근대화의 한계를 벗어나는 인물로 형상화하고자 했다. 그렇기 때문에 19세기 말의 역사적 상황을 고려한다면 소설 속에서 리심의 생각이나 행동은 지나치게 시대를 앞선 것처럼 보일 수 있다. 그러나 소설이란 미완성의 것들에 운명의 모습을 부여하는 것이라는 카뮈의 말을 생각해 보자. 우리가 소설 『리심』속에서 보는 것은 실존 인물의 삶이 아니라, 조선의 무희와 프랑스의 근대가 만나 생성될 수 있는 극단의 가능성, 즉 우리 역사 속에서 이루어질 수 있었던 어떤 운명의 모습인 것이다.

소설 조선왕조실록 15

리심 3

1판 1쇄 펴냄 2006년 9월 15일
2판 1쇄 찍음 2017년 11월 17일
2판 1쇄 펴냄 2017년 11월 24일

지은이 김탁환
발행인 박근섭·박상준
펴낸곳 (주)민음사

출판등록 1966. 5. 19. 제16-490호
주소 (135-887) 서울특별시 강남구 도산대로1길 62(신사동)
    강남출판문화센터 5층
대표전화 515-2000 | 팩시밀리 515-2007
홈페이지 www.minumsa.com

© 김탁환, 2017, 2006. Printed in Seoul, Korea

ISBN 978-89-374-4216-2 04810
ISBN 978-89-374-4201-8 04810(세트)